新潮文庫

国盗り物語

第三巻　織田信長（前編）

司馬遼太郎著

新潮社版

2014

国《くに》盗《と》り物語

第三巻　織田信長（前編）

三　助

おかしな若君だった。

幼名は吉法師《きつぽうし》、名乗りは信長、というりっぱな呼称がありながらどちらも気に入らず、自分で、

「サンスケ」

という名前を勝手につけていた。サンスケ、などといえば、いいいなせできびきびしていて、喧嘩《けんか》とあれば水っぱなをかなぐりすて、尻端折《しつぱしよ》って駈《か》けだしそうな名前であった。ひどく軽やかで、こきみがいい。

「サンスケだぞ。汝《わい》らもわしをサンスケ様とよべ」

と命じていた。

われはサンスケなり。

と勇みだちながら、城外で村童をあつめては石合戦をしたり、水合戦をしたりした。まったくのところ、

「サンスケ」

という語感のなかにこそ、この少年の、

――われはこうありたい。

というえたいの知れぬ美意識が籠《こ》められていた。この自称の名については、ある日父の信《のぶ》秀《ひで》は、

「吉法師、そちは自分のことをサンスケとよべと言っているそうだな」

ときいた。

ふむ、と少年は白い眼でうなずいた。信秀は笑いながら、

「サンスケ、とはどう書く」

といった。少年はだまって地面にしゃがみこみしばらく考えていたが、やがて、

「三助」

と枯枝で書いた。足軽にさえこんな名前の者はいないであろう。せいぜい雑人《ぞうにん》の名前である。

「その名が好きか」

「好きだ」

と言うようにうなずいた。余談だが、この少年はこの名前がよほど気に入っていたらしく、長じてから次男信雄《のぶかつ》（のち尾張清洲《きよす》城主、内大臣）がうまれたときに、三介と名づけた。名前といえば信長は自分の子供の名もこの男らしい傾斜を帯びたものをつけた。長男信忠《のぶただ》は「奇妙」といい、三男信孝《のぶたか》は「三七」といい、九男の信貞《のぶさだ》にいたっては、人、という名だった。

尋常でない、傾いた美意識のもちぬしなのである。

服装、行動、日常生活のすべてが、尋常でなかった。服装などにしてもいっさい自分で考えだしたもので、このサンスケのあたまには、「世間では普通こうなっているから」とか、「それが慣例、習慣だから」というような常識感覚でその服装を身につけることはなかった。平素、山賊の子のようなかっこうをしている。小袖《こそで》はいつも片肌《かたはだ》をぬぎ、下は小者のはくような半袴《はんこ》をつけ、腰のまわりに、小石や火打石を入れた袋を五つ六つぶらさげ、大小は品のわるい朱鞘《しゅざや》をさし、まげは非人《ひにん》のような茶筅《ちゃせん》まげで、元結《もとゆい》は真赤なひもで巻いていた。なるほど織田の若殿にすれば奇妙奇天烈《きみょうきてれつ》な服装かもしれないが、ひどく身動きにべんりなイデタチなのである。鞘といい元結といい、燃えるような赤を好んだのは、この少年のやるせないほどに鬱屈《うっくつ》した自己を、そういう色で表現しているのであろう。こうしたこの少年の精神をどういう言葉でいいあらわせばいいのであろう。ない。無いながらも言うとすれば、前衛精神という意味あいまいの言葉を適用する以外に手がない。

が、少年自身、こういう奇矯《ききょう》な服装をして奇をてらっているわけではない。てらって自己を押しださねばならぬほど、かれはひくい身分のうまれではない。尾張の織田家という堂々たる貴族の御曹司《おんぞうし》で、どんなに平凡な服装をしていても、たれからもちやほやされる身分の子であった。

この少年は、野あそびするにしても、村童といっしょに泥《どろ》まみれになってあそんだ。自然かれの近習《きんじゅう》の少年もかれといっしょに泥まみれにならなければならなかった。

城下の町人や百姓たちは、この少年が通ると、目ひき袖ひきしてうわさした。

三助どのは、鴨《かも》の子か
水鳥か
　ときどき川の
　瀬におちやる

そんなふうに唄《うた》われていた。

城下を歩くにしても、異風であった。歩くときは近習の肩にぶらさがって歩き、歩きながら、瓜《うり》や柿《かき》などを食べた。町なかで一人立ち、夢中で餅《もち》に嚙《か》みついているときもあった。

そういうこの少年を、家中《かちゅう》の者も城下の者も、

「うつけどの」

とよんだ。馬鹿《ばか》か狂人かにしかみえなかったであろう。御守役《おもりやく》の家老平手《ひらて》政秀からして、

(この若殿が世をお継ぎなされるときには、織田家はほろびる)

と真剣に考えていた。かれが「美濃の蝮《まむし》」の愛娘《まなむすめ》をもらって信長の配偶者にしようとおもったのは、単に織田信秀と斎藤道三《どうさん》の和睦《わぼく》を意味しているだけではなかった。ゆくゆくあの蝮めの実力によって信長をまもり立てて行ってもらいたい、という遠い計画によるものであった。

それほど馬鹿だった。

ある年、忽然《こつぜん》とこの少年が尾張から掻《か》き消えてしまったことがある。さすがに平手政秀を心配させてはかわいそうだとおもったのか置き手紙して、

「爺《じい》、しばらく巡礼に出る」

と書きのこし、出奔した。あとで気づいて政秀はあやうく気絶しそうになるほどおどろき、主君の信秀の耳にだけ入れた。信秀はちょっとびっくりした様子だったが、すぐ、

「そうか」

と笑いだした。

「おかしなやつだから、なにかとくべつに思うことがあるのだろう。ひろく世間を見ておくのもわるくない。このことは家中にも知らせるな。近習の者たちにも口止めしておけ」

若殿ひとりで出奔した。ということが隣国にきこえたりすると、少年の身が危険だからである。

「こんどお帰りあそばしたとき、いちど、御父君の口から御説諭くださりませぬか」

「わしは吉法師の守役ではないぞ。単に父親にすぎぬわ」

「しかし」

「守役はそちにまかせてある。よきようにせよ」

と信秀はとりあわなかった。信秀はそんな風変りな父親だったが、しかしかといってこのうつけどのをすこしでも理解している人間といえば、広い世間で信秀がただひとりかもしれなかった。

（あれは天才かもしれぬ）

と信秀はひそかに思っていたふしがある。

信長は道をいそいで上方《かみがた》に出た。

供はといえば、中間《ちゅうげん》ひとりである。この男にムシロを一枚、荷俵《にだわら》を一つ背負わせてあり、どうみても流浪《るろう》の少年の姿である。

京を見物し、摂津《せっつ》にくだった。

摂津の浪華《なにわ》というところに多少の人家があり、とほうもなく巨《おお》きな寺があった。

四天王寺であった。

信長はその四天王寺に詣《まい》ると、その堂舎の軒下で牢人《ろうにん》らしい男が四、五人群れて、なにやら文字を壁に書きつけては、がやがやと議論している。

（なんじゃ、あれは）

と近づいてみると、侍としての名乗りはどんな名前がよいか、ということを議論しているのであった。みな、気に入った名前をつけようとしているらしい。

「名はだいじなものだ」

とおもだつひげづらの男がいった。ひげづらはずいぶん文字の種類を知っていて、さまざまな名乗りを壁に書いていた。頼定、義政、清之《きよゆき》、興長《おきなが》、公明《きんあき》、道正、宗晴、忠之、などの名が書かれている。

ふとその壁をみて、少年はおどろいた。ひときわ大きく、

「信長」

と書かれているではないか。文字の組みあわせからいってめずらしい名乗りであったが、とにかく信長という名乗りは父親が自分につけてくれたものであった。

(であるのに、あんな素牢人につけられてたまるものか)

とおもい、奪ってやろうと思った。供の中間に口上を言いふくめ、ひげづらの牢人に交渉させた。

「そこな名乗りを」

と、信長の中間がぬれ縁まで進み出、手をあげて壁の一点を指さした。

「手前ども主人に頂戴《ちょうだい》できませぬか」

「うぬはなに者だ」

牢人は、びっくりしたようである。

「へい、尾張からきた巡礼でござりまする。そこの信長という名乗りを、手前ども主人に頂戴しとうござりまする」

「主人とは、そこにいる童《わっぱ》か」

牢人は声をあげて笑いだし、これはだめだやれぬ、といった。ソノホウナドニハチクトシタル名乗リヨ、といったと、「祖父物語」にはある。チクトシタル名乗りとは「晴れがましくてもったいない」という意味だ。しかし中間はそこは下郎《げろう》だから押しふとく、

「いやいや、なにも名乗る、と申しているのではござりませぬ。国のみやげにしたいと申し

ているばかりでございまする」

としつっこくねだった。牢人はふむふむ、とうなずき、

「それならばよい。かまえて付けるではないぞ。なにしろこの信長という名乗りは、天下取りか国取りの者の名だ」

といった。

これには信長もおどろき、そんなものかと思った。上方からの帰路、みちみちこのことばかりを考えた。いままで、

「天下」

ということを考えたこともない。成人すれば父のあとを継ぐ、それだけのことを薄ぼんやり考えていたにすぎなかったが、天下が取れそうだ、という。天下を、である。天下とはどんなものかは実感として目にもみえず指にもさわりにくくてよくわからなかったが、とにかく自分というものが別なものに見えてきたことだけはたしかだった。

信長は、国に帰った。

城へもどると爺の平手政秀はおどりあがるほどによろこび、あとは幾日もかかってねちねちと説諭した。勝手に言え、とおもった。そんな叱言《こごと》を横《よこ》っ面《つら》できいているという点ではいつもとかわらなかったが、頭ではべつのことを考えていた。天下を取るにはどんなことをすればよいか。

(喧嘩につよくなるほうがよい)

というのはたしかであった。もともと体をうごかして飛びまわることは大すきで、弓や馬術、水練にはとくに精を出してきた。水練はかくべつに好きで、まだ水に入るには寒い三月にはもう信長は連日水中にいたし、毎年九月までは泳ぎまわって暮らしてきた。

（しかし、それだけでは天下はとれまい）

とおもった。取れるような自分を、自分で育ててゆかねばなるまいとおもった。なるほど陣の立て方、戦争のしかた、というものはこの平手政秀が教えてくれている。しかしいつ聴いても信長にとってはあたりまえのことを爺がもったいをつけて言っている、としかおもえず、なんの魅力もなかった。

（合戦のしかたも、おいおい、自分で考えてみねばなるまい）

とおもった。その服装とおなじように、このサンスケと自称する少年は、

「従来こうなっているからそうしなされ」

といわれることがにが手で、あたまから受けつけられぬたちだった。卑賤《ひせん》の家にうまれればこの性格だけでかれは世に立てぬほどにいじめられたにちがいないが、その点、自分の無理を通せる権門にうまれ、なるほど守役の平手政秀こそ口うるさかったがそれも、わるかった、爾今《じこん》気をつけよう、とさえ言ってやれば、政秀はよろこんで鳴りやむ。

帰国してから信長は、

「鷹野《たかの》（鷹狩り）」

をよろこんでやるようになった。いままでこれほどの運動ずきな男が鷹野をあまり好まな

かったのは、この集団競技が室町《むろまち》幕府の手でひどく様式化されていたためで、服装、供の人数、役割り、その装束にいたるまでなかなか小うるさい競技になっていた。

（鳥を獲《と》ればよいだけのものではないか）

とかれはおもうのだが、守役の平手政秀などはその形式にうるさくこだわった。鷹野は天皇、将軍、公卿《くげ》、親王、諸国にあっては大名の競技である。それにふさわしい様式を持ち、威容をこらさねば人のあなどりを受ける、といって、信長に対し、いっこうにおもしろくもない鷹野を強制した。

（ああいう鷹野は、もうやめだ）

と信長はおもい、別の方法を工夫した。

無用のものはきりすて、実用的なやり方をどんどん加味し、ついには専門の鷹匠でさえとまどうほどの独創的な方法をつくりあげた。

実戦的なものなのである。まずなにげなしに野に出るのではなく、合戦とおなじように最初に斥候《せつこう》をはなつ。それも一人や二人でなく、二、三十人も放った。これを、

「鳥見《とりみ》の衆《しゅう》」

とよばせた。鳥見の衆は二人で一組になり、遠く野山をかけまわってどこに鳥がいるかを偵察《ていさつ》し、鳥の多い場所を発見すると一人は見張りとして現場にのこり、一人がかけもどって信長に報告する。信長はすかさず出動する。

信長のまわりには、戦場における馬廻《うままわ》りの騎士のごとき者が六人、つねに従っている。六

人衆とよばれ、半分は弓、半分は槍《やり》をもっている。

ほかに馬に乗った者が一人いる。これは現場にちかづくと、鳥に接近し、そのまわりをぐるぐる乗りまわしながらいよいよ近づいてゆく。大将の信長はどこにいる、といえば、その騎馬の者のかげにいる。徒歩である。手に鷹をもち、めざす鳥に見つからぬようにいつも馬のかげになり、馬がまわるにつれて信長もまわる。

いよいよ接近するや、

「さっ」

と信長は走り出て鷹をはなつ。

こうやればかならず獲れるということを信長は知った。もっとおもしろいことに、この若者は、現場付近に立たせてある人数には百姓のかっこうをさせておくことであった。服装だけではなく、現実にスキやクワをもち、田畑をたがやすまねをさせるのである。そうすれば小鳥どもは、

「あれは百姓だ」

とおもって安心してさえずっている、というわけだった。

ふつう、こんな鷹狩りはない。

本来ならば、犬を連れている者でも無文の布衣《ほい》に革ばかま烏帽子《えぼし》をつけ、右手には白木の杖《つえ》をつき、左手に犬のひもをもつ、というほどの大そうなものだ。百姓のかっこうをして小鳥をだます、などという法は、人皇《にんのう》第十六代仁徳《にんとく》天皇からはじまって以来、かつてないこと

であった。

殿様のお鷹野

といえばたいそうなものであったが、信長のそれは浮浪人が喧嘩に出かけてゆくようなかっこうで城を出た。城下の者は、

「まるで乞食の鷹野じゃ」

とあきれた。

一事が万事、そんな若者である。

「やはり、うわさにたがわぬうつけ殿でございまするな」

と尾張からかけもどって美濃稲葉山城で報告したのは、耳次のひきいる数人の伊賀者であった。庄九郎——いや、この織田信長編からは庄九郎とよばずかれの現在の名である斎藤道三とよぶことにしよう、信長がこの物語の中心になるためにそのほうが好都合である——は、どの密偵がかきあつめてきた話もおもしろかった。

いちいち、大声を出して笑った。あほうのあほうばなしほどおもしろいものはない。

道三は、ひざを打ってよろこんだ。

「鷹野も乞食すがたでゆくのか」

これもおもしろかった。密偵の情報などはその男の器量相応の目でみてくるだけにいかに正確でもしょせんは信じきるわけにはいかないものだ、ということを道三は十分知りぬいて

いるくせに、

（やはり、白痴《うつけ》なのか）

とよろこんだ。かれの密偵者たちは、信長が考案したその鷹野の方法まではしらべて来なかったのである。

この報告をうけたとき、かれは終日上機嫌《じょうきげん》であった。夕刻、重臣の西村備後守《びんごのかみ》をよび、

「やはり、帰蝶《きちょう》（濃姫《のうひめ》）を尾張にくれてやる」

といい、信長のうつけぶりの逸話を二つ三つ話した。

聞いた備後守は大口をあけて笑った。西村備後守とは、赤兵衛のことである。

「赤兵衛、よい婿《むこ》どのをもつおかげで、尾張もやがて併呑《へいどん》できそうじゃ。婚儀のことは、できるだけ派手にやろう。そちは織田家の平手中務《なかつかさ》（政秀）とよく相談し、よしなに奉行《ぶぎょう》するように」

といった。

忍び草

濃姫が父の道三から、尾張織田家との婚約の成立をしらされたのは、天文十七年の暮である。

この日のあさ、道三が、

「話がある。鴨東亭《おうとうてい》までそこもとひとりで参らっしゃるように。わしはそこで待っている」

と、侍女をもって報《し》らせてきた。

鷺山《さぎやま》城内でのことである。

このところ道三は稲葉山城は嗣子の義竜《よしたつ》（深芳野《みよしの》からうまれた子。じつは前《さき》の屋形《やかた》土岐《とき》頼芸《よりよし》の胤《たね》）にゆずり、自分は鷺山の廃城を改造してそこを常住の城館としていた。庭が、みごとであった。わざわざ運河を掘らせて長良川《ながらがわ》の水を城内にひき、さらに庭内にひき入れ、それを鴨川《かもがわ》となづけた。

築山《つきやま》がなだらかに起伏し、その姿を京の東山連峰になぞらえている。庭はすべて道三みずからが設計した。

庭ずきの茶人はふつう常緑樹をよろこぶものだが、道三が設計したこの庭には、桜樹が圧倒的に多い。桜を自然のすがたでながめるだけが好きなのではなく、建材としてもこの男は好きなのである。桜と道三というのは、精神としてどういうつながりがあるのであろう。

風がない。

杉戸《すぎど》をあけて濡《ぬ》れ縁に出た濃姫の目に、まっさおな空がひろがった。ひたひたと濃姫は濡れ縁をわたってゆく。濡れ縁を踏む足のつめたさが、むしろこころよいほどに暖かな冬晴れなのである。

濃姫は階《きざはし》を降り、階の下で侍女の各務野《かがみの》がそろえてくれる庭草履《にわぞうり》に足の指を入れ、庭をながめた。

「まるで桜が咲きそうな陽気」

と、濃姫はいった。

が、満庭のどの桜樹も、濃姫の期待のわりにはひどく不愛想な姿態で、冬の枝を天にさしのべていた。

「もうすぐ参りましょう、春が」

と、各務野がいった。この侍女は、濃姫の縁談のことをすでに殿中のうわさで知っている。春が、――といったのは、桜樹にむかっていったのではなく、濃姫の匂《にお》いあげるような若さにむかっていったつもりだった。しかし濃姫にはわからない。当の彼女だけが、自分の運命についてまだなにも知らなかった。

濃姫は各務野とわかれ、庭のなかの小径《こみち》をあるいて鴨東亭へ行った。

四阿《あずまや》である。

父親の道三入道が、あたたかそうな胴服《どうぶく》を着て腰をおろしている。

そばには道三の気に入りの近習で明智《あけち》城の世嗣《よつぎ》明智十兵衛光秀《みつひで》がひかえていた。

少年のころから道三が実子同然に愛育してきたこの光秀は、すでにおやかな若者に成人していた。濃姫とは、母の小見《おみ》の方《かた》を通して血がつながっている。いとこ同士なのである。

「十兵衛、ちょっとはずせ」

と、道三は光秀にそういった。光秀ははっと頭をさげ、典雅な挙措《きょそ》で後じさりしながらそのすきにちらりと濃姫をみた。

見て、光秀はすぐ視線をそらせた。濃姫の眼と偶然出あったことが、この若者をろうばいさせた。

「帰蝶《きちよう》」

と道三は光秀の去ったあと、その娘をよび名でよんだ。

「それへ腰をおろしなさい」

濃姫はいわれるとおりにした。腰をおろしたあと、なんのお話でございましょう、と問いかけるように小首をかしげた。ひどくあかるい眼をもっている。

「やはり、いとこだな」

と、道三は笑いだした。

「あらそわれぬものだ。眼もとや唇《くちびる》のあたりが、十兵衛に似ている」

なんの、すこしも似ていない、いとことはいえ、ふしぎなほど濃姫と光秀とは似ていないことを道三はつねづね思っている。そのくせ、このようにとりとめもないことを皮切りにいったのは、なんとなくこの父親は気はずかしかったからにちがいない。

濃姫は、去年からむすめになった。そのあとみるみる美しくなり、道三でさえ、この娘と対座しているとふと、まばゆいような、なにかしら顔の赤らむ面映《おもは》ゆさをおぼえて、眼をそらす瞬間がある。

(生涯《しようがい》に女をずいぶん見てきた。しかし帰蝶ほどに美しい女はいなかった)

そんなときは、道三は父親というよりも、不覚にも男の眼をもって濃姫を見ている。いまもそうだった。

いま、濃姫は腰をおろした。おろすしぐさに腰のくびれが、ふと道三に父親であることを忘れさせた。狼狽《ろうばい》のあまり、

「十兵衛に似ている」

などと、あとかたもない妄誕《もうたん》を口走ってその場をごまかした。いや、自分の、うっかり陶然としそうになる心を蹂《にじ》り消した。

「以前には」

と、濃姫はいった。お父上は逆なことをおおせられました、そなたはいとこであるのに十兵衛とは似ておらぬ、色の白いところがせめてもの通うところか、などと。――そう濃姫は小さな抗議をした。

「はて、憶《おぼ》えぬことだ」

道三は楽しそうにいった。

「そのようなことを以前に申したかな」

「おわすれでございますか」

「こまった。わすれている」

「薄情でいらっしゃいますこと。帰蝶はそれが去年の何月の何日だったかまでおぼえております。帰蝶がお父上様をおもって差しあげるほどには、お父上様は帰蝶のことをおもってく

だらぬ証拠かもしれませぬ」

「これは」

道三はひたいをたたいて、参ったな、と笑った。この男がこのような軽忽《けいこつ》な身ぶりをするのは、この地上では濃姫に対してだけであった。

「では、言いなおす。そなたも十兵衛も、おさないころには似ておった。ところがどちらも成人してからまるで似かよわぬ顔かたちになった。これで、どうか」

「申しわけございませぬ」と、濃姫はうつむいてくすくす笑った。「おいじめ申したようで」

急に日が翳《かげ》った。翳ると、正直なほどに庭の樹々《きぎ》や石の苔《こけ》が冬のいろあいに一変した。

「話がある」

と、道三は大ぶりに上体をかがめ、両腕をぬっとつき出した。掌をかざして、地面の火桶《ひおけ》のうえにあてた。

「わしはそなたがいつまでも童女でいてくれることを望んでいたのに、そなたは勝手にそのような娘になってしまった」

「いたしかたがございませぬ」

濃姫は笑おうとしたが、すぐ真顔にもどった。ひどく真剣な表情になったのは、はなしが縁談だと直感したからであった。

「あの、お父上様、十兵衛どののもとに参るのでございますか」

と、口走ったのは濃姫の不覚だった。

「ほう、そなたは十兵衛が好きか」

道三は意外な顔をした。が、まさかとおもった。いとこ同士とはいえ、相手は斎藤家のいわば被官《ひかん》の子ではないか。

「いいえ、べつに」

と、濃姫はもう赤くならなかった。明智十兵衛光秀という聡明《そうめい》で秀麗な容貌《ようぼう》をもった美濃の名族の子を、父の道三が、溺愛《できあい》するほどに愛していることを知っていたから、自然、自分もついそういうことにつられて童女のころから光秀には好意をもっていた。そのうえ、たったいままでの話題が光秀のことだったから、つい口走ってしまったのである。

「べつに、そのようなことでは……」

と、濃姫はおなじことを二度言いかさねてから、はじめて頬《ほお》に血をさしのぼらせた。正直なことばであった。光秀を恋うるほど、濃姫はそれほど数多くの接触を父の近習の光秀ともったわけではなかった。

「そなたが庶出《しょしゅつ》なら」

と、道三はいった。つまり側室の腹にうまれた子なら、という意味である。

「下目《したため》のところへやってもかまわない。しかしそなたは嫡出《ちゃくしゅつ》のむすめだ。そのうえ、わしにとってただひとりの娘である。自然、嫁《とつ》ぐさきはかぎられる。国持の大名でなければつりあいがとれぬ」

道三は言葉をとぎらせ、やがていった。

「尾張へゆく」

「え？　尾張の？」

「織田信秀の世嗣《よつぎ》の信長という若者だ。そなたとは、年はひとつ上になる」

大げさにいえば、濃姫の輿入《こしい》れ準備は、美濃斎藤家をあげてのさわぎになった。道三は家臣の堀田《ほった》道空《どうくう》という者を奉行に命じ、

「いかほどに金銀をつかってもかまわぬ。できるだけの贅《ぜい》をつくすように」

と命じた。道空を奉行にえらんだのは、まずこの男は茶人で道具の美醜がわかる。さらにこの男は典礼に通じていた。それだけではない。とんでもない大気者《たいきもの》で金銀勘定のにがてな男だという評判を買ってとくに名指したのである。道三はこの道空に何度も、金に糸目をつけるな、といった。

道具好きの道空は、

「これは一代の果報」

とおどりあがってよろこび、さっそく家臣を京にやり、蒔絵師《まきえし》、指物師《さしものし》などの道具職人を連れて来させた。

道三には、考えがあった。

（いかほどの入費をかけ、いかほどの贅沢な支度をしても、たかが知れている。織田家との

合戦がこれでなくなるのだ）

ということであった。織田信秀が美濃の豊饒《ほうじょう》な田園を恋い、それをなんとかわがものにするためにここ数年、しつこく合戦を仕掛けてきた。そのつど道三は信秀をたたきつけてきたが、正直なところ、ほとほとわずらわしくてかなわぬ。道三にすれば、尾張と喧嘩《けんか》をしているよりも美濃を新体制につくりかえてゆくことのほうが急務だった。

（隣人に信秀のような精力的な好戦家をもっているのは、おれの最大の不幸だ）

と道三はおもっていた。そのためにおびただしい戦費が要る。士民は疲弊する。士民というものは疲弊すると、支配者へ憎悪《ぞうお》をむける。

（すべて道三がわるい、かつての土岐時代は楽土だった）

とおもうであろう。なににしても織田信秀の戦さずきは道三にとって大迷惑だった。

（それが、この婚姻でおさまる。やすいものだ）

とおもうし、かつ将来への希望もあった。むこの信長はとほうもないうつけ殿だというのだ。信秀が死んだあと、棚《たな》からぼた餅《もち》がおちてくるように木曾川《きそがわ》のむこうの尾張平野は自分のものになるかもしれない。

濃姫は、その外貌《がいぼう》に似合わず、反応のはやい活動的な性格をもっていた。

むろん、毎日部屋にいる。母の小見の方の相手をして茶を楽しんだり歌を詠《よ》んだりして、たまに庭あるきをするほか、ほぼ鷺山城の奥からはなれたことがない。

じかし、彼女の分身といっていいほどに気に入っている侍女の各務野は、すでに尾張にいる。物売女《ものうりめ》に化け、信長のいるなごや城の城下や、その父信秀のいる古渡《ふるわたり》城の城下などに出没して、自分のあるじの婿《むこ》どのになるべき信長という若者の評判をききまわっていた。

濃姫がそれを命じたのである。まだ見ぬ夫の予備知識を、できるだけ多くもちたかった。むろん重要な目的のある作業ではない。

「ただ、知りたいの」

と濃姫は各務野にいった。好奇心の旺盛《おうせい》なむすめだった。むろん、こういうばあい、まだ見ぬ夫に関心や好奇心をもたぬ娘は地上にいないであろう。ただ濃姫のばあい、他の大名の娘とちがっている点は、それを行動にうつせることだった。

「お父上には内緒よ」

と、各務野に言いふくめた。各務野は宿さがりする、というていで御殿を去った。そのまま尾張へ行った。

やがてもどってきた。

「どのようなおひとだった？」

と、濃姫は各務野を自分の部屋につれこみ廊下には侍女に張り番をさせ、たれも入れぬようにしてきいた。

「水もしたたるような美しい若殿でございます」

と、各務野は息を詰めるような表情で最初にそれを言った。なごやの路上で信長を見たという。五、六人の供をつれ、頭には鉢巻《はちまき》をし六尺棒をもち、珍妙な、いわば中間のようなかっこうをして歩いていた。

町家の者にきくと、若殿さまは野犬狩りをなされているのでござりまする、と教えてくれた。各務野ははじめは不用意にも噴《ふ》き出しそうになったが、よくよく信長の顔をみると、この十五歳の若者は彼女がかつてみたことがないほどに高貴な目鼻だちをもっている。各務野はまずそのことに打たれた。好意をもった。

(なるほど少々、傾《かぶ》いておられるが、あのお美しさならば、姫さまの婿どのとしていかにもお似合いじゃ)

とおもった。

そのあとさまざまのうわさをきいてまわったが、正直なところどのうわさもよくはなかった。しかし各務野は好意をもってそれらを解釈した。

自然、それらを総合してみると、かつて道三が耳次に命じて放った伊賀者どもの信長像とはひどくちがったものになった。

「たとえば平曲《へいきょく》に出てくる平家の公達《きんだち》のような」

と、各務野はいった。

「お美しい若殿でございます。しかし平家の公達のように柔弱でなく、いかにも武門のおん子にふさわしく武技がお好きでいらっしゃいます」

「どのようにお好き？」

「鉄砲をおならいあそばしております」

「まあ、鉄砲などを」

これは濃姫にとっても意外だった。鉄砲というものはまだ新奇な兵器でしかなく、諸国のどの大名にもさほどの持ち数はない。その上、そのような飛び道具を持たされているのは足軽であって士分の者はいっさいあつかわない。それを、信長は大名の子のくせに鉄砲がひどくすきで、橋本一巴《いっぱ》という名人をまねいて夢中で稽古《けいこ》しているという。

「そのほか馬がたいそうお好きで、毎朝馬場に出て荒稽古をなされております。むかし源氏武者は一ッ所でクルクルとまわる輪乗りという芸ができて平家武者はそれができなかったから源平合戦で平家が負けた、というはなしを聞かれ、それならばおれはそれをやる、と申されてひと月ほど馬場でそればかりに熱中なされておりましたが、ついにそれがお出来あそばすようになった、といううわさでございます」

「そのほかに？」

「喧嘩がおすきでございます」

「お強い？」

「それはもう。……」

と、各務野は手まねをまじえて語りはじめた。

あるときのことだ。信長が例のかっこうで城外の村へあそびに行ったとき、村の悪童どもが三十人ばかり群れていて口やかましくさわいでいる。

——どうした。

と信長が事情をきいた。村童は、このきたならしい装束の小僧がまさかお城主の若様だとは知らないから、

「隣り村とそこの野で喧嘩をする」

といった。ところが当村の子供はみな臆病《おくびょう》で人数はこれだけしか集まらない、という。

「二十九人か」

と、信長はあごでかぞえ、先方はなん人いる、ときいた。百人は集まっている、と村童のひとりが答えた。

よしおれが勝たせてやる、と信長は供に言いつけて青銭《あおせん》を何挿《なんさ》しか持って来させ、まずそのうちの二割をみなに公平にくばり、

「あとは働き次第で多寡《たか》をきめてほうびとしてやるぞ。ほうびを多くもらいたいと思えば必死に働け。喧嘩のコツは、やる前におのれはすでに死んだ、と思いこんでやることだ。さすれば怪我をしても痛くはないし、たとえ死んでもモトモトになる」

と教え、おれが指揮《げぢ》をする、と宣言し、かれらをひきつれて「戦場」におもむき、駈《か》けちがい駈けまわってさんざんに戦ったあげくみごとに勝った、という。

「利口なお人でございましょう?」

と、各務野の報告は、道三が知っている信長像とはだいぶちがっていた。

「だけど、それだけのおひと? 歌舞もなにもなさらないのですか」

と、濃姫がきいた。そういう芸事は、彼女は父の道三、母の小見の方の血と影響をうけてひどく好きだった。

「なさいますとも！」

と各務野は勢いこんでいったが、これは勢いこんで言わざるをえないほどに、少々自信のないことだった。

たしかに信長は舞と唄《うた》がひどく好きなことは好きであった。各務野もそのうわさはしかと耳に入れた。信長の舞の師匠は、清洲《きよす》の町人で有閑《ゆうかん》という者だということもきいた。そのくせに、信長は妙な若者だった。舞は「敦盛《あつもり》」の一番だけしか舞わないのである。それも「敦盛」のうちのただ一句だけを唄いながら舞うのが好きであった。

人間五十年
化転《けてん》の内にくらぶれば
夢幻《ゆめまぼろし》のごとくなり

と信長はかつ唄いかつ舞う。

うたもそうである。鼻唄をうたうほどにすきなのだが、これもただ一つのうたしかうたわない。

死なうは一定《いちじょう》
しのび草には何をしよぞ
一定語りおこすよの

というもので、それを鼻さきで唄いながら城下の町をあるいてゆく。

（妙なひと。――）

濃姫は目のさめるような驚きをもった。

彼女はそれだけの材料で懸命に信長という若者を理解しようとした。なにかしら自分の一生を五十年と見きわめてタカが五十年という態度で自暴自棄にあそびまわっているようでもあるし、逆に、まだおさない年齢でしかないくせにするどい哲学をもち、それを原動にして世のなかにいどみかかろうとしているような、そういう若者のようにもおもえた。

とにかく濃姫は、これだけの話のなかに、若者だけがもっている鮮烈な血のにおいを嗅《か》ぐような思いがして、その夜はあけがたまでねむれなかった。

ほどなく、婚儀の日どりがきまった。

あと二カ月あまりしかない。天文十八年二月二十四日であった。

華《か》燭《しよく》

にんげん五十年

化転のうちにくらぶれば

ゆめまぼろしのごとくなり
ひとたび生《しよう》を稟《う》け
滅せぬもののあるべしや
……………

くせとはこわいものだ。濃姫は、いつのまにか、たとえば厠《かわや》に立つときでも、ついついこのふしぎな謡文句《うたいもんく》を口ずさむようになってしまっている。厠のなかなどで、はっと自分のはしたなさに気づくときなど、

(おかしな若君だこと。……)

と、まだ見ぬ信長の罪にしてしまう。

とにかく、信長が尾張の城下の町をのし歩きながら鼻さきでうたっているという風景は、濃姫の目にみえるようであった。このうたを濃姫なりに幸若《こうわか》のふしをつけてうたうと、そこはかとなく織田信長という若者がうかんでくるから、妙なものであった。

「死なうは一定」

と、いまひとつの信長の愛唱歌を口ずさんでみることがある。

「……忍び草には何をしよぞ、一定語りおこすよの」

その日も、そうであった。濡《ぬ》れ縁の日だまりに端居《はしい》しながらぼんやり口ずさんでいると、侍女の各務野《かがみの》が庭をまわってやってきて、やれやれという顔をした。

「お姫さまはちかごろどうなされたのでございましょう。ご婚儀もお近い、と申しますのに」

と、こぼした。婚儀がちかいというのに鼻うたなどという行儀のわるい癖がついてしまって、というのであった。

「そのようなお行儀では、さきさまにきらわれますぞ」

「あ、そうか」

と、濃姫はやめるのだが、よく考えてみるとさきさまの若様こそ、行儀のわるさでは三国一の異名をとっているという評判ではないか。

(適《あ》わせてゆく、ということで、少しぐらいお行儀をわるくして嫁《ゆ》くほうがよいのではないか)

と、濃姫は本気で考えてもみるのである。

それやこれやで、濃姫のまわりの日月がおどろくほど早くたち、もはや輿入《こしい》れの日にあと三日を残すのみとなった。

母の小見《おみ》の方《かた》は、縁談がきまってからはずっと濃姫の部屋で起居している。戦国のならいで、もはや隣国の大名に嫁《とつ》がせてしまえば、生涯《しょうがい》この娘と相見ることもないであろうと思い、そのことのみが悲しいらしく、折りにふれては涙をにじませたりした。

が、父の道三《どうさん》は風変りだった。ここ十日ほどのあいだはめったに奥に来ないばかりか、たまに来ても、なんとなく濃姫と顔をあわせることを避けているふうであった。

(あれほどわたくしを可愛《かわい》がってくだされたのに)

と濃姫はそれのみが不審で、とうとうこの日、母の小見の方に、

「お父上様はどうなされたのでございましょう」

ときくと、小見の方にとっても不審だったらしい。

その夜、小見の方は寝所で道三にきくと、

「会えば、泣くのがこまる」

「帰蝶《きちょう》が、でございますか？」

とおどろいてききかえすと、いや、帰蝶ではない、わしがだ、と道三は苦っぽく答えた。

(この男《ひと》が？)

と小見の方はおもわず顔を見たくらいであった。道三は、いった。

「あれほどのよい娘を、むざむざ尾張のたわけ殿に奪《と》られてしまうのかと思うと、胸のあたりが焼ける思いがするわ」

「なら、おやりにならなければよろしゅうございましたのに」

と、小見の方はまたしても涙になった。おとなしすぎるほどの婦人で、かつて夫の道三にうらみがましいことをいったことがないのだが、こんどの婚姻についてだけはべつだった。

言って、すぐ、

「なぜ、十兵衛におやりなされませなんだ」

と、思いきっていった。明智十兵衛光秀ならば、おなじ美濃の被官で、自分の実家の子でもあるし、会おうと思えばいつなんどきでも会えるのである。

「言うな」

と、道三はいった。道三も同じ理由でそのことも考えたことがある。光秀ならば年少のころから猶子《ゆうし》同然にして可愛がってもきたし気心もよく知っていた。才智もすぐれ、婿《むこ》としてゆくゆく育て甲斐《がい》もあろう。

「しかし」

と、道三は、嫁取り婿取りは外交の重大事で国家防衛の最大の事業だ、親としてのなまな情をからめるわけにはいかぬ、と言い、

「そなたのつらさは、そなただけのものではない。わしも、ひょっとすると生涯、娘のむこの顔を見ることができぬかもしれぬ」

と、いった。戦国のならいである。つねにたがいに臨戦状態にある舅《しゅうと》と婿とが、一ツ屋根の下で対面するなどは、まずまず考えられぬことだった。

いよいよ、濃姫の輿が美濃鷺山《さぎやま》城を出るという当日になった。

朝、それも太陽はまだ昇っていない。殿中はくまなく燭《しょく》がともされ、庭、通路、諸門、城下の街路には真昼のようにカガリ火が焚《た》かれ、星の下を支度の者、行列の人数、見物の者など数千の人がうろうろと往《ゆ》き来《き》し、輿の出発の時刻を待った。

道三は、大広間にいる。

横に、小見の方。

やがて濃姫が各務野に介添《かいぞ》えされて、別れのあいさつをするために両親の前に進み出た。

その美しさ、父の道三さえ、あっと声をのむほどの風情《ふぜい》であった。それにつけても、うめきたいほどの口惜しさである。

(この娘を、たわけ殿にくれてやるのか)

道三は、おもわずわが袴《はかま》をつかんだ。

濃姫が、意外にはきはきとあいさつの言葉をのべはじめたが、道三の思いは宙にまよい、その言葉もききとれぬほどであった。

「帰蝶」

と、おもわず叫んだ。

「これへ来よ、これへ」

早う早う、と手でまねき寄せ、かねて用意してあった金襴《きんらん》の袋に包まれたものをつかみ、三方《さんぽう》にものせず、いきなり濃姫の膝《ひざ》にのせた。

短刀であった。美濃鍛冶関孫六《せきのまごろく》の作で、道三がこの日のためにとくに打たせたものであった。慣例なのである。父親が、とつぐ娘に護身のための短刀をあたえ、いざというときにはこれにて自害せよ、という意味をも籠《こ》める。

道三も、なにか、言うべきであった。堅固で暮らせといってもよいし、あるいは婿殿を大切に、といってもいいであろう。が、道三の口から思わずついて出た言葉は、

「尾張の信長は、うつけ者だ」

ということであった。

えっ、濃姫は目を見はった。道三はうなずき、低い声で、しかし微笑をたやさずに、

「おそらくそちは、婿殿がいやになるであろう。なるとおもう。そのときは容赦なくこれにて信長を刺せ」

と、いった。

が、道三はそのつぎの瞬間、濃姫の意外な返答に出くわさざるをえなかった。

「この短刀は」

と、濃姫は膝の上からとりあげ、

「お父上を刺す刃《やいば》になるかもしれませぬ」

利口な娘であった。そういうなり、きらきらと微笑し、笑顔で感情を掻《か》き消した。

道三は狼狽《ろうばい》し、すぐ大声で笑って、

「でかした。なによりの別れのあいさつであった。あっはは、それでこそ斎藤山城入道《やましろにゅうどう》道三のむすめじゃ」

といったが、この応酬はあわれなほどに道三の敗北におわった。道三は、ぐっぐっと咽喉《のど》で笑いつづけ、笑顔のその奥底で、

(信長め、果報な嫁をもった)

と、おもい、吐きすてたくなるほどに腹だたしくもあり、哄笑《こうしょう》したくなるほどにうれしくもあり、哭《な》きだしたくなるほどに情けなくもあった。

時刻が来た。

尾張までゆく花嫁の輿が玄関の式台の上にかつぎあげられ、濃姫はその輿のなかの人になった。

やがて輿は城門のそばまで出た。

城門の内側には、尾張へ供奉《ぐぶ》する行列の人数三百人が堵列《とれつ》している。

荷物だけで、五十荷はあった。

婚礼奉行の堀田道空が礼装で馬上、先頭にあり、それに、道三の代理人として光秀のおじ明智光安が、略装のまま金蒔絵《きんまきえ》の鞍《くら》をおいた馬にうちまたがり、光安自身の家来五十人をひきつれて行列の後尾にある。

星空の下で、数百のタイマツが音をたてて燃えている。やがてその炎の列がうごきはじめた。

ゆるゆると動く。十歩行ってとまり、二十歩行ってとまる。とつぐべきむすめが、父母の想《おも》いのために去りなやむ、という一種の様式であった。

濃姫の輿の前を、道三が彼女の終生の家来としてつけてくれた美濃山県郡《やまがたのこおり》福富の住人福富平太郎貞家がゆく。輿のうしろには、濃姫に終生つきしたがう各務野をはじめ五人の侍女がゆく。

道三と小見の方は、その行列を城門のわきで見送るのである。

やがて行列が見えなくなると、作法により花嫁の多幸を祈るために門の右がわで、門火《かどび》を焚《た》く。濃姫は去った。門火が燃えあがるころ、道三は黙然と城門のなかに消えた。

沿道の村々に、すでに梅が咲いている。行列は、尾張のなごや城まで、はるかに四十キロの行程をゆかねばならなかった。

木曾川の国境まできたとき、川むこうに織田家のむかえの人数三百人が、家老平手政秀に指揮されて待っていた。

輿は船で川をわたり、対岸の尾張領につくと、これら尾張衆が、美濃衆にかわって輿をかつぐのである。

自然、行列は両家あわせて六百人になり、それがカガリ火の燃えさかるなごや城下についたのは、すでに日没後であった。

濃姫は、城内に入った。

彼女のために新築された御殿のなかで衣裳《いしょう》をかえた。白の小袖《こそで》に上着は幸菱《さいわいびし》、それにうちかけをまとい、すらりと立つと各務野さえ見とれるほどの美しさであった。

ほどなく、婚儀がとりおこなわれた。

その席上で、濃姫ははじめて自分が生涯連れ添うべき織田信長という若者をみた。

濃姫十五歳

信長十六歳

この若者は、白ずくめの衣裳をまとい、髪をつややかに結いあげ、唇《くち》もとがひきしまり、鼻筋とおり、どこから見ても絵にかいたような若君であった。

（まあ、これは噂《うわさ》のサンスケどのではない）

と、濃姫はまずそのことに安堵《あんど》した。

が、目だけは、とんきょうであった。濃姫とその盛装がひどくめずらしいらしく、きょときょとと見るのである。その点は変だな、と濃姫はちらりと思ったが、さすがにあがっていたために、さほど気にはならなかった。

杯ごとが済み、そのあと織田家の老女に案内されて仏間へゆき織田家代々の霊にあいさつし、さらにきょうから父母になるべき信秀とその正室土田御前《どぜん》にあいさつした。

が、婚儀はそれだけでは済まない。

三日もつづくのである。その間、濃姫はほとんど厠《かわや》にも立てずにじっとすわり、三日目に白装を色ものの衣裳にかえ、いわゆる色なおしをして織田家の侍女たちのあいさつを受け、それがおわってようやく濃姫は儀式上の花嫁であることから解きはなたれた。

夜になった。

三日目のきょうが、寝室で婿どのと新床《にいどこ》をともにすることになるのである。

濃姫は寝所に案内されて、そこで婿どのにあいさつをするために、信長を待った。

濃姫は三日にわたる婚儀で、もう思考力もなくなるほどに疲れきっている。

（おそれたほどには、こわくはない）

と頭のすみでおもったのは、疲労がさいわいしているせいであろう。

ただ、おかしいと思ったのは、この三日間信長の姿が、ほとんど無かったことである。

（きっと、あれかしら、窮屈なことがおきらいなたちなのかしら）

と濃姫はけだるい体のなかで、ぼんやりとそう想像した。

濃姫の想像は、あたっていた。きのうまでサンスケと呼称して町をのしあるいていた自分が、急に町からひっさらわれ、うまれて一度も経験したことのない窮屈きわまる席に引きすえられたとき、肝がつぶれるほど仰天した。

（これはかなわぬ）

とおもい、何度も脱走し、脱走しては廊下、庭、門わき、中間部屋などで傅人《めのと》の平手政秀につかまった。五度目につかまったときなどは腹が立ってしまい、

「爺《じい》、そちは何人いるんだ」

とおもわずどなった。まったくのところ、城内のどこに逃げても政秀老人はどこからともなくあらわれ出てきて信長をつかまえた。

「若、もうよいかげんになされ」

政秀は、いった。それまでも政秀は「きょうは若の大事な日じゃ」とか、「そのようなお挙措《そぶり》では隣国のお付衆にあなどられまするぞ」などと訓戒をたれてきた。この五度目につかまったときはちょうど三日目の色なおしの日だったが、政秀もさすがに涙をため、

「若よ。考えてみなされ。年はもゆかぬ娘御が親もとの城をはなれ、十里の道をあるき、知る人もない尾張の城に参られておる。たよるひとと申せば若おひとりじゃ。あわれとも愛《いと》し

いともおぼしめさぬのか」

と、袖をとり、尻《しり》をたたかんばかりの勢いでいった。このことばに信長も、

「ホウ」

と感じ入った顔をした。自分ひとりをたよって来たとはあわれではあるまいか、とおもったのであろう。

（しかし、あいつは美しすぎる）

という奇妙な反感もあった。戸惑い、気はずかしさ、というものではない。美しい蝶《ちょう》でもみればひっとらえていじめてやりたい、という童《わらべ》くささが、まだ信長には残っている。

「爺、わしは石投げや水くぐりの連中ばかりを相手にしてきた。女《め》っこなどは相手にしたことはないぞ」

だからこまるのだ、と信長はそんな顔をしたが、政秀老人は別の意味にとりちがえ、

「わかっておりまする。だからこそ、先日、絵草紙やらなにやらをお見せして、若の申される女っこを相手にする法をお説ききかせ申したではござりませぬか。あのとおりにやりなされ」

「爺、汝《われ》は助平じゃな」

「えっ」

政秀は狼狽し、なんという馬鹿《ばか》だ、ともおもい、ため息をつきながら、

「なにも申しませぬ。絵草紙どおりにやりなされ」

といった。

それから一刻《とき》ばかり経《た》ったあとである。

濃姫が寝所で短檠《たんけい》にむかって所在なげにひとりですごろくをしていると、廊下を駈《か》けてくる足音がきこえ、いきなりふすまがカラリとひらき、

「おれは信長だ」

と、真赤に上気した顔してこのえたいの知れぬ若者が闖入《ちんにゅう》してきた。

濃姫はあわてて居ずまいをなおし、すごろくを横へのけ、

「帰蝶でございまする。ふつつかでございますが、ゆくすえ、よろしくお導きくださりますように」

と、指をついてあいさつした。

「ふむ、信長だ、見知りおけ」

「いいえ、もう三日も前から存じあげておりまする」

と、濃姫は内心おかしかった。しかし信長は突っ立ったままであった。

(こまったな)

と、濃姫はおもった。すわってくれねば、教えられたとおりの新床の儀式ができないのである。こうなれば濃姫のほうが度胸がすわってしまった。

「おすわりくださりまするように」

といった。すると信長は意外に素直に、

「コウカ」

と、すわった。

すわるなり、「お濃よ」といった。信長が帰蝶という名をよばず、どういうわけか通称の濃姫の濃をとって、オノウとよんだ。これが、信長が濃姫を呼んだ最初であった。

「お濃、それへ寝よ」

というなり、くるくると着物をぬぎすて、素裸になった。

濃姫は、ぼう然となった。が、すぐ信長の次の言葉がふってきた。ひとのぐずぐずしているのを見るのが、よほどきらいなたちらしい。

「寝よ」

と命じ、さらに、教えて進ぜる、おれは知っておる、と言った。知っておる、というのは、平手政秀のいった例の絵草紙のことであろう。

蝮《まむし》の子

寝よ、といわれるから、濃姫は、仕方なく夜具のなかに入った。さすがに、身のうちがふるえている。

「なあお濃よ」

信長は、褌《まわし》ひとつの素っぱだかのままでなにやら妙な竹筒をとりだした。

四尺ばかりあるだろう。

「これはなんであるか、知っているか」

「存じませぬ」

「笑い絵よ」

信長は笑いもせずにいった。この時代の武士のあいだに流行した縁起モノである。春画を竹筒に入れ、それを背負って戦場にゆくと下手《へた》な怪我はしない、と信じられていた。竹筒には、肩に背負えるように古びた革ひもがついている。信長はおそらく城内の蔵かなんぞで、見つけてきたのであろう。

(ああ、あれか)

と、濃姫も城中で成人したむすめである。そういうものが世に存在する程度には知っていた。

「どうじゃ」

信長は、パラリとひろげた。絹に極彩色の男女がえがかれている。

「お濃、このとおりするのじゃ」

と信長は、ぶらさげて濃姫にみせ、自分も小むずかしい顔でそれをのぞきこんだ。

濃姫はさすがに顔だけはむけたが、目だけは、

(みまい)

とつぶっている。

「見ろ」

「いやでございます」

後年、この夜の信長を思いだすごとにたまらぬほどの可笑《おか》しみを覚えるようになったが、濃姫のみるところ、要するに信長という男の風変りな性格が、こんなところにもあらわれている。なにごとも自分の手で研究し、自分で考え、自分なりの方法で行動せねば気のすまぬ、という、いわばこの男の異常さが、初夜の行動にも出ていた。

しかしこの夜の濃姫は、そこまで信長がわかっているわけではない。

(狂人か)

と、実のところ、こわくなった。やることも奇矯《ききょう》だし、面《つら》つきも、蛙《かえる》のように大まじめだった。蛙は、笑わない。そういえば、濃姫はここ三日間、この若者の笑顔をみたことがない。

それに、やることなすことに情感がないのである。

なにぶん、こういうことは男女の事柄《ことがら》だから、自然な情感がにじみ出てもよさそうなものだが、信長は右手にぶらりと笑い絵をぶらさげ、

「このとおりにやる」

と宣言しているだけである。

濃姫は、父の道三や母の小見の方のこのみで、早くから和歌を学ばされ、古今《こきん》、新古今に集録されている名歌はほとんど暗誦《あんしょう》し、自分でも各務野《かがみの》といっしょに架空の恋人を想定して恋歌などをずいぶんつくってきた。

(それとはずいぶんちがうなあ)

と、濃姫は頭のすみでおもった。しかし意識のほとんどは白っぽく混濁していて、体だけがむしょうにあつい。

ところで、信長にすればこれは親切のつもりだった。

（おれは、平手の爺《じい》におしえられてわかっておる）

と、自信もあり、落ちついてもいた。

ただ事前に笑い絵をみせてやれば、濃姫もああのとおりにするのかと思い、気も落ちつき、やりやすくなるだろうと相手本位に考えてのことである。

この男なりの愛情だった。

やがて信長は掻巻《かいまき》をめくり、濃姫の横へ入ってきた。

「わしの首の根を抱け」

ときびしく命じたが、濃姫はくびをふってはずかしゅうございます、といった。「しかしお濃」と、信長はいった。

「笑い絵ではそうなっておる」

「厭《い》や、厭や」

「そなた、美濃を出るときになにも教わらなかったのか」

「いいえ」

「どう教えられた」

「なにごとも婿殿《むこどの》の申されるようにせよ、とそれだけでございます」

信長はだんだん不機嫌《ふきげん》になってきた。自分の言うとおりに人がせぬと諸事、癇《かん》が立つのである。「せよ」といった。

濃姫はやむなく、白い腕を出し、信長の頸《くび》にからませ、

「こうでございますか！」

と、悲しげにいった。信長はふむ、と得意げにうなずき、「されば自分もこうだ、こう抱く」と右手を寝床のなかでのばし濃姫の腰のくびれにもって行ったから、濃姫はきゃっとからだを曲げた。

「どうした」

と信長は手をとめた。

「くすぐっとうございます」

「我慢せよ」

信長は、容赦なく事を進めてゆき、やがて眉《まゆ》を詰め、眼をつぶり、渋面《じゅうめん》をつくった。

濃姫も、渋面をつくっている。たがいにわけもわからぬうちに、平手中務政秀がおしえてくれたことの一切がおわったようであった。

そのあと信長はふとんの中からごそごそ這《は》い出ると、部屋のすみにあった革袋をとってきて、いま一度、ふとんへ入った。

腹ばいになって革袋をあけ、中から干し柿《がき》を二つ取り出してきて、

「お濃、たべろ」

と、一つくれた。どうやら噂《うわさ》にきく信長は、腰に革袋をぶらさげている、という評判の実体はこれらしい。

(べんりなものだ)

と濃姫はおかしくなった。

「革袋は、いくつ下げていらっしゃいます」

「二つか三つだ」

「どの袋にも、干し柿を入れていらっしゃるのでございますか」

「馬糞《ばふん》のときもある」

「えっ」

この袋ももとは馬糞入れだったのか、と濃姫はおどろいたが、信長は、「ちがう」と言い、

「あたらしい袋だ」

といった。聞けば、この干し柿は濃姫にやるために数日前、城下の農家に忍びこんで盗《と》っておいたものだという。

「ありがとうございます」

「礼はいわんでもよい」

干し柿をむしってうまそうに食いはじめたあたり、どうみてもまだ十六の齢《とし》だけのものでしかなかった。

「お濃」

「帰蝶《きちょう》とよんでいただきます」

「どうでもよい。美濃から嫁《き》たからお濃だ」

（変な子）

腹が立った。そんな眼で信長をながめるだけの余裕が、濃姫にできはじめている。

「そなたの父親は、蝮《まむし》だそうだな」

「……………」

「美濃ではどうか知らんが、尾張ではもっぱらな評判だ。下民でも蝮、蝮とよんでいる。やっぱりあれか、まだらまむしのような顔か」

「ちがいます」

濃姫は、いやな顔をした。

「父は乱舞《らんぶ》などさせると、背も高く、容貌《かお》も舞台に映えて、ゆゆしきお顔だ、と人は申します。わたくしもそう思います」

「なるほど」

信長は、蝮面をした怪物を空想していただけに、すくなからず落胆した。

「ただの顔か」

「はい。尋常以上のように思いますけれど」

「しかし、強いだろう」

「さあ」

濃姫は、父の評判が尾張ではよくないことを知っているから、こういう話題をできれば避けたかった。

「おれのお父《でい》は強い。尾張半国を切りなびかせて隣国の三河《みかわ》では安祥《あんじよう》まで切りとった。駿府《すんぷ》の今川義元が駿遠参《すんえんさん》三国の大軍をこぞって攻めてきたが、お父のために苦もなく撃退されている。東海一の弓取りだな」

「左様でございましょう」

「ところが」

信長は口中の干し柿をのみこみ、

「そなたのお父のほうが強い。おれのお父は何度挑《いど》みかかっても、そのつど叩《たた》きつけられている。強い。日本一だな」

「そんなこと」

「おれは事実をいっている」

信長は、熱っぽい眼を濃姫にむけた。

「おれは強い人間が好きだ。そなたのお父をおれは好いていた。美濃の蝮というやつはなんと素敵なやつだと思っていた」

「父がよろこびましょう」

と、濃姫はいったが、早くこの話題をうちきりたい。しかし信長は、その切れながの眼をきらきらさせて、話に身を入れだした。

「だがお濃、言っておくが蝮よりおれのほうが強いぞ」

「そりゃもう……」

と口ごもりながら、なんとこれはこどもだろうと濃姫はうんざりした。濃姫は年こそ一つ下だが、父の素養をついで恋歌の一つや二つ、いますぐにでも詠《よ》める。しかし信長は、このあえかなるべき初夜に、喧嘩《けんか》の強弱しか話題がない。

「お濃」

信長は、顔をむけた。意外なほど澄んだ眼をもっている。

「はい？」

お濃は微笑して、

「いくさの事なら、お濃はおなごでございますから、わかりませぬけど」

「うそをつけ、蝮の子のくせに」

「でも」

と、口ごもると、信長はくるくると頭をふって、「ちがう」といった。

「いくさの話ではない。おれという男についてだ。おれはばかにされている」

「………」

「家中の者にもだ。いま城下の町衆までが、おれをたわけ殿とやら申しているらしい。このうわさ、きいたか」

「いいえ」

濃姫はこわくなってかぶりをふった。

「うそをつけ。美濃でも大評判だというはなしだ。美濃の蝮の子が、尾張のたわけ殿のもとに輿入《こしい》れした、よい夫婦になるじゃろ、と人は囃《はや》しておる」

「………」

「おれは馬鹿《ばか》かどうか、自分でもわからん。ただ、おれが善いと思ってやることが、世間のしきたりでは悪いことになるらしい。袋にしてもそうだ」

なるほど、腰に袋をぶらさげておけば、いつでも食べたい時に柿が食えるし、石を投げることもできる。便利である。便利だからそうするのだが、世間ではそういう便利が馬鹿にみえるのであろう。

「おれが馬鹿か、世間が馬鹿か、これは議論をしてもなにもならん。おれのやりかたで天下をひっくりかえしてみてから、さあどっちが馬鹿だ、と言ってみねばわからぬ」

「まあ、天下を」

「おれの眼からみれば天下は馬鹿でできあがっている。鷹狩《たかが》り一つでもそうではないか。むかしからの鷹狩りのやり方では一日野山を駈《か》けて山鳩《やまばと》や鴨《かも》を二、三羽とれるだけだが、おれのやり方でやれば三十羽でも四十羽でもとれる。しかし世間はおれの鷹狩り姿を見て、アレヨ、タワケドノヨという。そういう連中の天下だ、くつがえそうと思えば、くつがえせぬことはあるまい」

「……」

「おれがそなたに申したいのは、なんの、たわけ殿でもかまわん、しかしそなただけは、正気でそう思ってもらってはこまる」

「……」

と、濃姫は忍び笑っている。「こまる」という信長の言いかたが、いかにもこまるような表情に満ちていたからだ。

「よろしゅうございます」

「もう一つある」

「どんな？」

濃姫はこの少年のために微笑してやった。しかし少年は、容易ならぬことをいった。

「おれを殺そうとしているやつがいる」

「うそ！」

と、濃姫はあやうく叫びそうになった。

「いや、そういう気がするだけだ。ただ、おれは馬鹿にされている上に、きらわれてもいる。人間、そんなことはわかる」

「まあ」

「べつに人に好かれようとは思わん。おれは大名の子だ、好かれずとも大名になれる。しかし殺そうという奴《やつ》がいるのはこまる」

「うそでしょう」

「かもしれぬ。しかしお濃、そなたはそんな仲間には入るな」

「あたりまえのこと！」

と、濃姫はこの信長の話をきいていると気が変になりそうだった。婚礼がおわっての新床《にいどこ》に、人殺しの仲間に入るな、と念を入れる婿どのがどこの国にあるのだろう。

「でも、どなた様が、殿をおきらいあそばしております」

「まず、母上だ」

と、信長はいった。

濃姫はもう驚くのには馴《な》れてしまって、

（そう、おかあさまが。――）

と、なにげなくうなずき、うなずいてからその異常な事柄《ことがら》にがく然とした。実の母が、わが子をきらったり殺そうとしたりすることが世にありうるだろうか。

母は、正室の土田御前である。濃姫はあいさつをして顔を覚えている。信長に似て面長《おもなが》の美人だが、どこかこわれやすい、感情が激すると自分で制限できないような、ある種の激しさをもった顔だった。

「勘十郎信行《のぶゆき》という弟がある」

濃姫は、婚礼の二日目にあいさつを受けて知っている。美貌《びぼう》で行儀がよく、いかにも利発そうな少年だが、ちょっと小利口そうなにおいがあって、濃姫はあまり好きでなかった。およそ、信長とは似ても似つかぬ弟なのである。

「勘十郎は評判がいい」

と、信長はいった。濃姫は、その評判のほどは後日きいたのだが、家中でも城下でも非常なもので、母御前などは勘十郎を溺愛《できあい》しきっている。そのうえ、勘十郎付の守役《もりやく》である柴田《しばた》権六勝家《ごんろくかついえ》や佐久間大学盛重《もりしげ》が、

「勘十郎さまは、ゆくすえ御兄君をたすけてよい大将になり、織田家をいよいよ興されることでござりましょう」

と、正気で、つまりかれらは粗剛なほどに朴訥《ぼくとつ》な男どもだから、おべっかではなく、そう信じきって母御前にも申しあげている。

次弟の評判がよすぎる、というのはけっして好ましい現象ではない。

——ではいっそ家督は勘十郎様に。

という気持が、人にきざさぬともかぎらぬからである。

げんに土田御前はいつも、

「兄と弟とがふりかわってうまれていればよろしゅうございましたのに」

と、信秀にこぼしている。そのつど信秀は、

「賢《さかし》らなことを申すものではない。人のゆくすえなどわからぬ」

と、信長をかばってきた。

「いま城中で」

と、信長はいった。

「おれをおれと見てくれるのはお父《でい》のみだ。平手の爺も、どうかわからぬ」

「お濃は？」

と濃姫はせきこんでいった。

「お濃も、でございますよ」

「だから、わしも申しておる。おれぎらいの仲間に入るな、と」


それから二年。

濃姫には、あっというまに経《た》ったように思われる。ふたりは、体も心も未熟のままに、ただ遊び友達のようにしてすごした。

急変がおこった。

天文二十年三月三日、父の信秀がちかごろ築造した末森《すえもり》城で急死したのである。

四十二歳であった。

頓死《とんし》といっていい。

その前日の夕刻、城下の猫《ねこ》ケ洞《ほら》という池のまわりを駈けまわって馬を責め、夜はいつものように大声で笑いさざめきながら大酒をし、閨《ねや》にひきとってからちかごろあたらしく手をつけた女に腰をもませ、

「チクと頭がいたい」

と、いっていたが、やがて熟睡した。あけがた厠《かわや》に立ち、人が気づいたときは冷たくなっていた。

それを伝える急使が信長のなごや城に駈けこんだのは、朝の陽《ひ》も高くなってからである。

信長は、だまっていた。

終日ものをいわず、濃姫がくやみをいってもうなずきもしなかった。日が経っても、父の死について語ろうともしない。

それから八日後。——

美濃から濃姫のもとに使いがきて、こんどは濃姫の実母小見の方が死んだことを伝えてきた。このほうは三十九、死因は結核である。

このときだけは信長は、

「お濃、悲しいか」

と、ひとことだけ、それもどういうわけか、憎々しげな顔でいった。濃姫はさすがに腹が立った。人の親の死が、悲しからぬはずがないではないか。

く　わ　っ

父の葬儀の前日、家老の平手政秀が信長をつかまえて、

「よろしゅうござりまするな」

といった。

「あすでござりまするぞ、またうろうろとどこぞへやらお消《う》せあそばしては、爺《じい》はこんどこそ腹を切らねばなりませぬ」

「心得ている」

と言えばよいのに、信長はぷいと横をむいて、赤犬の通るのを見ていた。

平手政秀はなおも気がかりだったらしく、あとで濃姫付の侍女各務野《かがみの》をよび、

「よろしいか、奥方様に申しあげておいてくだされ。あすのこと、くれぐれも頼み入りまする、と」

濃姫は、夜、信長に、

「おかしゅうございますこと」

とシンからおかしそうに笑った。

「なにがだ」

「みなが、あなた様を、鴨《かも》の子かなんぞのように水にもぐりはせぬか、飛び立ちはせぬかと案じているようでございます」

「ばかなやつらだ」

信長は、笑いもせずにいった。

「世の中は、馬鹿《ばか》で満ちている」

「まあ」

「城中、何百の人間が駈けまわって葬儀の支度ばかりしている。僧侶《そうりょ》を三百人もよぶそうだが、僧侶を何百何千人よび、供華《くげ》を山ほどにかざってもお父《ざい》の生命《いのち》はよみがえらぬ。ではないか、お濃」

「はい」

と濃姫はうなずいたが、信長は誤解しているらしい、とおもった。葬儀とは死者を悼《いた》むもので、生きかえらせる術ではあるまい。

「古来、何億の人が死んだが、いかに葬式をしても一人もよみがえった者はないわ」

「でも、葬儀は、蘇生術《そせいじゅつ》ではございませぬ」

「わかっておるわ！」

信長は、大声をあげた。

「だから無駄《むだ》じゃというのじゃ。何の役にもならぬものに熱中し、寺に駈け入り、坊主をよび、経をあげさせてぽろぽろと涙をこぼしおる。世の人間ほどあほうなものはない」

なるほど理屈である。濃姫はなだめるように、

「それはわかりますけど、しかし殿様は喪主《もしゅ》でございますよ」

「おれはなったつもりはない」

「そのように駄々をこねられまするな。世の慣例に従わぬと、不孝の御子よ、と人々に蔭口《かげぐち》

をたたかれます」

　信長は、だまった。だまると、急に冷えたような顔になる。濃姫など、そこにいるか、というような顔になるのである。

　この若者は、もともと言葉がみじかい。というより座談というものができない。ほとんど終日ものをいわず、自分の気持を表現するときは、言葉でなく、いきなり行動でやった。

(どうも、そういう人らしい)

　と、濃姫もみていた。

が、彼女にも信長の胸底にうずまいている始末におえぬ憤《いきどお》り、うらみ、悲しみがどういう性質のものか、まるでわからなかった。

まず、四十二の若さで死んでしまった父をこの男はひどく憎んでいた。

(お父のばかっ。——)

　と、どなりたい気持だった。信長は、この男なりに自分を鍛え、教育してきた。水にもぐることも、石投げをすることも、足軽に棒試合をさせることも、すべて将来天下を取るべき自分を、そういう方法でつくりあげているつもりだった。

　それがまだ数えて十八である。われながら未熟で使いものにならぬと思っているのに、父はいきなり、その死によって彼に織田軍団の指揮者であることを強《し》いたのである。

(お父め、身勝手だ)

　と、ののしりたかった。もともとこの男は、自分の思っている構想どおりに事がすすまぬと、物狂おしいほどに腹が立つ性癖がある。

いまひとつの腹立たしさは、一族一門、それに家中の者がことごとくかれの器量に絶望しているなかで、父の信秀のみが、

——藤口などは気にするな、そちのことはわしだけが知っている。

というような眼差《まなざ》しでつねに見まもってくれていた。信長はそれを幼童のころから鋭敏に嗅《か》ぎ知っており、

（わしの事はお父にしかわからぬ）

と思っていた。逆にいえば父が理解してくれている、とおもえばこそ、安心して奇矯《ききょう》な行動や服装で明け暮れすることができた、ともいえる。

いわば、信長は信秀によってこそ、はじめて孤独でなかったのである。その唯一《ゆいいつ》の理解者をうしなったことは、声をあげて哭《な》きさけびたいほどの衝撃だった。

（それをもわからず、馬鹿な一門の者や老臣どもは葬式のことのみにうつつをぬかしておるわ）

だから葬式が憎い、という論法なのである。つまり万松寺の葬式というのは、自分の無理解者どもの祭典のようなものであった。葬儀が盛大であればあるほど、信長にとっては「連中」が自分とは無縁の場所で馬鹿さわぎをしているようにしかみえないのである。

「でも、御喪主《おんもしゅ》さまというのは、べつにむずかしいお役もなく、ただその場にすわっていらっしゃるだけでよいのではございませぬか。ただ御焼香だけはせねばなりませぬけど」

「お濃はよく知っているな」

「式次第を、各務野にそういって、中務《なかつかさ》（政秀）にきかせたのでございます」

「子供のくせにくだらぬ心配をするおなごだ」

「でも、心配でございますもの」

「やる」

安心しろ、という表情で信長はうなずき、「焼香だけすればよいのなら簡単なことだ」といった。


葬儀の日がきた。

盛大なものだった。

境内のそとには、足軽やその家族たち、城下の町人、領内の大百姓、さらには庶人ども数千人が、むれあつまり、沿道にうずくまっている。

境内には松林に黒白の幔幕《まんまく》を縦横に張りめぐらし、士分以上の者が、そこに一団ここに一群とたむろし、それに山伏衆が弓弦《ゆみづる》を鳴らして魔物の侵入をふせぎ、本堂にはすでに三百の僧が座についている。

やがて、織田家一門が参着する。つぎつぎと山門へ入ってゆく。信長の次弟勘十郎が、折目高の肩衣《かたぎぬ》、袴《はかま》という姿で馬にゆられ、下ぶくれの顔をやや伏せ気味にしてあらわれた。

その前後を、勘十郎づきの家老柴田権六《しばたごんろく》、佐久間大学、同次右衛門などがつき従ってゆく。

沿道の者は、

「勘十郎さまよ」

と互いに袖《そで》をひきあいながら囁《ささや》いた。美男で利発で気がやさしい、という点で末森城主織田勘十郎信行は家中だけでなく領内の男女にまで人気があり、

——世はままならぬ。あのおひとが御総領であれば、織田様も御安泰であるものを。

と言う者が多い。

それに、母親の土田御前生きうつしの眼もとで、まぶたが厚ぼったくふたえに重なり、まつげが長く、瞳《ひとみ》が黒く、微笑すれば男でさえはっとなるほどの艶《えん》があったため、家中の女どもの騒ぎ方も尋常でない。

その眼が俯目《ふしめ》になっている。

それを仰ぐと沿道の女どもは胸をつかれ、

——勘十郎様はお悲しみじゃ。

と、もらい泣きに泣き伏す者もいた。

そのあとが、喪主である。

信長であった。

前後に従う家老は林佐渡守通勝《みちかつ》、平手中務大輔《なかつかさだゆう》政秀、青山与三右衛門などで、いずれも徒歩でしずしずとすすむ。

信長は、馬である。沿道の者はその姿をあおぎ見て、あっと息をのんだ。

袴もはいていない。

すそみじかの小袖を着、腰にはどういうわけかシメナワをぐるぐる巻きに巻き、それに大小をぶち込み、髪は茶筅《ちゃせん》に巻きたててぴんと天を指《さ》し、コトコトと馬をすすめてゆく。

(おお、評判のとおりよ)

と、沿道はざわめいた。

——やはり、たわけ殿じゃ。

——あれではお国がもつまい。

などとささやく。

信長は山門わきでひらりと馬から降りた。そのあと、本堂までの長い石畳を一歩々々、踏みしめるような歩きかたであるいてゆく。

本堂では、すでに奏楽読経《どきょう》がはじまっていた。

「殿、こちらへ」

と、平手政秀が小声で堂内へ導こうとすると、信長は、

「香炉《こうろ》はどこじゃ」

と、いった。

「あれにござりまする」

「デアルカ」

うなずくや、ツカツカとその大香炉の前に歩みより、制止する政秀を押しのけて抹香《まっこう》をわしづかみにし、その手をあげ、眼をらんと見ひらき、そのままの姿勢でしばらく正面をにらみすえていたかと思うと、

「くわっ」

と、その抹香を投げつけた。

一瞬、読経の声がとまり、奏楽がみだれ、重臣どもが狼狽《ろうばい》した。

が、信長は顔も変えず、くるりと背をかえし、いまきた参道をもどりはじめた。

「殿」

と、平手政秀が袖をとらえようとすると、信長はふりはらい、

「爺っ、見たぞ」

叫び一つを残して去り、山門わきで馬にとびのるや、びしっ、と一鞭《ひとむち》あてた。

街道を疾風のように駈け、やがて野に出、林を突ききった。そのうしろを近習《きんじゅう》の者が数騎、あわてて追おうとしたが、ついに追いつけず、日没前まで懸命に捜索した。

やっと発見したのは、城外から北東四里はなれたところにある櫟林《くぬぎばやし》のなかだった。

信長は、樹間の下草の上に、あおむけざまになって寝ころんでいた。

「殿」

と声をかけても、この十八歳の若者は、天を見つめたきりであった。

この日の葬儀には、濃姫の実家《さとかた》の美濃国主斎藤道三方からも、重臣の堀田道空が参列していた。

堀田はそのあと濃姫にあいさつし、やがて美濃へかえり、鷺山《さぎやま》城に登城して道三に葬儀の日の異変をつぶさに報告した。

ところが、道三はひとわたり聴きおわっても、口をつぐんだままである。

ややあって、

「道空、信長を狂人とみたか」

「狂人としか思えませぬ」

「しかし貌《かお》はどうじゃ」

と、道三はいった。

道三のもとには、濃姫につけてやった福富平太郎や各務野からときどき密書がおくられてきているために、信長の動静はほぼわかっている。しかしまだ信長が何者であるか、すこしもわからない。

（おれの半生のうちで、あの若者と似た者にめぐりあったことがない）

類型がないために、判断しかねている。

「お貌でございますか」

と道空はしばらく考えていたが、

「わかりませぬ。まだお若うございますゆえ、お貌がないまで、はたしてお尋常にましますのか、それとも狂人か愚人か、いっこうに外見《そとみ》にはうかがえませぬ」

「わからぬか」

「しかし、ちょっと拝見したぶんには、すずやかなお眼と、ひきしまったお唇《くち》もとにて、暗愚どころか、非常な器量人にみえまする」

「それだ」

道三は思わず声をあげた。福富の報告も各務野の報告もそうなのである。

「そのためにわしは信長をどうみてよいか、判断にくるしんでいる」

「家中では、いや領内ことごとく、かの御仁《ごじん》を愚人狂人と見ておりまするようで」

「馬鹿を言え」

道三は笑った。万人がなんといおうと、見る眼をもった者が見ねば信用がならぬ、ということを道三は知りぬいている。

「考えてみよ、織田信秀ほどの男が、信長を廃嫡《はいちゃく》せずにあのまま据《す》えておいたのだ。尾張の侍どもの愚眼より、信秀一人の眼をわしは信ずる。だから、判断できずにくるしんでいる」

「廃嫡と申せば」

と、堀田道空は声をひそめた。

「家中の老臣のあいだには信長殿を廃し、勘十郎君をお立て申そうという陰謀があるやに聞いておりまする」

「その事は、わしもきいている」

むろん、道三も人の親である。信長が何者であるにせよ、その弟のために殺されるようなことがあっては、濃姫のために美濃軍団のすべてを動かしてでも救援せねばなるまい、と思っている。

「いちど、婿《むこ》どのに会うか」

と、道三はいった。

「ほほう、これは御妙案で。しかし、この御会見はむずかしゅうございましょうなあ」

「むずかしい」

舅《しゅうと》と婿とはいえ、戦国のならいである。会見に事よせて謀殺するという手があり、織田家もそれを疑うだろうし、こちらもそれに用心せねばならぬ。

「しかし双方、引《ひ》き具《ぐ》す人数をさだめ、場所は国境とすれば、いかがでございましょう」

「むこうが承知するかな」

と言ったあと、道三はくすくす笑って、

「わしは評判がわるいからな」

と、つぶやいた。織田家としては、蝮《まむし》の常用手段と見ておそらくは断わるだろう。

「気ながに、時期を待とう。いま信秀の死んだ直後に申し入れたりすれば、むこうが無用に疑うだろう」

その後も、信長の狂躁《きょうそう》はおさまらず、家中の人気はいよいよ冷えはじめ、次弟勘十郎を擁立しようとする動きが、なかば公然のものになっている。

信長の唯一の味方といっていい平手政秀の耳にさえその噂《うわさ》が入っていた。

いや、噂どころではない。生母の土田御前は葬儀のあと、政秀をよび、

「信長殿では国が保てますまい」

と露骨にいったのである。

暗に、勘十郎を立てる動きに参加せよ、といわんばかりであった。現に、土田御前は一番家老の林佐渡守《さどのかみ》を信長のもとから離し、末森城の勘十郎付の老臣にしてしまっている。

(工作は、よほど進んでいるのではないか)

と、政秀は戦慄《せんりつ》する思いであった。なるほど政秀は信長を、

「たわけ殿」

だとみていたし、織田家の重臣という立場から思えばこれを廃して勘十郎を立てるほうが、よいということもわかっている。

が、この老人に出来るはなしではなかった。政秀と信長のあいだには、すでに父子《おやこ》に似た感情が流れている。幼童のころから育ててきた信長を、鶏を絞めるように殺して、その弟をたてるなどは、政秀にできる芸ではない。

その後、政秀は事ごとに信長の袖をとらえ、

「殿っ、おやめなされ」

とか、

「左様なことは下賤《げせん》の者でも致しませぬぞ」

などと以前にも増し、ほとんど狂気のような口やかましさで諫《いさ》めた。信長の没落が、老人の目にはありありと見えていたからである。

信長は政秀のいうことだけは、十に一つぐらいはきくようであったが、葬儀のあと政秀のうるささが狂気じみてくるようになってから、ついに不快になり、やがて疎《うと》んずるようになった。そのうち、小さな事件がおこった。

政秀の長男の五郎右衛門という者が、一頭の駿馬《しゅんめ》をもっていた。あるとき信長がそれをみて、

「五郎右《ごろうえ》、おれにくれ」

と詰め寄った。欲しい、となれば矢もたてもたまらなくなるのが、この男の性癖である。

が、五郎右衛門は、

「いやでござる」

と、にべもなくことわった。「某《それがし》、武道を心掛けております。御諚《ごじょう》とは申せ、馬だけは、お譲りできませぬ」というのが、五郎右衛門の理由であった。

このため信長は父親の政秀までを憎々しく思うようになり、政秀が目通りを申し出てもきらって会おうとしなくなった。

政秀は、窮した。

この老人は、天文二十二年の春、信長への忠諫状《ちゅうかんじょう》を書き残して自殺してしまっている。

信長は、衝撃を受けた。

父の死のときには人前で泣きはしなかったが、このときは異様だった。政秀の死体を掻《か》い抱き、

「爺《じい》っ、爺っ」

と、身をもむようにして泣いた。

その後、信長は寝所にいても、道を歩いていても、ふと政秀のことを思いだすと、突如声を放って泣いた。

急に河原へ駈けおり、瀬をぱっと蹴《け》あげて、

「爺っ、この水を飲め」

と叫ぶときもある。

あるとき、鷹《たか》狩《が》りの帰路、馬にゆられながら突如悲しみが襲ったらしく、獲《と》った雉《きじ》を両手でべりべりと裂き、

「爺っ、これを食えっ」

と、泣きながら虚《こ》空《くう》に投げ上げるときもあった。

奇妙な男だった。

これほど慟哭《どうこく》し、政秀の忠諫状も読み、それを諳誦《あんしょう》し、泣くときは一文一句まちがいなく咆《ほ》えわめきながら、そのくせ政秀がそのために死んだ素行をあらためようともしなかったのである。

相変らず、狂人のように城外にとび出しては村童をかきあつめて喧嘩《けんか》をし、腹が減れば畑

の大根をぬいて齧《かじ》り、気に入らねば家来ののどを絞めあげて打擲《ちようちやく》し、野のどこで寝るか、しばしば城に帰らない夜もあった。

尾張のたわけ殿の評判がいよいよ高くなったある日、木曾川《きそがわ》をこえて、桜の老木の枝一枝《いつし》を携えた使者がやってきた。

道三の使者である。

美濃の使者

「なに、美濃から蝮《まむし》の使者がきたと？」

と、信長はいった。

「どんなやつだ」

「堀田道空と申し、美濃の山城入道《やましろにゆうどう》さまのご重臣でござりまする。お頭《つむり》が、まるうござりまする」

「禿《はげ》か」

まだかぞえてハタチの信長は、妙なところに関心をもつらしい。取次ぎの者が、

(禿であろうとなかろうと、どちらでもよいではないか)

とおもいながら、

「いえいえ、毛を剃《そ》っておりまするゆえ、禿ではござりませぬ」

「その頭は、青いか」

「青くはござりませぬ。赤うござりまする」

「そちは馬鹿《ばか》だ」

と、家来をにらみつけた。

(馬鹿はこの殿ではないか)

と家来がおそれ入っていると、

「聞け、赤ければ、その頭は半ばは禿げておるのだ。なぜ、半ばは禿げ、半ば毛のあるところを剃っておりまする、と申さぬ」

(あっ、道理だ)

と家来は感心したが、ばかばかしくもあった。どちらでもよいことである。

「よいか、そちはいくさで偵察《ものみ》にゆく、敵のむらがっている様子をみて、そちはとんでかえってきて、『敵がおおぜいむらがっておりまする』と報告する。ただおおぜいではわからぬ。そういうときは『侍が何十人、足軽が何百人』という報告をすべきだ。頭一つをみても、ただ『禿でございます』ではわからぬ。おれはそんな不正確なおとこはきらいだ」

信長は、めずらしくながい言葉をいった。

この若者にすれば、家来を自分流に訓練しているつもりである。

平素、信長流の例の鷹狩《たかが》りなどに連れてゆく近習の悪童どもなら、信長にいわれなくても信長のやりかたを体で知っているから、その間の呼吸は心得ている。

が、この取次ぎの士は、信長の鷹狩りや石投げに供をしたことがなかったから、そんなことには通暁《つうぎょう》していない。

(たわけ殿が、なにを申されることか)

というぐらいで、やや不快げなつらつきをぶらさげながら、ひきさがった。

ひとの顔色に機敏な信長は、その男のその面《つら》が気にくわなかった。

すぐ家老の青山与三右衛門を呼び、

「あの男を末森の勘十郎にやれ」

といった。分家した次弟の家来にしてしまえ、というのである。

青山与三右衛門がおどろき、その男のために弁解しようとすると、

「おれには要らぬ男だ」

と、大声を出した。青山はさらに口ごもっていると、

「言うとおりにせよ」

信長は、頭の地を掻《か》きながら、いらいらした声でいった。青山は怖《おそ》れた。それ以上抗弁すると、このたわけ殿は、とびかかってきて頸《くび》を絞めあげてくるかもしれない。

「承知つかまつってござりまする」

と青山が平伏したときは、信長の姿は奥に消えてしまっている。

「お濃《のう》、お濃」

と廊下をよびながら歩き、濃姫の部屋に入ると、

「蝮から使いがきたぞ」

といった。

濃姫は、多少不愉快だった。女房《にょうぼう》の父をつかまえて蝮、蝮とはどういうことであろう。

「舅《しゅうと》とおおせられませ」

「蝮だ」

信長にすれば、舅殿とか道三殿とかいうよりも、蝮、というほうが響きのカラリと高い尊敬の心をこめている。

濃姫にはそれもわかるのだが、いちいち蝮といわれるのはやりきれない。

「なんという者でござりまする」

「堀田ドウクウという男だそうだ」

「ああ、それならば、わたくしが御当家に輿入《こしい》れして参りまするとき、道中を宰領して参った者でございます」

「わしは覚えておらぬぞ」

「はい、左様でございましょう。あなたさまは、あの婚礼の何日かはほとんど御座《おざ》にいらっしゃいませなんだ」

「愚劣だからな」

と、信長はひどく濃姫に気まずそうな、照れたような顔つきをしてみせた。この若者がこ

んな顔つきをしてみせるのは、濃姫に対してだけである。

「道空は、たしかお父上様のお葬儀のときにも参ったはずでございます」

「そうか」

そのときも信長は抹香《まっこう》をつかんで投げただけだから、参列者の顔など覚えていない。

信長は、廊下を渡り、小書院に出た。

太刀《たち》持ちの小姓を従え、ごく大ざっぱな平装のまま上段にあらわれ、むっつりとすわった。

背はやや高く痩《や》せがたで、鼻筋が通り、色がめだつほどに白い。表情はない。

視線はほかを見ている。

そこに平伏している美濃の使者堀田道空はまるで無視されたかっこうだった。およそ不愛想なつらつきだった。

堀田道空は、やや顔をあげ、

(相変らずのたわけ殿だな)

とおもった。

道空はまず、三方《さんぽう》にのせた桜の老木を一枝《いっし》信長の左右にまで進め、

「舅殿におわす手前主人山城入道が、鷺山《さぎやま》の庭で愛《いつく》しんでおりまする桜でござりまする。婿《むこ》殿のご見参《げんざん》に入れよ、ということでござりましたので」

「ふむ」

といった顔で信長はうなずいた。ありがとうとも忝《かたじけ》ないとも言わない。

その癖、内心、

(かねがね聞き及んでいる。蝮は桜がすきなそうな)

とおもっていた。(蝮にしてはやさしげな趣味だ)ともおもっている。しかし、顔にも言葉にも出さない。

ただ、左右を見て、

「活《い》けよ」

とのみ、高い声で、一声、叫ぶようにいった。道空はあやうく噴《ふ》きだすところだった。

さらに道空はながながと口上をのべ、「舅の道三が、娘婿である殿に会いたがっている、いかがでありましょうか」という旨《むね》のことを言った。

「ナニ?」

信長には、道空の言うことがわからないらしい。道空の言葉や態度が、修辞、装飾、礼譲にみちてまわりくどいため、かんじんの用件がなんであるか、わからないらしいのである。

信長は、そばにいる老臣青山与三右衛門を膝《ひざ》もとにまでよびよせ、

「あの禿は何をいっている」

と、小声できいた。

青山は、手みじかにこれこれしかじかと解釈すると、やっとわかったらしく、

「心得た」

と、道空にむかって叫んだ。

道空はそのあと、ふたたび修辞をつらねつつ「場所はどこがよいか」という意味のことを言いだしたが、信長はめんどうになってきたらしく、

「あとの事は、与三右衛門と相談《はか》れ」

と言って立ちあがり、立ったときにはもう歩きだしていて、美濃からきた多弁で無意味な禿頭からのがれ去った。

会見の場所は、美濃と尾張の中間がいい、ということで、富田《とみた》の聖徳寺《しょうとくじ》
ということに、両国の重臣のあいだできまった。
妙案である。
これほどの場所はちょっとないであろう。
美濃と尾張の国境に木曽川が流れている。
信長の尾張なごや城から北西へ四里半。
道三の美濃鷺山城から南西へ四里。
「富田」
という土地は、地理的には尾張寄りだが、この戦国の世における中立地帯なのである。

そんな土地が、どこの国にもある。どの大名の行政権にも屈せず、どの大名もそこでは軍事行動ができない。

要するに、門前町であった。

この富田庄《とみたのしょう》に聖徳寺という一向宗《いっこうしゅう》（浄土真宗つまり本願寺）の大寺がある。近隣におびただしく小寺や門徒をもつ別院級の寺で、住職は摂津生玉庄《いくたまのしょう》（いまの大阪）の本願寺からじきじき派遣されることになっていた。

自然、参詣人《さんけいにん》がたえない。

その参詣人のための宿屋、法具店などができ、さらに「守護《しゅご》不入《ふにゅう》」（治外法権）ということで美濃・尾張の両国からさまざまな商人がさまざまな商品をもちこんでここで自由に販売するため、商業都市の性格をもっている。

戸数七百軒。

この当時としては、中都会である。

余談だが。――

いまは富田庄は、木曾川の流れがかわったために河底に沈んでいる。この信長にとっても道三にとっても記念すべき聖徳寺はこんにち名古屋市内に移されている。

使者の道空が織田家を辞したあと、信長の重臣のなかで異を立てる者があり、

「ご無用かと存じまする。道三殿は、なにぶん権詐《けんさ》の多きお方であり、おそれながら殿のお

命をお縮めするこんたんかと存じまする」

といった。

信長は、けろりとしている。

勘十郎派の家老林佐渡守まで、末森城から駈《か》けつけてきて、そのようなことをいった。

「相手は、蝮でござるぞ」

と、佐渡守はいった。信長は笑って、

「その蝮にわしが嚙《か》まれたほうが、そこもとの都合がよいのではないか」

といったため、林佐渡守は興ざめて末森城に帰ってしまった。夜、濃姫に、

「お濃よ、会見の日は四月二十日ときまったぞ」

といった。

「それはよろしゅうございました」

と、濃姫は信長に抱かれながら、しれしれと言った。

「お濃は、平気でおるな」

「なぜでございます」

「蝮との会見の日が、わしの最期《さいご》になるかもしれぬぞ」

びくっ、と濃姫は体をふるわせた。

「どうして？」

「蝮がわしを殺すさ」

「では、わたくしも殺されるではありませぬか」

「ほう、知っておるな」

と、信長は、薄く笑った。

濃姫は織田家の嫁である。が、同時に人質でもあった。信長が富田の聖徳寺で殺されれば、ただちに織田家の家来は濃姫をとらえ、その命を断ってしまう。

「しかしお濃よ。蝮めはわが娘のひとりやふたり、殺されても野望を遂げる男だ」

「ちがいます」

「なにがちがう」

「娘はひとりでございます。わたくしが父にとってただひとりの娘でございます」

「お濃、わしは数をいっているのではない」

「わかっています。殿は物事の不正確なことがおきらいでございますから、一人だ、と申したのでございます。父は、わたくしの身があぶなくなるようなことは決して致しませぬ」

濃姫には自信があった。ひとにさまざまな蔭口《かげぐち》をたたかれる父だが、自分を可愛《かわい》がってくれることだけは、ゆるぎもないことだった。濃姫は、父の自分に対する愛情を神仏以上にたしかなものとして信じている。

「父も老いております。その娘の婿殿をひと目でも見て、今生《こんじょう》の愉悦にしたいのでございましょう。それだけでございます」

信長は笑い、濃姫をからかうようにして、そのからだの露《あらわ》な部分をくすぐった。いつもの

濃姫なら咽喉《のど》を鳴らしてくすぐったがるところだが、

「厭《い》やっ」

と、信長の手をおさえた。

「わかってくださらねば、そのようなことはいやでございます」

「これは許せ」

信長は、濃姫の唇《くちびる》を吸った。石投げも水あそびも面白《おもしろ》いが、これほどおもしろいおもちゃが世にあろうとは、じつのところ思わなかった。

「わかっておればこそ、おれは富田の聖徳寺へゆくのだ。おれは蝮がすきだ」

「まあ」

「おれには、うまれながら肉親や一門や老臣どもがついてまわっている。そういうやつらよりも、蝮のほうがはるかにすきだ」

かもしれない、と濃姫はおもった。うまく言えないが、父の道三とこの信長とは、どこか相響きあうところをもっていそうにおもうのである。

道三は鷺山城で、尾張から帰ってきた堀田道空を引見《いんけん》していた。

「信長は会うと申したか」

「左様で」

「どう申した。信長が申した言葉を、口うつしに申してみよ」

それによって信長の賢愚をうらなうつもりであった。

が、堀田道空は苦笑して、

「心得た——とのみで、そのほかの言葉はなにも吐かれませなんだ」

「そうか」

依然として、見当がつかない。

「帰蝶《きちよう》は元気にしておったか」

と、道三は、ひどく痴愚な顔になった。

「はい。おすこやかにお見受け申しました」

道空は信長に拝謁《はいえつ》したあと、濃姫にもあいさつのために会ったのである。

「なにか、申しておったか」

自分の健康や起居のことなどいろいろと訊《たず》ねてくれたかという意味である。

「否《いな》」

と首をふるしか、道空は話題をもちあわせていなかった。濃姫に拝謁しはしたが、濃姫はニコニコ笑っているばかりで、おそろしく口数がすくなかったのである。

「あの娘、信長めに似て来おったな」

道三は舌打ちしたくなるほどに腹だたしかった。さびしくもあった。

「道空、娘は嫁にやればしまいだな」

「御意《ぎよい》のとおりで」

と、道空はうなずいた。道空も娘をひとり、おなじ斎藤家の家士のもとにやっている。しかしこれは、同じ家中だから会おうと思えば会えた。道三よりも恵まれているのである。

「おれはすこし、帰蝶を可愛がりすぎた」

と、道三はひとりごとのようにいった。たしかに可愛がりすぎた。

この時代の大名の子は、父親とは隔離されて育ってゆく。別の城で育てたり、家来の屋敷で育てたり、時に同じ城内で育てるにしても別棟《べつむね》で養育する。自然、情はうつらないかわり、それを婿や嫁や人質にやるときに思いきりよくやれたし、たとえ、大名間の確執のために他郷で殺されても悲しみは通りいっぺんで済む、というぐあいになっている。そういう、いわば仕組みなのである。

(帰蝶のばあいだけは、おれは膝《ひざ》の上でそだてた)

それが、思えばよくなかった。愛憐《あいれん》がいよいよつのるばかりになっている。

「こまったことだ」

と、道三は苦っぽく笑った。

「聖徳寺で、婿殿をどうなされます」

「わからん」

道三は、視線を庭の桜へむけた。

「養花天《ようかてん》」

と名づけている桜の老樹がある。その幹のなかほどのあたり、一点、なまなましい切《き》り痕《あと》があり、そこに伸びていた枝が、木曾川をこえて信長のもとに行った。

（あの枝のごとく信長を斬《き》るか）

ちらりと思ったが、すぐ、

「道空」

といった。

「なんでございましょう」

と道空に問いかえされてから、道三は、言いだしたものの、なんの話題もないことに気がついた。

（おれはどうかしている）

顔をつるりと撫《な》で、

「いや、なんでもないことだ」

と、笑った。

菜の花

その夜、美濃鷺山城で、道三は、ねむれなかった。

（あすだな）

と、つい思うのである。例のたわけ殿に会う。木曾川べりの富田の聖徳寺に出かけねばならぬ。それにしても信長とはどういう男であろう。

(会えばわかることだ。そのためにこそ会うのではないか)

と自分にいいきかせてみたが、すぐそのしりから、

(はて、信長めは。——)

と、思うのである。道三は眼をつぶりながら、自分のおろかさがほとほとおかしくなってしまった。

(ながく、おれも人間稼業《かぎよう》をつづけてきた。しかも人を人臭いとも思ったことのないおれだ。そのおれが、これほどまでに隣国の若僧の存在が気になっている。……)

どういうわけだろう。

(相手が、むすめの婿殿であるせいかな?)

つまりひとなみな人情のせいか、と自問してみたが、そればかりではなさそうであった。

(あの若僧とおれは、ひょっとするとよほどふかい宿縁でつながっているのかもしれぬ)

と、いかにも坊主くさく思ったりした。宿縁という、わかったようなわからぬような、変にばく然とした宗教用語で説明するしか、この気持のしめくくりようがなかった。

朝になった。

道三ははね起きて近習を呼び、

「支度はできたか」

と大声でいった。城内は、大さわぎになった。

道三は、すでに触れ出している時間よりも半刻《はんとき》はやく出発をくりあげたのである。供まわりは武装兵千人。

これは、申しあわせにより、信長の側と同数である。ただ、道三は十人の兵法達者をえらび、駕籠《かご》わきにひきつけ、徒歩でつきしたがわせた。

万一、織田家から襲撃されたばあいの用心のためである。また同時に、ふと道三自身が、

——信長を刺せ。

と、とっさに命じねばならぬような場合の用意のためでもあった。

この日、天文二十二年の春である。よく晴れ、野の菜種の黄がまばゆいばかりに眼に沁《し》みた。

道三の行列は、その菜種のなかの道を、うねうねと南下してゆく。

(時勢が、かわってゆくことよ)

と、その菜の花を見るにつけても、道三はおもうのである。

道三の若いころは、最高の燈油は荏胡麻《えごま》から搾《しぼ》ったものであった。道三の故郷の大山崎にある離宮八幡宮《はちまんぐう》の神官がその搾油《さくゆ》機械を発明し、専売権を得、その利潤で兵(神人《じにん》)をやしない、はなはだ豪勢であった。道三はその荏胡麻油を売りながらこの美濃へきた。

が、いまでは、菜種から油をとることが発見され、荏胡麻油は駆逐され、大山崎離宮八幡宮はさびれた。

荏胡麻が菜種にとってかわられたごとく、戦国の覇者《はしゃ》どもも、あたらしい覇者にとってかわられるときがくるかもしれない。

やがて、木曾川畔《かはん》の村々が、野のむこうにみえてきた。

その朝、信長は湯漬《ゆづ》けを食いおわると、濃姫の部屋にゆき、

「お濃、行ってくるわい」

と、いった。

「父にお会いなされましたならば、帰蝶《きちょう》は病みもせずに、達者でいる、とおおせてくださりませ」

「わすれるかもしれん」

と、干し豆を一つ、口に入れた。白い歯でがりがりと嚙《か》みながら、

「ぶじに生きて戻《もど》れば、今夜、そなたを抱いてやる」

「不吉なことを」

「ばかめ。人の世はもともと、不吉なことだらけだ」

「変わったことをおおせられますこと」

「なんの、あたりまえの事をいっている。人の世が吉であれかしと祈っている世間の者こそよっぽど変人だ」

濃姫は笑うだけで、相手にならなかった。

信長は、表の間に出た。

家老《おとな》の青山与三右衛門をよび、

「申しつけたとおり、探索者《くさもの》どもをくばったか」

といった。

青山は平伏し、

「みなことごとく行商《あきんど》に変装させ、富田の町の雑踏のなかに二十人ばかりばらまいてござりまする」

ふむ、と信長はうなずき、着替えをもってこさせてすばやく着替え、

「陣貝《かい》を吹け」

と、廊下へとびだした。


道三は、鷺山城から四里の道をゆき、ひる前、木曾川べりは富田の聖徳寺についた。

(まだ尾張衆はついておらぬな)

と、山門を見あげた。

聖徳寺は、三町四方の練塀《ねりべい》をめぐらせた城のような寺で、一向宗の寺らしく、白壁ぬりの太鼓楼をあげ、望楼、櫓《やぐら》の役目をさせている。

会見の場所は、本堂である。

方丈が、南北に二棟《ふたむね》あり、北の方丈が美濃の支度所にあてられている。

その方丈で道三はしばらく休息したあと、堀田道空をよび、

「会見の前に、信長をみたい。どこぞ、隙見《すきみ》のできるような家を一軒さがすように」

と命じた。

ほどなく道空がもどってきて、「お供つかまつりまする」といった。

道三は、平服のまま山門を出、その百姓家に駈《か》けこんだ。

家は街道に面している。格子戸《こうしど》があって、その街道の様子が自在にみえた。しかも屋内が暗いため、そとからは見られる心配がない。

「これはいい」

と、道三はこの人のわるい趣向に、ひとり悦に入《い》った。が、そのいちぶ始終を、織田家から出ている探索者どもに見られてしまっていることを、道三は気づかない。

刻《とき》が移った。

街道はにわかにさわがしくなった。織田家の先触れがきて人を追いはらっている。

「殿っ、そろそろ尾張衆が参りまするぞ」

と、堀田道空がいい年をしてはしゃぎ声をあげた。道空だけでなく、美濃衆はみなきょうの馬鹿《ばか》見物がたのしみで、うかれ立っているのである。

「どれどれ」

と、道三は格子ぎわへ寄った。

陽《ひ》が、街道を照りつけている。走ってゆく先触れの足に、軽塵《けいじん》が舞いあがっていた。

やがてきた。

どどどど、と、踏みとどろかせるような、常識をやぶった速い歩きかたで尾張衆がやって来、道三の眼の前を通りすぎてゆく。

中軍に信長がいる。

やがて信長がきた。

(あっ)

と、道三は格子に顔をこすりつけ、眼を見はり、声をのんだ。

(なんだ、あれは)

馬上の信長は、うわさどおり、髪を茶筅髷《ちゃせんまげ》にむすび、はでな萌黄《もえぎ》のひもでまげを巻きたて、衣服はなんと浴衣《ゆかたびら》を着、その片袖《かたそで》をはずし、大小は横ざまにぶちこみ、鞘《さや》はのし付でそこはみごとだが、そのツカは、縄《なわ》で巻いている。

腰まわりにも縄をぐるぐると巻き、そこに瓢箪《ひょうたん》やら袋やらを七つ八つぶらさげ、袴《はかま》はこれも思いきったもので虎皮《とらがわ》、豹皮《ひょうがわ》を縫いまぜた半袴《はんこ》である。すそから、ながい足がにゅっとむき出ている。

狂人のいでたちだった。

それよりも道三のどぎもをぬいたのは、信長の浴衣の背だった。背に、極彩色の大きな男根がえがかれているのである。

「うっ」

と、道空が笑いをこらえた。他の供の連中も、土間に顔をすりつけるようにして笑いをこらえている。

(なんという馬鹿だ)

と道三はおもったが、気になるのはその馬鹿がひきいている軍隊だった。信秀のころとは、装備が一変していた。第一、足軽槍《あしがるやり》がぐんと長くなり、ことごとく三間柄《さんげんえ》で、ことごとく朱に塗られている。それが五百本。弓、鉄砲が五百挺《ちょう》。弓はいい。鉄砲である。この新兵器の数を、これほど多く装備しているのは、天下ひろしといえどもこの馬鹿だけではないか。

(いつ、あれほどそろえた)

しらずしらず、道三の眼が燃えはじめた。鉄砲の生産量が、それほどでもないころである。その実用性を疑問に思っている武将も多い。そのとき、この馬鹿は、平然とこれだけの鉄砲をそろえているのである。

(荏胡麻がほろび菜種の世になるのかな)

と、ふと道三はそんなことをおもった。

「殿、お早く、裏木戸のほうへ」

と、堀田道空が笑いをこらえながら、道三を裏口のほうへ案内した。

みな、畑道を走った。裏まわりで聖徳寺の裏木戸へ駈けぬけるのである。

北の方丈に入ると、礼装を用意していた小姓たちが待っていた。

「いや、裃《かみしも》、長袴などはいらん。おれはふだん着でよい」

と、道三は言った。相手の婿殿が猿《さる》マワシのような装束《いでたち》できているのに、舅《しゅうと》である自分が礼装をしているというのは妙なものだ、とおもったのである。

袖なし羽織に小袖の着ながし、それに扇子を一本、というかっこうで道三は本堂に出た。

座敷のすみに屛風《びょうぶ》をたてまわし、そのなかに道三はゆったりとすわった。

やがて、本堂のむこうから信長が入ってくるのを、道三は屛風のはしから見て、

(あっ)

と、顔から血がひいた。

さっきの猿マワシではない。

髪をつややかに結いあげて折髷《おりまげ》にし、褐色《かちん》の長袖に長袴をはき、小《ち》さ刀《がたな》を前半《まえはん》にぴたりと帯び、みごとな若殿ぶりであらわれ、袴をゆうゆうとさばきつつ縁を渡り、やがてほどよいあたりをえらんですわり、すね者めかしく柱に背をもたせかけた。

顔を心もち上にむけている。

平服の道三はみじめだった。やむなく屛風のかげから這《は》い出てきて、座敷に着座した。

が、信長はそれを無視し、そっぽをむき、鼻さきを上にあげ、扇子をぱちぱち開閉させている。

「か、上総介《かずさのすけ》さま」

と堀田道空がたまりかねて信長のそばへにじり寄り、

「あれにわたらせられるのは、山城入道《やましろにゅうどう》でござりまする」

と注意すると、

「デアルカ」

と、信長はうなずいた。このデアルカがよほど印象的だったらしく、諸旧記がつたえている。

信長はゆっくりと立ち、敷居をまたぎ、道三の前へゆき、

「上総介でござる」

と尋常にあいさつし、自分の座についた。

道三と信長の座は、ざっと二十歩ばかりの間隔があったであろう。たがいに小声では話しあえない距離がある。

ふたりは、無言でいた。

信長は例によってやや眉《まゆ》のあたりに憂鬱《ゆううつ》な翳《かげ》をもち、無表情でいる。

道三は、不快げであった。この馬鹿にふりまわされて平服で着座している自分が、たまらなくみじめだったのであろう。

やがて湯漬けの膳《ぜん》が運ばれてきた。

寺の衆が、膳を進める。

ふたりは、無言で箸《はし》をとった。無言のままで食べ、ついにひとこともしゃべらず、たがいに箸を置いた。

そのまま、別れた。

道三は帰路、妙に疲れた。

途中、茜部《あかなべ》という部落があり、そこに茜部明神という社祠《やしろ》がある。その神主の屋敷で休息したとき、

「兵助《ひょうすけ》よ」

と、よんだ。

猪子《いのこ》兵助である。道三の侍大将のひとりで、近国に名のひびいた男であった。のち、信長、秀吉につかえた。余談だがこの家系は家康にもつかえ、旗本になっている。

「兵助、そちは眼がある。婿殿をどう思うぞ」

と、きいた。

兵助は、小首をひねった。

「申したくは存じまするが、殿の婿殿でありまするゆえ、はばかられまする」

と、そばの道空をかえり見、

「道空殿より申されませ」

といった。道空は膝《ひざ》をすすめ、

「まことに殿にとって御祝着《ごしゅうちゃく》なことで」

といった。

祝着、という言葉で、みなどっと笑った。美濃にとってもうけものだ、というのである。

「兵助も、道空とおなじか」

と道三がかさねてきくと、兵助ほどの男がひょうきんなしぐさで、

「はい、まことにおめでたく存じまする」

といった。

道三だけは笑わない。憂鬱そうな顔でいる。

「殿の御鑑定はいかがで」

と道空がいうと、扇子を投げ出し、

「めでたいのは、そのほうどもの頭よ。やがておれの子等は、あのたわけ殿の門前に馬をつなぐことだろう」

といった。馬をつなぐとは、軍門にくだって家来になる、という意味である。

道三は夜ふけに帰城し、寝所にも入らず、燈火をひきよせ、すぐ信長へ手紙をかいた。

「よい婿殿をもって仕合せに思っている」

という旨《むね》の通りいっぺんの文章にするつもりだったが、書くうちに変に情熱が乗りうつってきて、思わぬ手紙になった。

「あなたを、わが子よりも愛《いと》しく思った」

とか、

「帰館してすぐ手紙をかくというのも妙だが、書きたくなる気持をおさえかねた」

とか、

「わしはすでに老いている。これ以上の望みはあっても、もはやかなえられぬ。あなたを見て、若いころのわしをおもった。さればわしが半生かかって得た体験、智恵、軍略の勘どころなどを、夜をこめてでも語りつくしたい」

とか、

「尾張は半国以上が織田家とはいえ、その鎮定が大変であろう。兵が足りねば美濃へ申し越されよ。いつなりとも即刻、お貸し申そう。あなたに対して、わしにできるだけのことを尽したい気持でいっぱいである」

とかいう、日ごろ沈毅《ちんき》な道三としては、あられもない手紙だった。

自分の人生は暮れようとしている。青雲のころから抱いてきた野望のなかばも遂げられそうにない。それを次代にゆずりたい、というのが、この老雄の感傷といっていい。

老工匠に似ている。この男は、半生、権謀術数にとり憑《つ》かれてきた。権力欲というよりも、芸術的な表現欲といったほうが、この男のばあい、あてはまっている。その「芸」だけが完成し作品が未完成のまま、肉体が老いてしまった。それを信長に継がせたい、とこの男は、なんと、筆さきをふるわせながら書いている。

信長は帰城し、例の男根の浴衣《ゆかたびら》をぬぎすて、湯殿に入った。出てきて酒をもって来させ、三杯、立ったままであおると、濃姫の部屋に入った。

「蝮《まむし》に会ってきたぞ」

と、いった。

「いかがでございました」

「思ったとおりのやつであった。あらためて干し豆などをかじりながら、ゆっくり話をさせてみたいやつであったわ」

「それはよろしゅうございました」

と、濃姫は笑った。言いかたこそ妙だが、これは信長にとって最大の讃辞《さんじ》なのだということが、濃姫にはわかっている。

清洲《きよす》攻略

隣国の道三は、妙に厚情を示しはじめた。

信長に、である。しばしば自筆の手紙がおくられてきたり、物品がとどいたりした。

はじめは信長も、

「蝮め、薄気味がわるい」

とつぶやいていたが、だんだん道三の愛情を疑わぬようになった。

（あの爺《じじ》イ、本気らしい）

とおもうようになったのは、道三から新工夫の雑兵《ぞうひょう》（足軽）用の簡易具足が一領《りょう》おくられてきたときである。

鉄砲の出現で、中世式の鎧兜《よろいかぶと》がすたれ、当世具足とよばれるものが流行している。軍のたてまえも、侍の騎兵戦から、足軽の歩兵戦にうつった。鉄砲組、弓組、槍《やり》組の三つの兵科の足軽兵が、密集部隊となって敵と衝突する時代になった。

こまるのは、その足軽の肉体をまもる官給の具足である。むかし革で縅《おど》した程度の腹巻では、すぽりと鉄砲玉をとおしてしまう。

足軽が大量に死ねば、軍の前陣はくずれ立ち、喧嘩《けんか》は負けになってしまう。かれらのための簡易具足の研究は、どの国のどの大名も工夫をこらした。

その簡易具足の新工夫のものを、道三は信長に送りつけてきたのである。

「よければ、織田家でもつかいなされ」

と、手紙にある。いわば軍事機密を無償でくれたことになる。

信長がその具足を手にとってみると、なるほど、おもしろい。

織田家では鉄砲出現以来、雑兵には、桶皮胴《おけがわどう》といわれるものを着用させている。打ちのべにした鉄板を四、五枚鋲《びょう》でつなぎとめたもので、簡便だが屈伸の自由がない。

道三からおくられてきたそれは、鉄板を革ひもでとめ、提灯《ちょうちん》のように屈伸できるのである。

道三はそれを「胴丸《どうまる》」と名づけ、侍具足にも応用していた。

信長は念のためにそれを樹《き》の枝につるし、三十間はなれて鉄砲をかまえ、
ぐわーん
と射ちとばしてみたが、胴丸には穴があかなかった。

さらに足軽ひとりをよび、それを着せ、槍をもたせ、白洲をとんだりはねたりさせた。

「どうだ」

ときくと、「ぐあいがよろしゅうございまする」という。

そこで信長は、城下でそれとおなじものを五十領つくらせた。

それを五十人の足軽に着せ、他の五十人の足軽にはいままでの桶皮胴を着せ、棒たたきの試合をさせたところ、たちまち運動の軽快な胴丸のほうが勝った。

そこでやっと信長は、

（蝮めはよいものをくれたわい）

とおもった。性格なのであろう、万事、執念ぶかいほどにこの男は実証的だった。

実証のすえ、蝮の好意を感じた。

（蝮に野心があれば、こういうものはくれまい）

とおもうのだ。蝮は若いころ、美濃守護職土岐頼芸《よりよし》の位置をうばうために、京から女をつれてきてはあてがい、酒池肉林にのめりこませて性根をうばい、目的を達している。

が、信長には武具を贈っているのだ。しかも、大名道具の名刀などは贈らず、織田軍団を

強化する新工夫の武具を、である。

（あいつ、おれがすきだな）

とおもうようになった。

この狂児を理解してくれた者は、亡父の信秀しかいない。自害した「爺《じ》ィ」の平手政秀はこの、万人に毛ぎらいされていた若者に愛情をもってくれた唯一《ゆいいつ》の人物だった。しかし、政秀はついに信長という若者がわからなかった。

（どうも薄気味がわるい）

と信長がおもったのは、ひともあろうに隣国の蝮が、あられもない打ちこみようで信長を可愛がりはじめたことである。

（まさか、おれを油断させておいてぺろりと呑《の》みこむつもりではあるまいな）

という疑いは、おかしなことに、まるでもたなかった。自分の父をあれほど手こずらせた蝮を、信長は少年のころから半身のようにみてきた、といえば言いすぎだが、わりあい気に入っている。そういう感情が、疑わせなかったのかもしれない。

研究もしている。

蝮の外交、謀略、軍事、民政というものを濃姫や濃姫づきの各務野《かがみの》、それに美濃からきた福富平太郎などの口からできるだけききだそうとした。

それを実習する日がきた。

織田家には、宗家がある。

尾張清洲城にいる織田氏で、城は尾張随一の堅城だし、領地も多い。

――清洲をとってやる。

というのは亡父信秀の念願だったが、ついに果たさずに死んだ。

清洲方も、

――なごやの織田（信長）をつぶしてしまわねば自分の家があぶない。

とおもい、父の代から戦闘をくりかえしている。が、信長の代になって、当方も信秀が死に、先方も織田常祐《つねすけ》という当主が死んだため、一時休戦のかたちになっていた。

ここに、斯波《しば》氏というのがある。

尾張における足利《あしかが》大名で、美濃の土岐氏、三河《みかわ》の吉良《きら》氏にあたり、いまは実力はおとろえきっているとはいえ、国中では最高の貴人として尊崇されている。

当代は、義統《よしむね》といい、茶の湯と連歌のすきな温和な中年男だった。

趣味がおなじだったから、信長の亡父信秀とは親しく、信秀の死後もときどき、なごや城にあそびにきて、

「ぶじにすごしておるかな」

と、信長にいうのが口ぐせになっていた。

信秀の遺児がたわけ殿であるだけに、義統には気になるのであろう。

義統は、清洲の織田宗家の城内に屋敷をたててもらって住んでいる。というのは逆で、もともと清洲は斯波氏の居館であったのだが、数代前に家老の織田家にとってかわられ、いまではその城内の一隅《いちぐう》に斯波義統がほそぼそとくらしている、といったかっこうである。

その義統が、

「清洲織田家が、そなたを攻めほろぼす計画をもっている」

という容易ならぬ情報を信長の耳に入れてくれたのは、信長が道三と聖徳寺で会見する前後だった。

その後、親切にもしばしば、情報を送ってくれた。信長がたのんだわけではないが、義統にすれば信長がたわけのゆえに身をほろぼすのがあわれであったのであろう。閑人《ひまじん》の道楽のようなものであった。

ところが、

「どうも城内の様子が、信長に洩《も》れているらしい」

と清洲織田家がかんづきはじめ、それとなく義統の挙動を監視しはじめた。

清洲織田家は、常祐の死後、彦五郎という養子が相続し、それを家老の織田三位入道《さんみにゅうどう》、坂井大膳《だいぜん》、河尻左馬《かわじりさま》の三人がたすけているが、この三家老が、

「武衛《ぶえい》（斯波家の通称）は、などや信長に通じておられること、あきらかです。いまのうちに、誅戮《ちゅうりく》すべきでしょう」

と献言し、ひそかに準備をすすめていた。

たまたま義統の屋敷が、かれの嫡子《ちゃくし》岩竜丸が狩りに出て無人《ぶにん》だった日がある。天文二十二年七月——信長が道三と会見してから三月目のことである。

清洲織田勢がどっと乱入し、義統を刺し、おもだった家来三十余をことごとく殺した。狩りに出ていた岩竜丸はこれを知り、そのまま、なごや城に走り、信長に救いを求めた。岩竜丸の訴えをききながら、

（ここだな）

と信長はおもった。いまこそ道三学を実地におこなうべきときがきた、と思ったのだ。

「当城で遊んでいなされ」

と岩竜丸にはそれだけを言い、機をうつさず陣貝を吹かせ、兵をあつめ、

「敵は清洲ぞ」

と、家老の柴田《しばた》勝家ら七将に兵をさずけてゆるゆると清洲にむかって行軍させ、別に使者を美濃へむかって走らせ、道三に、

「兵千人ばかり拝借したい」

といわせた。

「なにに使う」

とも道三はきかず、

「おうさ、ほかならぬ婿《むこ》どのの無心じゃ。千が二千でももって行かれい」

さっそく美濃衆二千ばかりをととのえ、尾張へ駈《か》けさせた。

信長はその美濃部隊を城内に入れ、すでに清洲攻めにむかっている柴田勝家らの戦況を待った。

清洲城では、雀躍《こおど》りした、というより家老の坂井大膳などは、城外にあらわれた柴田らの軍勢をみてげらげら笑った。

「あれをみよ、やはりたわけ殿のやることはよ」

あわれなほど小勢《こぜい》なのである。

その小勢が、数隊にわかれ、そこここのあぜ道をつたいながら城にむかって近づいてくるが、気勢のあがらぬことおびただしい。

「城攻めには寄せ手は三倍以上の人数が要るものだ」

と、尾張きってのいくさ上手といわれる坂井大膳がいった。

「であるのに、あの寄せ手をみよ、われわれ城方の三分の一もない」

坂井大膳は、これが信長の出兵能力のぎりぎりであり、これ以上の人数は繰り出せぬ、と踏んだ。

かれの献策で野外決戦をとることになり、清洲方は城門をひらいてどっと打って出た。

まず、鉄砲、弓を射ちあい、やがて田のあぜ、ねぎ畑のなか、池の堤、くぬぎの林などで格闘がはじまった。

そのころ、なごや城内では信長が、

「みな、出いっ」

と、するどい声をあげていた。

さらに、奥にいる濃姫を表の広間へよび、

「お濃、わしにかわって留守を宰領せよ」

といった。

みなおどろいた。

要するに信長は、城内にいる織田兵を一兵のこらず連れて行こうというのである。あとに残るのは美濃兵だけではないか。

ばかげている。

戦国の世の常識として、城内に他家の者をわずかでも入れるのをきらう。蜂起《ほうき》して城を乗っ取られるのにきまっているからだ。げんに亡父信秀は、連歌の客となって友人の城へゆき、仮病をつかって城内で寝こみ、ある夜、人の寝しずまったところを見はからって自分の手まわりの家来とともに城内を斬《き》りまくってとうとう城をとった。そんな例がある。

いま、相手は美濃衆である。その方面では蝮といわれる道三の手の者たちではないか。盗賊に家の留守をたのむようなものであろう。

ところが信長は意に介せぬふうで、さっさと出てしまった。

(やはりたわけ殿じゃ)

と、道三から兵をさずけられてこの城内にきている春日丹波守《かすがたんばのかみ》が、あきれた。春日は城壁に立ち、砂塵《さじん》をたてて遠ざかってゆく信長とその部隊を見送っている。

「城門を閉めろ」

と、春日が一令すれば、もはや織田部隊はこの城には帰れなくなる。

（なんと、無邪気な男だ）

と、春日はおもった。春日は自分の主人の斎藤道三が、いかにおそるべき男かを知っている。その道三をやすやすと信じて、あの若者ははたちにもなって、城をからにして駈け出したのだ。

（この旨《むね》、美濃へ報《し》らせるかな）

とおもい、広間に入り、家来をよんで何事かを言いふくめていたとき、濃姫が立ちあらわれた。

筋金の入った鉢巻《はちまき》を締め、薙刀《なぎなた》を持ち、広間の正面にあらわれ、侍女に床几《しょうぎ》をすえさせた。

「丹波」

と、濃姫はよんだ。

「その者をどこへやるのです」

「美濃のお父君のおんもとへやりまする」

「なりませぬ」

と言った。あとはかるく、

「この城は、上総介《かずさのすけ》殿がおかえりあそばすまでわたくしが宰領しているのですから」

といった。

そのあと濃姫は侍女にすごろくをもって来させて、広間で興じはじめたのである。

(まだ子供だ)

と春日丹波守はおもい、濃姫の目のとどかぬ場所に指揮所をうつそうとして、

「お邪魔でございましょうから、われら別の棟《むね》に」

と言いかけると、濃姫は顔をあげ、

「いいのです。丹波は夜もここにおりますように」

とすかさず命じた。

夜ふけになって、信長はほこりまみれになって帰ってきた。

広間に入ってくるなり、例の憂鬱《ゆううつ》そうな貌《かお》つきで、

「お濃、湯漬《ゆづ》けだ」

と命じた。濃姫の甲斐々々《かいがい》しい武装すがたなど、いっこうに眼にもとまらない様子なのである。

児小姓《こごしよう》に具足をぬがせながら、

「丹波、あすもたのむぞ」

とそこに平伏している舅《しゆうと》の侍大将になんの翳《かげ》もなくいった。

(貴族のうまれなればこそだ)

と、春日はおもい、やや威にうたれるような思いがした。うまれつきの大名なればこそこうもすらりと言えるのであろう。

「いくさは勝った」

と、信長がいったのは、それからしばらくしたあと、広間の正面にあぐらをかいて湯漬けを掻《か》っこんでいるときである。

「それは祝着《しゅうちゃく》しごくでござりまする」

「そちのおかげでもある」

信長はめしを嚙《か》みながらいった。

「ただ、かんじんの彦五郎めや坂井大膳は城のなかに逃げこんでしまったため、討ちもらした。このため、ちょっと手間がかかる」

「まだ御人数は、清洲城をかこんでいるのでございますな」

「そうだ」

懸命にめしをかきこんでいる。どうみても遊びつかれて家に帰ってきた悪童としかみえない。

「丹波、舅《しゅうと》殿にこの旨を報らせる使いを出さねばならぬ」

「よくお気づきで」

「あたりまえだ。そちなどは、わしが出て行ったあと使者を出そうとした。ああいう使者は無用だ」

「えっ」

(馬鹿《ばか》ではない)

春日は腹が立った。信長は先刻からこの広間を動いていないから、濃姫からその報告をきいているはずがないのである。

「いや、じつは、お留守居ばかりではつまりませぬ、それがしも一手をひきうけて働きたいと存じ、その旨を山城《やましろ》入道様にお伺いをたてようとしたまででございます」

「それも無用だ」

信長は、箸《はし》をおいた。

「ここの大将はおれだ。わしの陣にいる以上わしを唯一無二の大将と思え。でなければ美濃へ追いかえすぞ」

この戦闘は、謀略で信長が勝っている。

清洲織田方は信長の猛攻に閉口し、守山織田家という中立勢力に調停をたのんだ。

守山織田家の当主は、織田信光という。信光はすでに信長に通じていたから、

――いかがはからいましょう。

と相談してきた。

「だませ」

と、信長はいった。このため信光は、守山城にやってきた坂井大膳の兄大炊《おおい》を斬り、大膳

を国外に追放した。

その直後、信長は清洲城をかこみ、火の出るように攻めたて、ついに陥《おと》して当主の彦五郎を、

「武衛様おんかたき」

として誅殺《ちゅうさつ》し、あっというまに清洲城をのっとり、これを居城とした。

これが、弘治元年四月。道三との会見から満二年目のことである。

尾張半国はほぼ、信長の手で征服された。ときに二十二歳。

猿《さる》の話

「清洲」
というのは、繁昌《はんじょう》の城下である。
城下のはずれ、街道に面する須賀口《すがぐち》というところに、尾張第一の妓楼《ぎろう》の町がある。
そのころ、尾張のこどもたちは、
酒は酒屋に　よい茶は茶屋に
女郎は清洲の須賀口に
と、うたって手まりなどをついたものだ。

信長も少年のころ村童たちとともに唄《うた》いあるいて、

（清洲とはよほどにぎやかな城下らしい）

と、いわば都をあこがれるような気持でこの町を想像していた。なにしろ、二百年ちかく尾張の国都《こくと》のような位置をつづけてきた町なのである。

信長はその清洲へ移る。

しかも草ぶかいなごやからである。ついに田舎豪族が、国都のぬしになるのだ、というような昂奮《たかぶり》は、どういうわけか、この奇妙な若者のどこからも感じられない。

その前夜、にわかに侍屋敷に触れを出し、

「あすは清洲へ越すぞ」

と一声叫んだだけで、その朝には掻《か》きあつめただけの軍勢をひきいて、風のように家移《やうつ》りしてしまった。

「夜逃げか」とおもうほどの迅《はや》さである。

家財、武具、兵糧《ひょうろう》などは、なごや城におき去りにしたままであった。それどころか、濃姫まで置きざられてしまった。

武士たちの家族も、そうはやばやとは移れず、結局、全員が移ったのは十日ほど経《た》ってからであった。

この報《し》らせを美濃鷺山《さぎやま》城できいた道三は、

「小僧、やるわい」

と、満足そうにつぶやき、「どうやらあの男はおれの鑑定《めきき》どおりだったようだ」といった。

そのとき道三は、

「清洲での婿殿の日常はどうじゃ」

と、尾張からかえってきた細作《さいさく》（間諜《かんちょう》）にきいた。

「相変らずでございます」

「とは？」

「毎日、お馬を責められます。馬のくびに顔を伏せてお馬場を狂うように駈けまわられ、かと思うと家来の者にいきなり角力《すもう》をいどまれたり、鷹野《たかの》（鷹狩り）をなされたり、日中は片時も畳の上におわすことはござりませぬ」

「例の姿か」

「いや、あれはどうやらおやめなされたようでございます。城下へ出て百姓家の柿《かき》をぬすんだり、水潜《みずくぐ》りをなされたりすることも、清洲ではききませぬ」

「大人になったのかな？」

と、道三はちょっと上眼で考えるふうをし、何か楽しそうであった。

大人になったかどうか。

なるほど信長は、ひとりで城の外に出るようなことはなくなった。これは、清洲攻めという初仕事をし、自分が加害者になってみてはじめて人の世はうかつに一人歩きできぬ、という大名としてあたり前のことを知ったのだろう。

しかし、奇行はやまない。

前回《さき》に、胴丸の話をかいた。道三がとどけてくれて、信長がためし、足軽用の官給具足として大量にこしらえたあれである。

その胴丸にちなむ奇妙ばなしがある。

話の場所はとぶ。駿府《すんぷ》今川家の被官で、遠州浜松付近の久能《くの》という村に城館をもつ松下嘉《か》兵衛《へえ》という武士がいる。ここに小者《やっこ》として奉公していた小男がいる。

尾張中村在のうまれだというが、少年時代食うやくわずの放浪をし、途中、盗賊のむれに入ったこともあるらしい。

「猿」

と、よばれていた。自分では名を、藤吉とか藤吉郎とか、つけているようだが、名をよばれるほどの分際ではない。

ある日、嘉兵衛はその藤吉郎を庭へよび、縁の上から、

「そちは尾張生れであったな」

と念を押した。

「左様でござります」

「尾張はここらあたりとちがい、諸事、物の道具がすすんでいる。ちかごろ織田家の足軽具足に胴丸というものがあるときくが、そちは見たことがあるか」

「ございますとも、便利なものでござりまする。あれが出ると、もはや桶皮胴《おけがわどう》などは廃《すた》れまするな。――なにしろ」

と、藤吉郎は自分の両脇《りょうわき》へ手をやり、

「ここで四枚の鉄板を、二カ所にて結び止めてありますゆえ、具足胴が伸び縮みし、体をかがめることも自在でござります。あれはまことに便利なものでござります」

「ほう」

「なんならこの猿めが尾張へ行って、二つばかり買いもとめて参りましょうか」

「そうだな」

と嘉兵衛は言い、黄金を何枚かあたえ、すぐ旅立たせた。

藤吉郎はその金をふところに入れ、さっさと街道をあるいて尾張清洲の城下に入り、宿をとって数日滞在した。

そのうち、かれがかつて尾張中村にいたころ、「たわけ殿」といわれていた信長が、いま日の出の勢いであることを知った。

猿は、利口な男だ。

ひとの話をたくみに聞く。清洲攻めのやり方などを聞けば聞くほど、

(この大将こそ、将来、尾張はおろか隣国を切りとるほどの人になりなさるにちがいない)

と、直感した。

人の運命は、身を託す人によってひらけもすれば縮みもする、そんなことをこの小者は身

についた智恵で知っている。第一、足軽にすべて胴丸を着用させているということだけでも容易ならぬ大将ではないか。

(えい、胴丸買いなどはやめた)

と思い、その金で小ましな古着、脇差などを買い、信長の外出を見はからって、

――おねがいつかまつりまする。一生のお願いでござりまする。

と路傍に身を投げ、平伏し、顔を土にこすりつけ、泣き声を出し、懇願し、ついに織田家の小者としてかかえられた。

その後、城の雑用をしている。

そんな男がいる、というのを信長はすっかり忘れていた。

ある日、信長は、奪《と》ってほどもない城内を悪童づらでうろついているうちに、この城で「松ノ木門」と通称している門のそばへきた。かやぶきで、低い二階だてである。

(あの二階になにがあるのか)

と思い、のぼってみると、変哲もない二十畳敷ほどの板敷である。

(なんじゃ、これだけか)

と、矢狭間《やざま》からそとをのぞいてみた。なるほどすこし高いだけあって、そこここの景色がよくみえた。

むこうから、人がやってくる。竹箒《たけぼうき》をもった小男である。

「人カト思ヘバ猿、サルカト思ヘバ人也《なり》」

と、のちの伝記作者にかかれたほどの奇相を、この小男はもっていた。

（ああ、あいつか）

信長はおもいだし、そのまじめくさった猿づらが、ばかばかしいほどに、かれは気に入った。

（奇態のやつじゃ）

と、おもうと、矢もたてもたまらず、なにかしてやりたくなった。やむなく半袴《はんばかま》をたくしあげて、男根をとり出した。

うまいぐあいに、腰板にフシ穴があいている。そこへ男根をもってゆき、そのままそとにむかってさしこみ、びいっ、と小便をとばした。

それが、真っこうから猿のつらにしぶきをあげてかかった。

猿は、

「あっ」

と、とびあがり、腕《かいな》で顔の水をかなぐりすてつつ、小便のくる方向を見さだめると、目の前の腰板に男根が一つ出ている。

「おのれ、なにやつじゃ」

と猿はとびあがり、門の梯子《はしご》をつかむや、腰を波うたせて掻きあがった。そこになんと織田上総介《かずさのすけ》信長がいた。

「ゆるせ」

と、またぐらへ仕舞いこみつつ、眉《まゆ》にたてじわを寄せ、いつものにがい顔で立っている。

猿は平伏もせず、片膝《かたひざ》を立てたまま、胸をかきむしるようにして、

「殿様なりともゆるせませぬぞ」

と、顔を真赤にしてどなった。

「男のつらに尿《ゆばり》をふりかけるなどは法外なことじゃ。お手討にあうとも、これはかんべんなりませぬぞ」

この剣幕には信長も手がつけられず、ただむやみと顔をにがっぽくつくり、

「汝《ナンジ》ガ心ヲ見ントテ、シタル事也」

と、「祖父物語」を筆うつしにすればそんなことを言った。

「心を見るために、小便をおかけあそばしたのでござりまするか」

「おれはいつもその手だ」

「しかし、掛けられた者の身にもなってくださりませ」

「わかった」

信長は和睦《わぼく》のしるしとして、

「あすからおれの草履をとれ」

といった。おなじ小者でも、大将の草履取りともなれば出世の機会はいかほどでもあるだ

ろう。

「それならば、堪忍《かんにん》つかまつりまする」

と藤吉郎は言い、信長がおもわず吊《つ》りこまれて笑いだしたほどのうれしそうな笑顔をみせた。

(これは、楽しみがふえた。この猿を毎日からかってやると、さぞおもしろいことになるだろう)

と、信長はもとの憂鬱《ゆううつ》げな顔にもどりながら、内心そうおもった。

要するに、清洲城主となった信長は、あいかわらずそんなことをやって暮らしているのである。

この清洲移転の当座、事件が多かった。

尾張春日井《かすがい》郡守山(現名古屋市東北郊、同市守山区)という土地がある。

土地は矢田川と玉野川にはさまれた野で、ひくい丘陵があり、竜泉寺山につながっている。

そのひくい丘陵に城がある。

守山城という。織田家の同族で、信長からは叔父にあたる孫十郎信次が、付近の小領主として在城している。

(いずれ機会があれば守山城も当方におさめねばならぬ)

と信長はおもっていた。

ここに、信長がかわいがって清洲に住まわせている弟がある。喜六郎といい、まだ前髪のとれぬ少年で、容貌《ようぼう》は国中ですでに伝説化しているほど美しい。美男美女の家系といわれる信長のきょうだいのなかでも、喜六郎だけは格段にすぐれていた。

ひどく、おとなしい少年だが、ただひとつ信長に共通したところがある。馬がすきなことと、ひとりで城外に出たがることとである。

信長の清洲移転から二カ月目の六月二十六日、喜六郎は単騎、城外へ出た。

馬を駈けさせ、ときに休み、ときに水馬を試みたりして楽しんでいたが、竜泉寺山の下の松川渡しというあたりまできたとき、さっと流れに馬を乗り入れた。

やや下流に、柳の巨樹がある、その下で川狩りをしていたのが、守山城主織田孫十郎信次と、その家来数人だった。

「あ、ばかめ、乗り打ちをやりおったわ」

と、かれらは流れを乱されたためにふんがいし、しかも遠目のため相手が喜六郎であることがわからず、「成敗《せいばい》してくれる」と、須賀才蔵という者が堤に駈けあがって弓矢をとって来、矢をつがえ、ひきしぼって矢頃《やごろ》を見はからううちに頃合到来し、ひょう、と放った。

矢は十間を飛び、喜六郎の胸に突きささった。喜六郎、声もなく落馬し、水中に落ちたときは息がたえていた。

「殿、仕止め申した」

と侍どもは歓声をあげ、どっと瀬に入って喜六郎の死体に近づき、抱きおこしてみるとかくれもない織田の公子である。

「わっ、これは喜六郎ではないか」

と、織田孫十郎信次はおどろき、すぐこの死体の兄貴の信長の激怒を想《おも》った。

孫十郎信次は堤をかけあがり、すぐそばの居城守山城に入ると、

「汝《わい》らは勝手にさらせ。おれは逃げるぞ」

と、馬をひきだしてきてとびのるなり、国外にむかって逐電《ちくてん》してしまった。このままこの男の消息はついに知れない。

こうも叔父をして恐怖せしめたほど、信長という男の性格は激烈なものがあった。

信長は、喜六郎が殺された、という報告をきくや、広間正面から駈け出し、家来どもの頭上をとびこえ、玄関をとびだし、

「馬あ――っ」

と叫びながら徒歩で走り、口取りがあわてて手綱をひきつつ駈け寄ってくるや、ものもいわずに鞍上《あんじょう》の人となって駈けだした。

守山まで三里ある。

信長は、すさまじい速度で駈けさせた。あとに、二騎、五騎、二十騎とつづいてくるが、とうてい追っつかない。

馬も良い。

それに毎日この男は責めている。馬の息がつづくのである。侍どもの馬は、素質がわるい

うえに平素厩《うまや》で飼いつめ置きの馬だから、一里も走れば動かなくなるのもあり、山田治郎左衛門という近習《きんじゅう》の馬など、前脚を折り、首をのばして絶命した。

信長は、守山口の矢田川のほとりまでくると河原へおりて馬の口を洗わせ、さらに堤へはねあがったとき、近在の郷士犬飼内蔵《いぬかいくら》という者が城のほうから走ってきて、

「申しあげます」

と、馬前に伏した。

「なんだ」

「御敵《おんてき》はおりませぬ」

「どけっ」

と蹴散《けち》らそうとしたが、犬飼は身をかわして口輪をおさえ、

「孫十郎様は、事の大事に気づかれるや、いずれともなく駈け落ちなされてござります。その他ご家来衆も逐電いたし、城はあき城になっております」

と、いううちに、信長の家来たちが駈けあつまってきたので、城内を検分させると、なるほどひとりもいないという。

「帰る」

と、信長は馬首をめぐらし、いま駈けてきた道をこんどはゆっくりと打たせはじめた。

この話も、道三はきいた。

「あの小僧は、よほど国中の者から怖《おそ》れられているものとみえる」

と、道三は、信長のうわさばなしのなかでこの話をもっとも興ぶかくきいた様子だった。

「まるで鬼神《きじん》だ」

と、微笑《わら》いながら、堀田道空にいった。

「狂人でございましょう」

堀田道空は相変らず信長に好意をもっていない。

「激情を発するとなにをするかわからぬところがございます。憎しみがはなはだしく、とくに自分に従わぬ者は、近臣なりとも手討にしかねまじいところがございます」

「それがよいのだ」

と、道三の尺度はちがうようであった。道三にすれば、人君たる者は怖れられねばならぬ、と思っている。懐《なつか》れてしかも威があるというのは万将に一人の器で、普通のうまれつきでは期しがたいものだ。それよりも、一言の号令が万雷のように部下に降《くだ》りおちるという将のほうがこの乱世では実用的である。

(あいつも、どうやら蝮《まむし》だな)

と道三はおもい、なにやら愛弟子《まなでし》の成長をみるような心地がして、わるい気がしなかったのである。

「つぎに何がおこるか、婿殿はわしを楽しませてくれる」

言いながらも、道三は信長を警戒し、その身辺や清洲城下、尾張領内におびただしい数の間諜《かんちょう》をはなってある。

お勝騒動

ある朝、信長がむちをあげ、馬場で悍馬《かんば》をせめていると、むこうの木槿垣《むくげがき》を乗りこえ、馬前にころがりこんだ若者がいる。

「なにやつだ」

と、あやうく手づないをひいた。若者は平伏し、顔を伏せたまま、

「佐久間の七郎左《しちろうざ》（衛門）でござりまする」

といった。年はやっと二十をこえたばかりだが、喧嘩《けんか》達者な男で、信長は少年のころよりこの七郎左をつれて城下をのしあるいた。

「うぬァ、人を斬《き》ってきたな」

と、信長は馬上からいった。七郎左の肩に血がべっとりついているのである。

七郎左は、顔をあげた。佐久間といえば織田家の家中きっての名門で、七郎左は、その次男にあたり、とくに弟信行に請《こ》われて末森城に出仕していた。

妻は、まだない。

「斬りましてござりまする」

と平伏する七郎左のまわりを、信長は戛々《かつかつ》と輪乗りしながら、

「たれを斬った」

「朋輩《ほうばい》の津田八弥《はちや》でござりまする。今暁《こんぎょう》、津田の屋敷うちに斬りこみ、玄関で大音をあげ、とび出してきたところを斬り倒してトドメをさし、その足で参上つかまつりましてござりまする」

「なぜ斬った」

「恋のうらみでござりまする」

「ははあ、お勝じゃな」

と信長は家中のこういう次男、三男坊と泥《どろ》んこになって遊びまわっていただけに、妙な事情通になっている。

お勝というのは、佐久間の分家の娘で、織田家の家中きっての美人だった。それに、なまなかな娘ではなく、気がつよい。

――お勝とはそんなにきれいか。

と、信長も一時、近習にきいたりして、ちょっと興味を示したこともある。

――好きずきでござりまするな。手前などはああいう瘦《や》せた色黒娘は好みませぬ。あれは癇病《かんや》みでござりましょう。

と、その近習はいった。癇病みとはヒステリーというほどの意味だろう。

そのお勝について、ちかごろ異変があった。信長の弟信行の近習で津田八弥という若者と

のあいだに婚約が成立したのである。このうわさは、家中の若侍に衝撃をあたえた。

「八弥めが射落したとよ」

と、みなさわいだ。そのうちの一人が佐久間七郎左を満座の前で、

「おぬしはお勝に傍惚《おかぼ》れしておったが、ざまはないの」

とからかった。七郎左は屈辱にたえきれず席を立って分家を訪れ、ひそかにお勝の部屋に入りこみ、娘をなじった。

「ぬしァ、わしをあざむいたな」

と凄《すご》んだが、お勝にとって迷惑しごくだった。あざむくどころか、この七郎左の粗暴さがきらいで、本家を通して何度か縁談《はなし》を申し入れてきた者に対しても、父親にそういって断わりつづけてきたのである。

実際のところ、お勝は七郎左の顔をみるのもきらいだった。
二、三年前の夏、信長とこの七郎左が、亀ケ瀬《かめせ》という急流で水馬をして戯《たわむ》れ、組み打ちをし、あやまって二人とも水中に落ち、溺《おぼ》れかかったというさわぎがあったときも、
「おふたりとも、亀ケ瀬で儚《はかな》くおなりあそばしたほうが、よろしゅうございましたな」

とお勝は父親に言い「叱《しっ》」と口もとをひねられたことがある。たわけの信長の評判はそれほどわるかったわけでもあるし、そのたわけの悪友の七郎左を、お勝はそれほどきらっていたことにもなる。だから、

「あざむいたな」

といわれるような身の覚えは、ちっともない。「とんだ言いがかりでございます」とお勝はそのように抗弁すると、七郎左は「言いがかりではない」といった。

「その証拠に、そなたは、わしの顔をみるたびに、笑顔をみせたではないか」

「それは御本家のお部屋住《へやずみ》様でございますから、末の分家の娘のお勝としては不機嫌《ふきげん》な顔もみせられませぬ」

「それがわしを誤った。わしはうかつにもそなたを信じ、朋輩《ほうばい》にも、お勝はおれの嫁になると触れてしまっていた。それを、そなたは津田八弥のもとへ嫁《ゆ》くという。わしはもはや、朋輩にも顔むけができぬようになった。こうなれば色恋ではない」

「それはあなたさまのご勝手のことではありませぬか。あなたさまが、おなかま衆にどうお触れあそばしていようと、お勝の存じあげたことではございませぬ」

「わかっている。しかし男の一分《いちぶん》が立たぬ。すまぬが、津田八弥の一件、破談にしてわしのところへきてくれぬか」

「なりませぬ」

あなたさまがきらいでございます、とはお勝はいえなかった。「すでにきまってしまったことでございますから」とのみいった。お勝にすれば佐久間一族の宗家の息子に、その程度にしかいえなかった。それがわるかった。七郎左に、

(まんざらきらわれているわけでもない)

と自信をもたせた。あとは押しに押せばなんとかなると思い、毎日訪ねてきた。数日して

お勝はついに、

「わたくしは八弥様が好きでございます」

と、きっぱりいった。それでも七郎左様は好きませぬ、とはいえなかった。

七郎左は、なおあきらめずに日参した。お勝を貰《もら》わねば、もはや家中の朋輩と、男としてまじわれぬ気にこの若者はなったのだ。

ところが、そういう七郎左の挙動が、ことこまかしく朋輩につたわり、物笑いのたねになっていた。ある日それを懇意の朋輩から注意され、

「笑われておるぞ」

と、いわれた。笑われる、ということはこの当時の武士かたぎにとってこれほどの恥辱はない。武士たちは笑われぬために戦場で勇をあらわし、卑怯《ひきょう》のまねはせず、平素は言動をつつしみ、もし笑われた、となると、相手を斬るか、自分が切腹するか、どちらかしかない。

余談だが、切腹は江戸時代の流行で、この時代はいくさに負けてのっぴきならぬ立場に追いこまれぬ以外は、あまり自殺などはしなかった。むしろ踏みこんで相手を殺し、逐電するほうが男らしいとされていた。

「うわさのたねはたれが播《ま》いた」

ときくと、津田八弥がそう言いふらしてまわっておると、朋輩はいった。

「八弥めかっ」

と、七郎左は言い、その夜帰宅すると身のまわりを整理し、津田八弥の屋敷へゆき、門前

で剣を抱いて夜の明けるのを待ち、門がひらくや、とびこんで津田八弥を斬ったのである。

「たわけたことをする」

と、信長はいったが、声が小さかった。かれにはこの少年時代の悪友を、家来に対する感情以外の場所で愛していた。友情といっていい。

「七、おれは家督をついで以来、町へも出あるかぬ。悪ふざけもせぬ」

「まじめにおなりあそばしたげでござりまするな」

「そちだけは、まだたわけか」

叱《しか》っているのではない。信長はむしろうらやましそうにいった。身分のかるい七郎左だけがまだ大人にならず、たわけ精神《ごころ》をつらぬいて乱痴気さわぎを演じているのだ。

「死ぬのか、逐電するのか」

「お家を退散つかまつりとうござりまする」

「と、きいた以上は、主人たるおれは斬らねばならん。しかし、斬られるのを承知でなぜわざわざやってきた」

「殿をひと目……」

といって、七郎左は声を放って泣きだした。

「ひと目でも御顔をおがみ奉り、お別れを申したかったのでござりまする」

信長は、馬上、天に顔をあげた。

(妙なおひとだ)

と、ひそかにおもったのは、そばでひざをついている草履取りの藤吉郎である。幼いころから浮世を素あしで歩き、このとしになるまで三十九回職業をかえたこの若者は、人の心というものがふしぎなほど読みとれた。

(むずかしい大将じゃと人はいうが、なんの一つ鍵《かぎ》がある。この大将を好いて好いて好きまくって、その方角からのみひとすじにあたってゆけば、意外に人情もろいところがある)

とおもったのだ。その証拠が、いま眼の前でくりひろげられている。

「七郎左、逐電せい。目をつぶってやる」

と、信長は、めずらしくこの男らしくない処置をとった。信長という大将は、終生、およそ家来を油断させず、つねに戦慄《せんりつ》させ、つめのあかほどの非曲もゆるさなかった。このため、非情、残忍といわれ、家来の旧悪、欠点をよく記憶しているために、後世、「隙間《すきま》かぞえの大将」ともいわれた男である。

ところが、これは異例であった。家中の者を殺害して逃げようという七郎左を見のがしてやる、と叫んだのである。

藤吉郎が察するに、信長は幼少のころから人に理解され、それらの愛をうけることが薄かったせいであろう。たまに七郎左のように信長いちずに慕い寄ってくる者があると、はめをはずした処置をしてしまうようであった。

(この大将に仕えるのは、この手じゃな)

と、膝《ひざ》をつき、うなだれながら、しみじみと思った。

それだけではない。信長は七郎左に、

「美濃へ行って舅殿《しゅうと》にたよれ」

と、次の仕官さきまでいわば世話してやったのである。


お勝は、癇《かん》のつよい女だ。

七郎左が美濃鷺山《さぎやま》の斎藤道三の館《やかた》に仕えていることを知ると、家に書き置きをのこし、ひそかに尾張を去り、美濃に入った。むろん、いいなずけの仇《かたき》を討つためであった。

(道三様にねがい出ても、むりだろう)

と、お勝はみた。

逐電の事情は、うわさでは信長がこっそりおとしてやったのだという。しかも舅の道三に手紙を送り、七郎左の身の立つようにはからってやったのも、信長だという。

(片手落ちななされかたじゃ)

と、お勝は悲憤をおぼえた。だからこそ、女の身ながらも仇をうつことに思いをさだめたといっていい。

お勝は、隣国の尾張の娘だから、美濃の国情をよく知っている。

道三は、なるほど美濃の帝王ではある。しかしその帝王の座も、ちかごろはゆるみはじめているという風聞をきいていた。

事情はこうである。

道三は、はじめ、美濃に流れてきたとき、前の美濃守護職土岐頼芸に仕え、つかえて早々、まるで奇術のような手で頼芸の愛妾深芳野をまきあげた。そのとき、深芳野はすでに身ごもっていた。

当の頼芸さえはじめ気づかなかったことだから、道三が気づくはずがなかった。深芳野はその旨《むね》を頼芸にだけ打ちあけ、やがて道三のもとで月たらずの男児をうんだ。

不審な、と道三はおもったようである。しかしかれにとってはじめての子であった。その可愛さにまぎれ、深芳野にはなにもたずねず、その子を自分の家督相続者として育てた。

道三は美濃で支配権を拡大してゆくにつれて、問題の子も成人した。

いまでは、この若者の出生の秘密は美濃では周知のことになっており、知らぬは若者ひとりということになっていた。

道三も、もはや知っている。むしろわが子の出生の秘密を、かれは逆用した。美濃の主権を横領し去るとき、それを不義とする美濃衆の反抗に手を焼き、ついには、

「義竜《よしたつ》に家督をゆずる」

という体《てい》にして自分は隠居し、ついでに稲葉山城をも義竜にゆずり、自分は鷺山の城館を修復してそこに住んだ。むろん実権は道三の手にあるが、この思いきった策によって国中の反乱はあらかたしずまった。美濃の者は深芳野のうんだ義竜こそ土岐氏の正系とみているから、もはや異存はないわけである。

その深芳野の子義竜。

十五歳で元服し、はじめ新九郎高政と名乗り、天文十七年三月、家督をゆずられたあと、義竜と改名した。

いまは数えて二十九歳である。

異様な体格をもっている。身のたけは六尺五寸はあり、体重は三十貫。

正座すれば、そのひざの高さが、扇子のながさほどあった。扇子は普通、一尺二寸である。

怪物といっていい。

自然、腕力もつよく、家臣と力くらべをしても義竜にかなう者がない。そのうえ武芸がすきで、ほとんど道楽といってよかった。毎年、稲葉山城の守護神である山麓《さんろく》の伊奈波《いなば》明神の祭礼の日には、諸国から兵法者をまねき、奉納試合をさせていた。

このころ、剣術はすでに創成期をすぎ、天下に認識されはじめていたが、歴とした武士からは、

——あれは歩卒（足軽）のわざじゃ。

と、いやしまれ、戦場の強者たちからも、

——なんの戦場では役に立たぬ。

と、いわれていた時代である。それを、物ずきにも一国の国主たるものが主催して、かれら卑賤《ひせん》の兵法者をあつめ奉納試合をやらせるというのだから、これは常人の趣味趣向ではない。

義竜の外貌《がいぼう》は、ほおがまりのようにふくらみ、眼がねむったようにほそく、表情のうごきもすくない。ひどく愚鈍な印象をあたえるのだが、馬鹿《ばか》ではない。

「あれは馬鹿だ」

といっているのは、道三ぐらいのものである。義竜の近臣たちは、

（そうではない。物事に聡《さと》いおひとだ）

と、みていた。貴族そだちだから、人との触れあいにおいて軽妙鋭敏な感覚がうまれつきにぶっている。そういうことと、肉体的な印象が、義竜を一見愚鈍にみせるのであろう。

道三は、この義竜をきらっていた。

いつのほどからきらいはじめたのか、道三にもわからない。おそらく、十五、六の育ちざかりになってからであろう。

急におとなの顔になる時期、

（これは）

と、道三は興ざめたことがある。いささかも自分に似たところがなかった。それがみるみる成長して十八、九で六尺五寸にまでなったとき、いよいよ興をさまし、

（ばけものじゃな）

とおもった。と思うだけでなく、しだいに嫌悪《けんお》になった。義竜の巨獣をおもわせるような肉体が道三に無用の威圧感をあたえ、それがしだいに嫌悪になった。

「あいつのあほうでかい体をみると、はきけをもよおす」

と、左右にも平気でいった。その蔭口《かげぐち》が、義竜の耳にも入る。

（父上は、わしを好いておらぬ）

と敏感に感じた。他の弟たちと同座しているときなど、父の道三の態度が、まるでちがうのである。自然、義竜も道三をきらうようになった。

稲葉山城主になって、形式の上ながらも美濃国主の位置につくと、実権者である「鷺山の御隠居」とのあいだに、ささいなことでもつれや行きちがいが多く、そのため、両者の対立は年ごとにするどくなっている。

（その義竜様をたよればよい）

とお勝がおもったのは、この間の事情をよく知っていたからである。

お勝は稲葉山城下にゆき、義竜の家老を通して訴状をさしだした。

義竜はさっそくお勝を謁《えつ》し、その口から事情をきいた。やがてうなずき、

「その佐久間七郎左という者、けしからぬ。鷺山の父上のもとで近侍《きんじ》しておるというが、なにかまうことはない。わしがみごと仇を討たせてやろう」

といった。お勝はよろこんだ。

が、このため、たかが尾張の若侍のあいだで発生した色恋事件が、当のお勝自身、予想もしなかった事変に発展するはめになった。

義竜の急使が、鷺山城の道三のもとに走ったのは、その翌日である。

秘事

さて、挿話《そうわ》のつづきである。つまり、お勝・七郎左騒動。——

お勝の訴えをきいた稲葉山城主の義竜は、鷺山の道三につかいを送り、

「父上がちかごろお召しかかえになった者でもと織田家の家中佐久間七郎左という者がおりましょう。あれは尾張で理不尽に人を斬り、退転した者でござる。討たれた者のいいなずけがけなげにも仇を討とうとおもい、それがしをたよって参っております。されば七郎左をおひきわたしねがいたい」

と、口上をのべさせた。

道三は、ぎょろりと目をむいた。目ばかりが動き、唇《くちびる》がうごかない。沈黙している。この男がだまると、一種の凄気《せいき》が座敷にただようようであった。稲葉山城の使者は平伏したままふるえている。

庄九郎こと道三は、六十を過ぎてめっきりと老いこんだ。瘦《や》せた。皮膚の衰えが尋常でなく、なにか、からだの深い場所に病気をもちはじめているのではないかとおもわれる色つやのわるさであった。

そのくせ、大きな眼だけが、やや黄味をおびてぎょろぎょろとうごくのである。もはや道

三の覇気《はき》も壮気も肉体のあらゆる部分から蒸発し去って眼だけに凝集してしまっているようであった。

「ばけものがそう申したか」

と、道三はやっといった。眼に怒りがこもっている。義竜が、子であるぶんざいをわすれて父にそのような要求をするとは、なんという増上慢であろう。しかも義竜は、佐久間七郎左を道三が可愛がっているということを百も承知のうえでこう要求してきているのである。信長からのあずかりものであることも、義竜は知っているはずなのだ。

「佐久間七郎左はな」

と、道三は声をふるわせながらいった。

「婿《むこ》の上総介《かずさのすけ》の幼童のころからの遊び相手で、その寵臣《ちょうしん》であった。わしは上総介からたのまれて七郎左をあずかった。わたせぬ——とそう言え」

使者は稲葉山城にかえり、「鷺山のお屋形さまはこのように申されました」と義竜に報告すると、

「ばかな」

と、大きな顔を赤黒く染めた。

「父上はわが子であるこの義竜よりも、隣国の婿どののほうが可愛いのか」

と怒号し、

「父上が左様な理不尽を申されるならば、こちらも考えがある。七郎左を奪いとるばかりじ

や。――小牧源太をよべ」

といった。小牧源太というのは、尾張春日井郡小牧のうまれで事情あって牢人《ろうにん》し、美濃に流れてきて道三にひろわれた。

道三隠退後、いまは息子の義竜のほうに出仕し、義竜からその武勇を愛されている。やがて、

「源太めでございまする」

と、小牧源太は、義竜の前に平伏した。義竜は待ちかねたように、

「おう、はやばやとよう来た。いま鷺山にいる佐久間七郎左とそちとは同郷のうまれであったな」

「おおせのとおりで」

「顔見知りか」

「御意《ぎょい》」

「さればたばかって、七郎左をこの稲葉山城下につれてこい。事情はこうじゃ」

と、お勝騒動の一件を話した。

「しかし鷺山のお屋形さまが七郎左はひきわたさぬ、とおおせられているのでございましょう」

「かまわぬ。鷺山さまがお怒りあそばせばわしが矢表に立ってやる。――源太」

「はっ」

「主命であるぞ。そちが後ろ楯《だて》になってお勝の介添えをしてやり、七郎左を討って、ぶじ本懐をとげさせてやれい。源太、わかったな」

はっ、と小牧源太は平伏し、この瞬間に決意した。主命である、となればやむをえぬ。道三を見かぎって義竜の命を奉じよう、と覚悟した。それに、仇討の介添役というのは武辺自慢の者としてこのうえもない名誉である。

主従の関係よりも自分の武辺と自分の名誉を第一とする当世風の道徳のなかに、渡り者の小牧源太はいた。

「承知つかまつりましてござりまする」

やがて、お勝が義竜の侍女につれられてあらわれ、はるか下座で平伏した。

「あれが貞女お勝じゃ」

と、義竜はみずから紹介した。

そのあと小牧源太とお勝は別室にひきとり、あらためて対面した。

(美人じゃな)

と、源太は息をのむ思いがした。貞女烈婦などというからどれほどに強いおなごかと想像していたが、どちらかといえば男好きのする、抱き寝をすればどうであろう、と思いをめぐらしたくなるような女である。

「お上意により、それがしが仇討の介添えをつかまつる」

と、小牧源太がいうと、お勝はその大きな眼でじっと源太を見つめ、やがて頭をさげ、ひとえにおすがり申しまする、と、ややかすれた、意外にふとい声でいった。源太はぞくりとした。お勝が頭をさげるとき、えりもとがすこしくつろいで、胸の肉づきがみえたのである。

小牧源太は、

「かならずご本懐を遂げさせて進ぜる」

と、叫ぶようにいった。これほどの女にたよられては、源太ならずともふるいたたざるを得ないであろう。

源太はその足で鷺山へゆき、城の大手門のそばに屋敷をもつ佐久間七郎左をたずね、

「おれだ、小牧源太だ」

といった調子で玄関に入って行った。佐久間七郎左はよろこんで迎えた。美濃で仕官をしている尾張者の先輩といえばこの小牧源太だけである。それが訪ねてきてくれた。なつかしさが七郎左を夢中にさせ、

「いやいや、痛み入る。当方から足を運んであいさつにゆくべきであったが、事にとりまぎれて遅れていた。向後《こうご》、同国のよしみでよろしくおひきまわしねがいたい」

と、酒肴《しゅこう》を出して接待した。小牧源太は大いに飲み食いし、

「いや、馳走《ちそう》になった。この返礼というわけではないが、明後日、稲葉山城下のわしが屋敷まで足労ねがえぬか。漁師どもに言いつけて、よい鮎《あゆ》を獲《と》らせておくわい」

「それは楽しみな」

と、佐久間七郎左はよろこんで承《う》けた。

七郎左は、わなにかかった。約束の日、小牧源太の屋敷へゆき、鮎の馳走をうけ、さんざんに飲んだ。足腰もさだまらぬほどに酔ったころ、

「上意である」

と、にわかに小牧源太がとびかかってきて組みふせ、源太の家来どもも、とびこんできてまたたくまに手足をしばりあげ、屋敷内にもうけられた仮牢《かりろう》にほうりこまれた。

その翌日ひき出され、伊奈波明神の境内に隣接してあき地に仕つらえられた竹矢来のなかで、お勝と対面させられた。七郎左は剣をもって闘わされたが、小牧源太とその家来三人の槍《やり》に追いまくられ、高股《たかもも》を突かれてひっくりかえったところを、お勝の薙刀《なぎなた》で頸《くび》をはらわれた。それが致命傷になった。お勝はとりみだしもせずに脇差《わきざし》をぬき、倒れている七郎左のそばにちかづき、胸をえぐってトドメをさした。

この仇討は、

「稲葉山の仇討」

として近国にまで評判になり、烈婦お勝と勇士小牧源太の名は遠江《とおとうみ》、駿河《するが》あたりまでひびきわたった。

が、激怒した者がふたりある。

道三と信長である。

信長の立腹はすさまじい。

（お勝を殺してやる）

と決意した。信長の感情のなかでは、お勝は十分殺されるにあたいした。信長が道三にあずけた七郎左を、勝手に国抜けして隣国で殺しているのである。しかもあてつけがましく隣国の若い国主の後援をたのみ、信長に恥をかかせた。お勝の評判があがればあがるほど、信長の恥辱は大きくなる。

「お濃《のう》、お濃」

と信長は風聞をきいたあと、奥へどなりながら入ってゆき、

「きいたか、あの女の一件」

といった。濃姫も実家方《さとかた》でおこったこの事件を聞き知っていた。

「お勝は稲葉山城下で名をあげたということでございますね」

と濃姫がなにげなくいうと、信長は「お濃そなたまでがお勝の味方をするか」とどなった。

「めっそうもございませぬ」

「面目玉をつぶされたのは、おれと舅《しゅうと》の道三殿であるぞ」

「でも、お勝は貞女ではございませぬか」

「馬鹿者《ばかもの》」

信長は濃姫をなぐりたおしそうになったが、やっと自制し、

「お勝などよりも、それをあてつけがましく後押しした義竜こそ憎いわ。おれに余力があればたったいまでも美濃に攻めこんで、稲葉山城をかこみたい」

といった。義竜は濃姫の兄だから、信長にとっては義兄になる。

「お濃、義竜とはどんなやつだ」

ときいた。信長はすでに、義竜を攻略する想像にとりつかれているのだろう。

濃姫は、義竜についてのあらましをかたった。体が異常に巨《おお》きいこと、気ちがいじみたほどの武芸好きであること、表情がにぶいわりにするどい神経をもっていること、などを話した。

「それが、そなたの兄か」

「いいえ」

と、濃姫はくびをふり、しかし信長を見つめたまま口をつぐんだ。言うべきかどうかを、とまどっている表情だった。

「どうした」

「あの、義竜どのはわたくしとは血のつながりはございませぬ」

と、思い決したように一気にいった。信長は、「ん?」と妙な貌《かお》をした。意外なことをきいたときのこの男のくせである。

「兄ではないのか」

「はい。兄ではございませぬ」

と、義竜出生の秘密をあかした。

「すると、深芳野なる女が、先代頼芸のたねを宿《い》したまま蝮《まむし》殿の側室になったわけであるな。義竜自身は、道三殿の子でないことを存じておるか」

「さあ、それはわかりませぬ。あのように表情のにぶいひとでありますゆえ」

「お濃」

信長は、するどくいった。

「その秘密を義竜自身が知れば、道三殿は殺されるだろう」

信長はそう言いすてて部屋をとび出し、表の間へ駈《か》け、すぐ美濃へ使者を出発させた。

「お勝の身柄《みがら》を当方へわたせ」

という使者である。さらに道三に対しても別に使者を立て、「義竜を説いてお勝を尾張へひきわたさせるように取りはからってもらいたい」と口上をのべさせた。

翌日遅く使者がもどってきて、義竜からはねつけられた旨《むね》を報告した。

「もう一度ゆけ」

と、信長は、人を変えて出発させた。義竜が拒絶をつづけるかぎり、毎日でも使者を送るつもりであった。

が、義竜はまたもはねつけた。

一方、道三である。

この男は、信長が陽気に殺気だったのとはちがい、この事件についてなにもいわなかった。事件でもっとも手ひどい傷をその感情にうけたのは、道三であるはずだった。婿からあずかっている家来を、義竜の詐略《さりやく》でひきだされ、なぶり殺し同然のやりかたで殺されているのである。

が、だまっていた。側近の堀田道空が、

「たいそうな評判でございますすな」

と水をむけたときも、

「そうか」

と、いったなりで、話題をすぐ変えた。が、そのぎょろりとした眼だけは熱っぽい。たれの眼からみても、道三がこの事件について義竜をよほどはげしく憎みはじめていることが読みとれた。しかし道三は沈黙している。

この怒りを、どう表現すべきか、道三は思案をしていた。庄九郎、といっていた若いころから道三は、ほとんど怒りというものを他人にみせたことがなかった。かといって、その性情が温和である、というわけではない。この男はじつは怒りっぽい。しかし思慮のほうがはるかにふかい。その怒りを腹中ふかく沈め、思慮をかさねたあげく、それを他のものに転換してしまうのである。蝮といわれるゆえんだろう。

いま、道三は、義竜にむかって怒号するよりも、

（義竜をどうしてくれるか）

という転換の方法に苦慮していた。

数日、無口な起居をつづけたあげく、

（廃嫡《はいちゃく》してくれよう）

と決意した。義竜の地位をとりあげ、それにかわって「義竜の弟」ということになってい

る自分の実子をその地位につけるのである。怒りの転換は、それしかない。

道三には、数人の実子がある。この鷺山城で同居していた。そのうち、孫四郎、喜平次と

いう二人がすでに成人している。どちらもこの親にはおよそ似つかわしくなく、気がよわく

て能力もなかった。道三自身、

（くだらぬやつらだ）

と絶望的な気持でかれらを見、ゆくゆく武将などにはしたくないと思っていた。武将とい

う権謀術数の世界におれば、お人よしの貴族の子などはおだてられてやがては殺されるがお

ちであろう。頭を剃《そ》らせて僧門にでも入れるか——とまで考えていたのである。

（その孫四郎を、あとに就《つ》けよう）

と、道三は物憂《ものう》げにおもった。気のすすまぬことだが、義竜を稲葉山城に据《す》えているより

も感情が安まる。

そう思っていたやさき、信長から使者がきたわけである。

「お勝の一件でございまする」

と使者は言い、主人信長の口上を伝えた。

道三はうなずき、

「佐久間七郎左はふびんな仕儀に相成った。婿殿から頼まれ甲斐《がい》もなく申しわけないとおもっている。しかし、お勝はここにはおらぬ。義竜の稲葉山城のほうにおる」

「存じております。されば、お父君の御威権をもって、稲葉山のお屋形さまに、お勝を織田家にひきわたすよう命じていただきたいのでござります」

「むりだな」

道三は苦笑した。

「義竜はちかごろ増上慢がつのって、もはやわしの手にも負えぬ。使いを出しても追いかえされるだけであろう」

「……しかし」

お父君ではありませぬか、と信長の使者がいおうとすると、道三はおさえ、

「わしには考えがある。しばらく待て」

といった。

使者はよろこんで帰った。このとき道三が尾張の使者にいった「考えがある」という言葉は、たちまち美濃一円を走り、稲葉山城にもきこえ、義竜の耳に入った。この男の耳に入ったときには、

「鷺山のお屋形さまは、お屋形さまを廃嫡して孫四郎様をお立てあそばすおつもりらしゅう

ございまする」

という言葉に変わっていた。義竜はきくなり、

（さもあろう）

と、おもった。成人してこのかた、道三の自分に対する態度が異常につめたい。一方では弟たちを溺愛《できあい》している。その弟に自分の位置を譲らせようとの魂胆は、当然あの父ならばおこしそうである。

義竜はむろん、いまの地位から離れたくはない。

（いっそ）

と、おもった。こちらから決起してあの父と弟どもを追うか、とまで思いつめた。しかし父を追えば国中の信望をうしなうであろう。

思いあまって、ひそかに長井道利《みちとし》をよび、相談した。長井家は、かつて美濃の小守護として栄えた家だが、いまは所領の大半をなくし、当主道利は義竜のお咄衆《とぎしゅう》として禄《ろく》をもらい、飼いごろしのようなかっこうで世を送っている。

このいわば半生をほそぼそとあそんで暮らしてきた男が、義竜から余の家来にもいえぬ悩みをうちあけられたとき、しばらくとまどっている様子だったが、やがて思い決したような表情で口をひらき、義竜の世界を一変させるような秘事を、ぬるりと吐いた。

崩る日

たった一言が、これほどの力で歴史を変えたことは例がないであろう。

「鷺山《さぎやま》のご隠居さまは、お屋形さまのご実父ではございませぬ」

と、長井隼人佐《はやとのすけ》道利はいったのである。

だけではない。

「お屋形さまのマコトのおん父君は、先代美濃国主土岐頼芸さまでございまするぞ」

「ま、まことか」

と、義竜は、全身の血の流れがとまり、手のさきまで真蒼《まつさお》になった。にわかには信ぜられぬ。いや、信じられることか。先代土岐頼芸は父の道三によって追われた。その追放戦である大桑城《おおがじよう》攻めには、義竜は十六歳の初陣で従軍し、槍《やり》をふるって大手門からなだれ入っている。もはや喜劇といっていい。知らぬとはいえ偽父の指揮をうけて実父を国外に放逐する合戦に奮迅《ふんじん》のはたらきをしてしまった。

「信じられぬ」

と、ぼう然とした。

が、頰《ほお》に血の気がさしはじめるとともに、徐々に思考力が回復してきた。そういえば思いあたるふしが多い。父道三が、数ある子のなかで自分のみにつめたい、ということが、なによりの証拠ではないか。それに、風聞によれば道三は自分を廃嫡《はいちゃく》して弟の孫四郎を美濃国主の座につけようとしているという。

「隼人佐、念をおす。この一件、まことであろうな」

「手前のみが申しておるのではござりませぬ。美濃国中で、知らぬはお屋形さまのみ、と申してもよき公然たる秘事でござりまする」

「事実ならば、鷺山殿は父どころか、実父の仇《かたき》ではないか。そうなる」

「左様」

とはいわず、密告者の長井道利は事の重大さに小さな肩をふるわせて平伏している。

「隼人佐、そうであろう」

「は、はい。左様に相成りまするようで」

「隼人佐、父の仇ならば子として討たねばならぬぞ、鷺山殿を。――」

と、義竜は言い、おもわずそう口に出してしまってから、自分の言葉の重大さに気づき、目をみはり、唇《くちびる》を垂れ、ふたたびわなわなと慄《ふる》えはじめた。

「さ、さようで」

と、長井道利もはげしくふるえた。

「仇討」

と義竜はつぶやいた。こういう場合、言葉は魔性を帯びるものらしい。義竜の内部は平衡をうしなっている。その崩れをかろうじて食いとめて自分のなかに別な統一を誕生させるにはよほど電磁性のつよい言葉をまさぐる必要があった。

仇討である。

これ以外に、すでにひきさかれてしまった過去の義竜をすくう道はない。でなければ義竜はこの場の戦慄《せんりつ》とおどろきを永久につづけていなければならないであろう。

「仇討。――」

ともう一度つぶやいたとき、よくきくまじないいを得たように義竜のふるえはとまった。

「やるかな」

と、この男はいつものねむそうな、にぶい表情にもどり、自分に言いきかせるようにそうつぶやいた。

「ただしお屋形さま」

と、長井道利はまだふるえている。この男は、密告者としての自分の責任をなんとか軽くしたかった。

「なんぞ」

「お屋形さまが頼芸様の御子か道三様の御子か、それを存じておられまするのは天地にただひとりしかおわしませぬ。川手《かわで》の正法寺でお髪《ぐし》を切って尼御前《あまごぜ》におなりあそばされておりまする御生母深芳野《みよしの》さまにこそ、その実否をおたずねあそばさるべきでござりましょう」

「ふむ」

と、義竜はうなずき、

「しかし隼人佐。母者《ははじゃ》が、いかにもそうである、と申されたあかつきはいかがする」

「……それは」

と、長井道利が畳を見つめながらいった。

「お屋形さまがお決めあそばすことでございましょう」

「おう、わしが決めるわさ」

義竜はそのまま座を立ち、わずかな供まわりをつれ、稲葉山城を出て、川手の正法寺にむかった。

深芳野は、庭前の楓《かえで》から紅葉《もみじ》一枝を剪《き》り、仏前にそなえていたときに、義竜の不意の訪問をうけた。

すぐ座をもうけ、下座にすわった。

「母者人《ははじゃびと》」

と、義竜は上座からそういうよびかたをした。美濃の国母は、道三の正妻であった明智《あけち》氏小見《おみ》の方《かた》である。小見の方は先年病死していまは亡《な》い。いずれにしても、生涯《しょうがい》、道三の側室の位置しかあたえられなかった深芳野の位置はこの国では高いものではない。現国主の義竜がその腹から出た、ということで、俗体のころはお方様とよばれ、剃髪《ていはつ》後は、かろうじて正法寺のなかの持是院《じぜいん》に住むことをゆるされている程度である。

「なんでございましょう」

と、深芳野は小さな声でいった。

「人ばらいつかまつる」

と義竜は言い、自分の家来や深芳野のまわりの者をしりぞけ、そのあと上座からくだり深芳野のそばへゆき、その膝《ひざ》に手をおいた。

「真実をおきかせねがいたいことがござる。それがしは道三殿の胤《たね》ではござらぬな」

「えっ」

深芳野の目が、瞬《また》たかなくなった。義竜を凝視した。やがて目を伏せ、つとめて表情をかくそうとしている様子だったが、内心がはげしく動揺していることは、膝の上の手のわななきでわかった。

「ま、まことでござったか。……」

と、義竜が叫ぶようにいうと、深芳野はとっさに目をあげた。

「申せませぬ」

と、低い声でいった。義竜はそういう母を憐《あわ》れむようにうなずき、深芳野の肩に手を置き、

「母者人、子として母のむかしの淫事《いんじ》をきくのがつらい。しかしいまはきかねばならぬ。母者人はもともと頼芸殿の側室であられたげな。その胤をやどしたまま、道三に奪いとられた

げな。これはまちがいござるまい。それがしは、歴《れき》とした筋よりきいた」

義竜はすでに道三、とよびすてにしている。

「道三は、母者をむごい目にあわせた。正室にもせず、明智から小見殿をむかえて母者を側室のままに据えおいた。母者にとっても道三は呪《のろ》うべき男でござるぞ」

「お屋形様には男女のことなどおわかりになりませぬ」

「いつわりを申されるな。母者が若くして世をはかなみ、かようなお姿になられたのも道三に対するつらあてのお気持があってのことでござろう。そのお気持は、義竜は子なればこそわかっています」

と義竜がいったとき、深芳野は不意に袖《そで》をあげて顔に押しあてた。泣いている。

「さ、申してくだされ。義竜はさきの美濃守護職土岐頼芸の子であると」

と、義竜は生母の顔をのぞきこんだ。

深芳野の歔欷《きょき》は深くなっている。そのほそいうなじのふるえは、子の目からみても異常に女くさい。義竜は生母に奇妙なまなましさを感じ、異臭を嗅《か》いだような不快感がつきあげてきた。

「おんな。——」

と叫びたい衝動を義竜はおさえかねているようであったが、やがて目をそむけた。が、自分を生んだ女体はいよいよ歔欷をつづけてやまない。

義竜は、気長に深芳野の返事を待った。そのひとことで、道三こと若き日の通称庄九郎が美濃で営々として築きあげた権力という芸術作品は一挙に崩れ去るであろう。それも、庄九郎こと道三が、およそたかをくくって平然と不幸におとし入れたひとりの非力の女からである。

義竜はなおも生母の唇の動く瞬間を待ちつづけたが、深芳野の沈黙はそれ以上につづこうとした。義竜はついにたまりかねた。

「母者。答えてくださらねばそれでもよい。義竜は、そう信ずるのみです。わしの父君は鷺山城にある斎藤山城入道道三にはあらず、さきの美濃守護職、土岐源氏の嫡流、美濃守頼芸殿であることを。——」

「お屋形さま」

と、深芳野はやっと顔をあげた。

「そうとすれば、あなたさまはどうなさるのです」

「義竜は男でござる。男としてのとるべき道をゆくのみだ」

といって、座を立った。廊下に出、障子をしめ、一瞬その場に立ちどまって内部の気配をうかがったが、深芳野はなお泣きくずれているようであった。

義竜は濡《ぬ》れ縁を蹴《け》り、巨軀《きょく》を宙にとばし、庭におり立った。そうする必要もないことだが、なにかしら、そうとでもしなければ自分を鎮《しず》めがたいものがあったのであろう。

鷺山の道三は、むろんそういうことは知らない。この男は、

——義竜を廃嫡する。

とは言明したことがない。お勝の仇討事件で日ごろの義竜への感情がなるほど募りはしたが、廃嫡、とまでは真底から考えているわけではなかった。正直なところ、廃嫡して事を荒だてるには、道三は年をとりすぎていた。

おだやかな毎日がほしい。

そういう欲望のほうがつよくなっている。すでに働き者の権謀家のかげがうすれ、平和をこのむ怠惰な老年をむかえようとしていた。

——それに。

道三にとって大事なことは義竜などは愚人でしかなかった。孫四郎以下の実子も、義竜に輪をかけたほどの不器量人である。変えたところで変えばえもしない。また義竜をその位置にすえておいたところで、あの年若い肥大漢になにほどのことができよう。

深芳野という、義竜の出生の秘密を知っている者がいる、ということも、ついぞ道三は考えたことがなかった。深芳野という女は、かつてその体を愛し、それをさまざまに利用した。道三の美濃における欲望の構築に、ある時期はそれなりの役に立った。その効用はおわった。効用のおわった深芳野は、尼になって川手の寺で世を捨てている。それだけのことである。その深芳野が、わが子の義竜に無言の告白をし、そのために義竜の心に思わぬ火がつく、というような珍事は、道三は空想にもおもったことがない。自分以外の者は、すべて無能でお人好しで自分に利用されるがためにのみ地上に存在していると思いこむ習慣を、この老いた英雄はもちすぎていた。

義竜が重病に陥《お》ちた。――

と、いうことをきいたときも、である。それを意外とも奇妙とも思わなかった。

(義竜が？　あの化けものは巨《おお》きすぎた。巨きすぎるのは体のどこかにむりがあるということだ。そのむりが、裂け目をひらいた。死ぬかもしれぬ)

と、おもっただけである。義竜が死ぬ、ということで、実子の孫四郎をその跡目に立てるということも道三はしなかった。義竜には竜興《たつおき》という子がある。ごく当然のこととしてその竜興に継がせるつもりであった。されば道三の血統はついに美濃を継がなくなる。それでもよいわさ、というあきらめが、この男にはあった。無能の人間を跡目につければやがてはその無能のゆえにほろぶ、ということをこの老人は身をもって知りぬいてきている。

(どっちにしろ、おれ亡きあとは尾張の婿《むこ》どのが美濃を併呑《へいどん》してしまうにちがいない。あの若者はきっとやる。それだけの天分をもってうまれている。おれが営々ときずきあげた美濃一国は、あの者がふとってゆくこやしになるだけだろう。それはそれでよい)

と、道三はおもっている。こういういわばおそるべき諦観《ていかん》と虚無のなかにいる道三が、たかが義竜ごとき者の一挙手一投足にうたがいの視線をむける努力をはらわなかったのも、当然といえるであろう。

義竜の病状は、日一日と悪化しているらしい。すでに国中のうわさになっている。

その義竜から、使者として日根野備中守《ひねのびっちゅうのかみ》という侍臣が、鷺山城へやってきたのは弘治元年の十月なかばである。

「おそれながら稲葉山のお屋形さまの御病状《みけしき》はかようでござりまする」

と日根野備中守はのべ、すでに命旦夕《めいたんせき》にせまっている、といった。

「それほどに悪いか」

と、道三は正直におどろき、さすがに義竜が不憫《ふびん》になってきた。

「不日《ふじつ》、日をえらんで見舞うて進ぜるゆえ、気をたしかに持ち、病いに負けるなと申しつたえよ」

といった。

「左様に申しつたえまするでござりまする」

と平伏した使者日根野備中守は、すでに義竜からクーデターの秘謀をうちあけられており、むろん「命旦夕」の病態が仮病《けびよう》であることも知りぬいている。

日根野は、道三の前を退出してから、道三の実子孫四郎と喜平次にも拝謁《はいえつ》し、病状をのべ、かつ兄義竜からの伝言をつたえた。

自分の病態はもはやあすも知れぬ。命のあるうちに今生《こんじよう》の別れをつげたい。

というのが伝言である。孫四郎と喜平次は、

「兄上としてはそうもあろう。すぐゆく」

と支度をし、日根野備中守の人数に警固されながら稲葉山城に登城した。むろん、孫四

郎・喜平次は、義竜を実の兄とおもっている。

　義竜は病床にいた。

　ふつうの二倍ほどもあるしとねに臥《ふ》し、枕《まくら》からわずかに頭をあげ、

「よう来て賜《たも》ったな」

　と、かぼそい声でいった。道三があほうあつかいにしているこの巨人も、一世一代の重大事をやる前だけにその演技は真にせまっている。

「孫四郎、わしの子はまだおさない。わしの身が儚《はかな》くなれば、この家と国はそなたが継いでくれるか」

　と、心にもないことを問うた。

　孫四郎は、白い顔に意外な色をうかべ、

「父上は左様には申されませぬ。そなたは不器量者ゆえ武士にはなるな、武士で無能なるは身をほろぼすもとぞ、学問でもするか、それとも出家なとせよ、とのみ申されておりまする。されば孫四郎は命がおしゅうございますゆえ、将来《すえ》は武士にはなりませぬ」

　と、いったから義竜は目をみはり、心中、勝手がちがう、とつぶやいたが、しかし事は進んでいる。計画どおりに進めるしかない、とおもい、表情をいっそうにぶくして、

「過去《こしかた》のことなども語りあいたい。一両日、城にとまって話の相手になってくれぬか」

「はい」

　と、次弟の喜平次も元気よく答えた。

「そのつもりで参りましたゆえ、なにくれとお話しして兄上をお慰めしとうございます」

「それはよかった」

と、義竜はひどく疲れたふりをして目をつぶった。それを合図に、孫四郎・喜平次は病室を退出し、別室で休息した。

接待役は、日根野備中守兄弟である。酒肴《しゅこう》を出し、まだ元服のすまぬ喜平次のためにあまい菓子などもすすめた。

その夜は、城内で寝た。

夜中、日根野備中守は義竜の病室に入り、そのしとねぎわまで進み寄り、

「おやすみなされてござりまする」

と報告した。

日根野備中守としては、まだ大人にもならぬふたりの御曹司《おんぞうし》に不憫《ふびん》を感じているが、主命とあればやむをえない。ただ、その主命に変りはないか、念を押しにきたのである。

「いかがつかまつりましょう」

と、きいた。が、表情のにぶい義竜はわずかに眼をひらいただけであった。

「命じたるとおりになせ」

とのみ言い、反転して屏風《びょうぶ》のほうに寝返った。備中守には表情をうかがうこともできなかった。備中守は廊下へ出た。

その弟が待っていた。

目顔で報《し》らせ、ふたりでかねて装束を用意している部屋に入った。そこに、日根野家の家来五人がいる。やがて主従ともに小袖《こそで》、野袴《のばかま》にきかえ、袴のすそはひもでくくり、黒布で顔をつつみ、廊下へ出た。

疾風のように走り、それぞれ手分けして孫四郎・喜平次の寝室へなだれこんだ。

「上意でござる」

と、備中守はさけぶや、その叫びの下をかいくぐって家来が走り、孫四郎の心臓を夜具の上から刺しつらぬいた。

喜平次もおなじ経緯で絶命した。

戦　端

二児を殺された、ということを知った日、斎藤道三は、鷺山城外の野で鷹狩《たかが》りをしていた。野に、秋の色が深くなっている。野を駈《か》けすぎ、森に入り、森のなかの小さな沼のほとりまできたとき、

「御屋形さまあーっ」

と、樹々《きぎ》のあいだを駈け近づいてきた一騎がある。よほど火急な報《し》らせをもってきたのか、鞍《くら》も置かぬ農耕馬に乗り、鞭《むち》ももたず、葉のついた生枝で馬の尻《しり》をたたきつづけていた。そ

の生枝に深紅の葉がついている。うるしである。

(うろたえ者め、かぶれるわ)

と、道三は小沼のそばで馬を立てながら、しずかにその騎馬の武士の近づくのを待っていた。

「お屋形っ」

と、武士は馬からとびおりるなり道三の馬前に平伏し、稲葉山城内で孫四郎・喜平次のふたりが討ちとられてしまったことを告げ、告げおわると大息を吐き、そのまま突っぷした。

道三にとって信ずべからざる大異変であった。子が殺されたことではない。偽子《ぎし》義竜はふたりの弟を殺した以上、稲葉山城に拠《よ》って国中の武士に檄《げき》をとばし、味方をつのり、道三の政権をたおして自立する覚悟であろう。いや覚悟の段階どころか、計画がよほど進んでいればこそ、孫四郎・喜平次を殺したにちがいない。

道三は、無表情でいる。

こういうとき無用に取りみだせば部下が動揺し、国中にもきこえ、頼もしからざる大将として味方の動揺をまねくことになろう。道三は、人の親としてこれほど悲痛な報告をうけた瞬間も、なおそういう大将芸を演技している。演技というより、庄九郎の時代から持ちこしてきたこの男の天性なのかもしれなかった。

「漆《うるし》を、捨てよ」

と、道三は馬上から注意した。報告者は真赤なうるしの生枝をなおもにぎりしめているのだ。

「手を洗ってやれ」

と左右にいった。

「沼へつれてゆくのだ」

と、さらにいった。口だけはそう動いているが、頭は、漆も報告者もみていない。自分が築きあげた天下第一の堅城稲葉山城が、脳裏にふとぶとしく立ちはだかっている。その城壁に義竜の戦旗がひるがえっている光景さえ、ありありとえがくことができた。

「与助」

と、死んだ孫四郎の近習《きんじゅう》だったこの報告者によびかけた。

「もう一度きく。稲葉山城の様子はどうか」

「申しわすれました。稲葉山城の城壁には、まあたらしき桔梗《ききょう》のノボリが九本、ひるがえっております る」

桔梗紋は先代土岐氏の家紋である。道三の斎藤家の旗ジルシは、道三の意匠による波頭《なみがしら》の二つある立波《たつなみ》の紋である。義竜が波紋《なみもん》をすて桔梗紋をたてたことで、

「土岐の姓にもどった」

ことを国中はおろか天下に布告しつつあるわけであろう。

(たれをうらむこともできぬ)

と、道三はにがい表情で、手綱をとりなおした。

(あの馬鹿《ばか》めを、みくびりすぎた。このおれともあろう者が。——)

空をみた。憎らしいほどに晴れ渡っている。

（ひさしぶりで、いくさの支度をせねばならぬ）

道三はゆるゆると馬をうたせ、森の下草を踏ませながら、思案した。わが子を相手にどのようないくさをしてよいのか、構想がうかばぬ。

ぼう然と道三は馬をうたせてゆく。その顔はハマグリのように無表情だった。頭のなかに、いかなる電流も通じていない状態である。むりもなかった。義竜ごとき者を相手に——というばかばかしさが、考えよりもまず先立ってしまうのである。

（おれの生涯《しょうがい》で、こんなばかげた瞬間をもとうとは思わなかった。義竜は躍起になって兵をつのるだろう。それはたれの兵か、みなおれの兵ではないか。義竜は城にこもるだろう、その稲葉山城というのもおれが智能をしぼり財力をかたむけて築いたおれの城ではないか。しかも敵の義竜自身——もっともばかげたことに、あれはおれの子だ。胤《たね》はちがうとはいえ、おれが子として育て、おれが国主の位置をゆずってやった男だ。なにもかもおれはおれの所有物《もの》といくさをしようとしている。おれほど利口な男が、これほどばかな目にあわされることがあってよいものだろうか）

道三は、顔をゆるめた。

いつのまにか、顔が笑ってしまっている。笑う以外に、なにをすることがあるだろう。

（おれは若いころから綿密に計算をたて、その計算のなかで自分を動かしてきた。さればこそ一介の浮浪人の身から美濃一国のぬしになった。計算とは、奇術といってもいい。奇術のたねは、前守護職土岐頼芸だった。頼芸にとり入り、頼芸を利用し、頼芸の権威をたねにあらゆる奇術を演じ、ついに美濃一国をとり、頼芸を追い出した。頼芸はおれにそうされるに値いした。なぜならばとほうもないあほうだったからさ。しかしそのあほうにも生殖能力だけがあることをおれはわすれていた。深芳野と交接し、その子宮に杯《さかずき》一ぱいのたねをのこした。深芳野は泣く以外になんの能もない女だったが、深芳野の子宮はふてぶてしくもその胤をのみこみ、温め、月日をかけて一個のいきものに仕立てあげてこの世へ出した。それが義竜だ。おれはそれを自分の子として育てた。そうすることに政治上の価値があったからだが、国主にまでする必要はなかった。それをおれはした。おれの心に頼芸への憐憫《れんびん》があったからだろう。その憐憫というやつが、おれの計算と奇術をあやまらせた。……）

ばかげている、と思った。人智のかぎりをつくした美濃経営という策謀の芸術が、なんの智恵も要らぬ男女の交接、受胎、出産という生物的結果のためにくずれ去ろうとは。

（崩れるだろう）

と、道三は自分の終末を予感した。これが、自分の生涯の幕をひかせる最後の狂言になるだろうとおもった。

森を出た。

街道に出るや、道三は森の中の道三とは人がかわったように活気を帯びた。鞭をあげ、馬を打った。馬は四肢に力をみなぎらせ、一散に鷺山城にむかって駈け出した。

鷺山城に帰るや、

「広間に老臣をあつめよ」

と命じ、庭へ出、茶室に入り、炉に火を入れさせて茶を点《た》て、茶を二服喫し、喫しおわると、覚悟がついた。

(おれの最後の戦いだ。ひとつ、はなばなしくやってやろう)

広間には石谷対馬守《いしがやつしまのかみ》、明智《あけち》光安、堀田道空、それに赤兵衛らがずらりと顔をならべていた。

「一件きいたか」

と、道三はすわるなりいった。

みな、うなずいた。どの男の顔も、目ばかりが光っている。道三はそれらをながめ、顔のひとつひとつを見、顔の奥の心底まで読みとるほどに熟視してから、

(この連中は、おれに命をくれそうだ)

と、おもった。たしかに、石谷、明智、堀田らの諸将は道三の風雅の友であり、道三と風雅を通じてふかく契《ちぎ》るところがあり、ゆめゆめ義竜方に走るようなことはないであろう。が、なにぶん隠居城であった鷺山城に出仕している連中である。その数は平素から多くはない。道三は家臣団の八割までを義竜につけ、稲葉山に出仕させてあったのである。

「すぐ教書を発し、兵を駆りあつめよう」

と、道三は言い、かれらにその仕事を命じた。翌日になった。

稲葉山城のくわしい様子がわかった。義竜は斎藤の姓をすて、一色左京大夫《いっしきさきょうのだいぶ》という名乗り

にあらためた。土岐姓を名乗らず、母深芳野の生家である丹後宮津の城主一色家の姓を冒したのは、土岐姓復帰は道三を討ってからのことにしようという魂胆なのであろう。

が、募兵の名目は、

「実父土岐頼芸の仇、道三入道を討つ」

ということにある。そう明記して国中の美濃侍を勧誘した。要するに数百年来、美濃における神聖血統である守護職土岐氏の当主として命令をくだしたのである。

このため、美濃侍は動揺した。土岐義竜の命とあれば駈けつけざるをえない習性をかれらはもっている。

それに利害から考えても、義竜方に圧倒的な利があった。まず現役国主であったために平素稲葉山城への常勤者が多い——ということは、常備軍の点で、道三の隠居城とは格段の兵力差がある。

それに、義竜はなんといっても美濃における主城の稲葉山城にいる。小山の上に居館をかまえた程度の鷺山城とはちがい、これは難攻不落の大要塞《ようさい》だった。大要塞に拠《よ》る義竜のほうが、攻防いずれにかけても有利なことは子供でもわかる。

…………

(勧募はむりだぞ)

と、道三でさえおもった。

が、この男は最後まであきらめず、鷺山城の補強にとりかかった。

美濃に二人の主人ができた。国中の村々にふたりの国主の使者が入りみだれてやってきては、

「わがほうにつかぬか」

と、利と情をもって説いた。道三自身はこの見とおしを、

(義竜の十分の一もあつまればよいほうだ)

と、さほど期待もしていなかったが、あきらめもしなかった。しかしありがたいことに稲葉山城に道三の旧臣がぞくぞくと入城しているというのに、当の義竜は容易に道三攻めにかかろうとしなかったことであった。

道三の作戦能力が、義竜とその徒党をおそれさせていた。かれらは要慎《ようじん》の上にも要慎をかさねた。その無能な慎重さが、道三のいくさ支度に時間をかせがせた。

一方、木曾川《きそがわ》ひとすじをへだてて隣国の信長の耳にも、道三の不幸の報が入った。

信長は、おどろいた。信長はちょうど、本家筋の岩倉城主織田信賢《のぶかた》を相手に泥《どろ》まみれの内戦を演じている最中でとうてい兵力に余裕はなかったが、すぐ救援をおもい立ち、

「援兵の用意がある。騒ぎの内実を教えてもらいたい」

と道三に密使を出し、同時に美濃の事情をさぐるために多数の諜者《ちょうじゃ》を送りこんだ。

諜者のほうが、さきに帰ってきた。それらの報告によると、道三の側にあつまっている兵

数はおどろくほどすくなく、

「とうてい、入道様におん勝目はござりませぬ」

と異口同音にいった。

「すくないか」

と、信長は、裂くような語気でいった。

「それにひきかえ、稲葉山の義竜様のもとにあつまる人数は日に日にふえておりまする(蝮《まむし》めも、天命きわまったな)」

と、信長もおもわざるをえない。道三が魔術師のような軍略家であったとしても、兵力差というのは時に絶対の壁になることがおおい。その差も敵の半数ならばまだしも戦術でおぎなうことができよう。しかし道三のばあいは稲葉山城の十分の一であるようだった。

「濃姫《のうひめ》にはいうな」

と、信長は奥の者に美濃情勢に関する箝口令《かんこうれい》をしいた。すでに母をうしなっている濃姫が、いま父をうしなうとなれば悩乱するかもしれなかった。

その信長の密使が道三の居城鷺山城に入ったのは、霜のふかい朝である。

道三は着ぶくれていた。

「婿《むこ》どのが、援助をと？」

と、道三はさすがにうれしかったのか目を大きく見ひらき、瞬きをせず、やがてその老人にしては長すぎるまつげにキラリと涙を宿したが、すぐ破顔一笑し、

「さてさて他人の疝気《せんき》が気にかかるとは、上総介《かずさのすけ》どのも若いに似あわず苦労性におわすことよ。せっかくだが、手は足っていると申せ」

と、事もなげにいった。

この報告をきいておどろいたのは、信長である。きいた直後は、

（蝮め、虚栄を張りくさるか）

と、おもった。あの男らしいやせがまんだと思った。そのあと、ふと、

（蝮はこれを最後に死ぬ気かな）

と思って、がくぜんとしたのである。死ぬ気なら尾張の人数もなにも要らぬであろう。されば道三のいくさ支度は、勝利のためでなく自分の幕を華々しく閉じるための最後の奇術なのか。

信長は、もはや濃姫に事情をいわざるをえなかった。

「そなたの父は自殺しようとしている」

と、そんな言い方をして、情勢の説明をした。自殺、とはつまり、ロマンティックな自殺的戦闘を準備している、という意味であった。

「わしの援兵の申し出をさえことわった。いい年をして錯乱している。そなたからも手紙をかいてなだめてやるがよい。使いは、福富平太郎がよかろう」

といった。福富平太郎は道三が可愛がっていた若侍で、濃姫の輿入《こしい》れのときに随臣として織田家に転籍した。福富がゆけば道三も心底をみせて語るだろうとおもったのである。

濃姫の使者として、福富平太郎は物売りの姿に変装し、夜陰にまぎれて木曾川を越えた。この国境線にはすでに義竜方から警戒兵が出ており、道三と信長との軍事連絡を絶とうとしていた。

福富は、途中、三人の警戒兵を斬り、みずからも左肩を斬《き》られ、血まみれになって鷺山城に駈けこみ、旧主と久しぶりの対面をした。

道三はひとわたりの話をきき、

「たわけ殿は、やさしいことをいうわ」

と、前額《ずと》の発達した顔をくしゃくしゃにしてよろこんだが、援軍の件はがんとして受けようとしない。

平太郎のみるところ、道三は多分に感傷的になっているようだった。再起にあがくよりも自分の人生の退《ひ》きぎわをいさぎよくしたいという気持に逸《はや》っているようであった。これが、貪婪《どんらん》な野心家であり、冷血な策謀家であり、神のような計算能力をもった打算家であるかつての斎藤山城入道道三なのか、と、福富平太郎はかえって道三の変貌《へんぼう》がなさけなくなり、

「殿、左様なお気のよわいことを！」

と、その似つかわしからぬ感傷主義をののしるようにして諫《いさ》めた。

ところが道三は、

「ばかめ」

と、苦笑した。

おれの計算能力がおとろえるものか、と道三は言い、

「だからこそ、信長の援軍をことわっている」

「なぜでござりまする」

「美濃は大国だぞ」

「はて」

「火事も大きいわ」

「それがどうしたと申されるのでござりまする」

「信長はまだ尾張半国の小身上《こしんじょう》にすぎぬ」

「まことに」

「その信長もいま、岩倉織田氏と交戦中だ。考えてもみよ。手前の火事を消すにも手が足りぬというのに、おれのほうの火事にどれだけの人数が割《さ》けるか。割けるとしても、せいぜい千か千五百だろう。これも送れば、自分の清洲城があぶなくなってしまう。たとえ二千の人数をおれの火事に送ってくれたとしてもこっちにとっては焼け石に水だ。舅《しゅうと》と婿がうすみっともなく、共倒れになるだけさ」

「は？」

「勝つ見込みがないというのだよ」

と、道三ははっきりいった。だから道三は信長に、「よせ」というのである。計算能力が衰えたどころか、前途に跳梁《ちようりよう》する死神の人数までかぞえきった結果の回答が、この男の「拒絶」だった。

「わかったか」

と、道三はむしろ、そういう自分の冷徹さをほこるような、ちょっとふしぎな明るさをおびた微笑を頰《ほお》にのぼらせ、

「おれは老いぼれてはおらぬ、とたわけ殿に申せ」

「し、しかし殿」

と、福富平太郎は顔を涙でよごしながら拭《ふ》きもあえずにいった。

「このたびは義による援兵でございまする。お受けなされませ。その援兵のなかに非力なれどもそれがしも加わり、殿の御馬前にて死にとうございまする」

「義戦じゃと？」

道三は目をむいた。

「ふしぎなことを言うものかな。まさか信長ほどの男が、左様なうろたえた言葉はつかうまい。国に帰れば申し伝えておけ、いくさは利害でやるものぞ。されば必ず勝つという見込みがなければいくさを起こしてはならぬ。その心掛けがなければ天下はとれぬ。信長生涯《しようがい》の心得としてよくよく伝えておけ」

「で、ではそれがしなどはどうなりまする」

「そちは平侍じゃ。いま申したのは大将の道徳、平侍の道は、おのずから別じゃ。そちら平侍は義のために死ね」

凜《りん》と言いはなって、淀《よど》みもない。福富平太郎は、一瞬威にうたれて、おもわず平伏した。

そのあと酒肴《しゅこう》を頂戴《ちょうだい》し、ふたたび町人に変装して美濃を脱出し、尾張に帰った。


道三と義竜の戦闘準備は、そのあと、信じられぬほどのゆるやかさで進行した。

年を越して弘治二年春。

義竜は、稲葉山城に一万二千人をあつめ得てようやく戦端をひらく決意をした。道三の鷺山城にあつまっている人数は、わずか二千数百にすぎない。

南泉寺の月

いかず、がものを言う。

敵の義竜が一万二千、自分のほうの鷺山城にあつまってきたのがその六分の一では、さすがの道三も自分のあまりの落ちぶれぶりを笑ってしまうしかない。

（まあ、予期したとおりの数字ではある）

と、道三はおもった。

(しかし世間の愚夫愚婦が期待するように、奇跡というものがおこってもよいではないか)

堀田道空や赤兵衛なども、それを期待したようであった。かれらは毎日、城内にいる人間の数を祈るような面《おも》もちでかぞえ、もはやこれだけしか集まらぬと知ったとき、最後のたのみに、

「お屋形さま。貝を吹き立てましょう」

と、道三のゆるしを得、城壁の四方に貝のじょうずな者を立て、かわるがわる吹き立てさせた。

——道三様へお味方せよ。

という、村々への催促の法螺貝《ほらがい》であった。それが美濃平野のあちこちにむかって、びょうびょうと吹き鳴らされた。吹き手と風むきによっては、三里四里の遠くへもひびきわたった。昼も夜も、貝を吹く兵は城壁に立ち、東へ吹き、西へ吹き、北へ吹いた。南には敵の稲葉山城があるために、この方角へは吹かなかった。

鷺山城はだだっぴろい美濃平野の真ん中にある。貝の音は天にひびき、野を駈《か》けめぐったが、野がひろいせいか、その音は妙に物哀《ものがな》しかった。

どの村にも春が訪れている。城壁から遠望すると、梅の多い村は白っぽく、桃の多い村は淡々《あわあわ》と紅《あか》く、ひどく童話的な風景にみえた。そういう春の村々にむかってむなしく貝を吹きたてている道三の兵もまた、一幅の童画のなかの人ではないか。

貝は、二昼夜、吹きつづけられた。

が、どの村からももう、一騎の地侍、一人の足軽もはせ参じて来なかった。夜陰寝床のなかでその貝のむなしい音をきいていると、道三はやりきれなくなった。自分の生涯《しょうがい》が、こういう物淋《ものさび》しい吹奏楽でかざられねばならぬとは、どうしたことであろう。

三日目の朝、道三は起きぬけるなり堀田道空をよび、

「あの貝を、やめい」

と、不機嫌《ふきげん》そうにいった。

道空は城壁へかけあがり、貝を吹く兵士たちに、もうよい、やめよ、ととめた。兵士たちは力尽きた表情で、唇《くちびる》から貝をはなした。

城も野も、静寂に戻《もど》った。

さて、戦術である。

味方の人数がこうすくないとなれば、平野での合戦はできない。いきおい、山に籠《こも》って天嶮《てんけん》を利用しつつ山岳戦をやらざるをえないであろう。堂々たる野外決戦のすきな道三は、猿《さる》のように山道をのぼりくだりする山岳戦など、このましい趣向ではなかったが。

四月のはじめ、道三は最後の軍議をひらき、基本方針をきめた。

「まず、風の夜を選んで稲葉山の城下町を焼く」

と、いうことがきまった。

稲葉山の城下町井ノ口（現在の岐阜市）は、楽市楽座《らくいちらくざ》という、道三の独自の経済行政によって異常な繁栄をひらいた、いわばこの男の自慢の町である。その町を自分の手で焼きはら

わねばならなくなるとは、この男は夢にも思っていなかった。

しかし焼かねばならない。城というのは、城下の侍屋敷の一軒々々がトーチカの役目をなしている。それを焼いて、本城を裸にしてしまわねばならなかった。

翌日、風が吹いた。

巳《み》ノ刻《こく》、道三は行動を開始した。みずから全軍をひきい、長良川《ながらがわ》を渡り、まるで野盗の隊長のようなすばやさで稲葉山城下へ下り、

「焼けいっ」

と、命じたのである。道三の将士は、手に手に松明《たいまつ》をもち、それぞれいっぴきの火魔に化したごとく街路を走り、軒下を走り、手あたり次第に火をつけてまわった。

轟《ごう》っ、と諸所で大きく火の手があがった。

その火明《ほあか》りに照らされながら、道三は恩明《おんみょう》ノ辻《つじ》といわれる辻に馬を立て、黙然と四方の夜景をながめている。

前面に稲葉山がそそり立ち、難攻不落といわれる道三築くところの稲葉山城が見えた。篝《かがり》火《び》が、星のように黒い峰々をかざり、敵兵は、本丸、二ノ丸、三ノ丸などでしきりと動いている様子であった。

しかし、敵の義竜は、小勢《こぜい》の道三に足もとを焼きはらわれながら、なお打って出ないのである。

偽父《ちち》の道三といえば、合戦にかけては半神的な名人であるという頭があった。わざわざ放

火にやってきたのは、五段六段にも構えた深い作戦の結果であろうとみた。

むろん道三としてはそれだけの備え立てを用意している。敵が城門をひらいて突進してくれば横なぐりに叩《たた》きやぶる伏兵も準備していたし、退くとみせて長良川畔《かはん》の低湿地にさそいこみ、包囲して殲滅《せんめつ》する手も支度していた。なにぶん夜戦である。小部隊で大軍を相手にまわすにはうってつけであった。

が、敵は来ない。大軍を擁しながら道三の兵の跳梁《ちょうりょう》にまかせて、じっと巨体をすくめているのである。

道三は焼くだけ焼き、なお馬を立てて相手の出戦を待ったが、来ぬ、とわかると、

「つまらん」

と、地に唾《つば》を一つ吐きつけ、馬頭をひるがえし、さっさと野外に集結させ、稲葉山城下から北東四里の丘陵地帯にある北野城に入るべく、全軍の移動を開始した。

途中、兵を割き、自分が隠居城としてくらしてきた鷺山城を焼くように命じた。

大橋という部落をすぎるとき、後方の天にひとすじの黒煙があがった。鷺山城が炎をふきはじめたのである。

(よう燃えるわ)

と、道三は馬上、背後をふりかえり、乾いた眼で、野と、その上に立ちのぼる一条の煙を見た。

想《おも》い出のふかい城であった。はじめて美濃に流れてきたとき、土岐頼芸に拝謁《はいえつ》したのもあ

の城の広間においてであったし、深芳野を賭《か》け物にして長槍《ちょうそう》をとり、画虎《がこ》の瞳《ひとみ》を突いてみせたのもあの城であったし、頼芸を酒池肉林のなかに浸《つ》けて骨ぬきにしたのも、いま燃えている鷺山城においてである。美濃を奪ったのち、稲葉山の本城は義竜に与え、自分は身を退いて鷺山城に退隠し、あの城で濃姫らをそだてた。おもえば、自分の一代の絵巻が、鷺山城をもってはじまり、そこから展開し、ついにそこにおわっているといっていい。

（おれの一代が、燃える。――）

と、道三は思った。が、馬をとどめず、道三の旌旗《せいき》はなお北にむかって進んでいる。

やがて北野城に入った。

数日経《た》った。

道三は北野城の防衛第一線を、北野から二里南方の岩崎城とし、ここを部将の林道慶《どうけい》にまもらせていた。

北野城の出丸といっていい。この岩崎城はひくい丘陵上にある。丘陵の下を、北野への街道が北上している。敵がもし北野城を攻めようとすれば、その進攻路上にある岩崎城をつぶさねばならなかった。

四月十二日、義竜は大軍を催し、この岩崎城に攻めかかり、揉《も》みにもんでわずか一日で攻めおとしてしまった。守将林道慶は、北野城の道三へ最後のいとまごいの使者を出し、本丸に火を放ち、火炎のなかで腹に白刃をつきたて、命を絶った。

「道三の腕も、さほどのことはない。すでにあの大入道から、神通力が落ちている」

と義竜と、その部将たちが勇気づけられたのは、この岩崎城落城からである。

「あたりまえさ」

と、道三はその風聞をきいてあざ笑った。

「すでに憑《つ》きが落ちた以上、なるほど斎藤道三はなお生きてはいるが幽鬼と同然さ」

道三は山の尾根を伝って奥へ奥へと走り、かれがかつて頼芸のために築いた山城の大桑城《おおがじょう》に駈け入った。かといって籠城《ろうじょう》するためではない。

敵はここまで来るには多少の時間がかかるであろう。その間、自分の生涯の整理をしておくためである。

大桑の山里に入った翌朝、この季節にはめずらしくあられが降った。あられは二時間にわたって峰や谷に降り、ふり敷いて雪のようになった。

「天はおれに山里の雪景色をみせてくれるというのか」

と、道三はよろこび、その霰《あられ》の小径《こみち》をふんで、南泉寺という山寺にのぼった。南泉寺へのながい石段をのぼっているうちに、霰は去り、四月の陽《ひ》が雲間から出た。陽はたちまち樹間に降りころがっていた霰のむれを融《と》かし、つかのまの雪景色を消した。そのはかなさ、人の世の栄華のようであった。

この南泉寺には、道三におわれて異郷で病没したふたりの美濃守護職の位牌《いはい》がまつられている。土岐政頼と同頼芸の兄弟である。道三は僧をよび、多額の金銀をやり、政頼と頼芸の供養《くよう》を命じた。なぜいまさら、このふたりの美濃王の霊に対して感傷的になったのか、道三自身も自分の気持を解しかねている。察するところ、道三の政治哲学は、「君主は無能こそ罪悪である」ということになっている。その無能即罪悪のゆえに道三に追われた先代・先々代の美濃王の系列に、道三自身も、

「あらためてお仲間に入れて頂きます」

と、あいさつしたかったにちがいない。道三自身、その油断のゆえに義竜からその地位を追われようとしている。ただこの男は、先代や先々代のように命からがら国外に亡命しようとはしなかった。女婿《じょせい》の織田信長の尾張亡命のすすめをしりぞけ、いま身ぎれいに最後の決戦をしようとしている。

道三には、孫四郎・喜平次を殺されたあと、なお二児がある。まだおさなかった。二児は、いま北野の奥の山里にかくまわれている。道三の仕事はまずその二児を国外に落さねばならぬ。

道三は、赤兵衛をよんだ。かつて京の妙覚寺本山の寺男であったこの兇相《きょうそう》の男は、道三の美濃征服とともに守《かみ》を名乗る身分になったが、ふたたびもとの木阿弥《もくあみ》にもどろうとしているようであった。

「おん前に」

と、赤兵衛は平伏し、やがて、このところめっきり老《ふ》けた顔をあげた。

「赤兵衛。ながい狂言はおわったようだ。そちは京へもどるがよい」

「えっ」

赤兵衛はポカリと唇をあけた。この男は当然なこととして、道三と運命を共にする覚悟でいるのである。

「そ、それはなりませぬ」

と、あわててなにか言おうとすると、道三は無言で顔をしかめた。元来、赤兵衛は、道三が庄九郎だったむかしから手足のように使ってきた。手足が余分なことをいうのを道三は好まない。

「行けというのだ。だまって行くがよい。ついでにわしの残された二児を伴うて行って貰《もら》おう。よいな」

赤兵衛は、うなだれた。

「美濃から落ちるに際して、あの者たちの頭を剃《そ》ってしまえ」

「えっ、僧になさるので」

「それが安穏《あんのん》な生き方だ。侍の大将などというあぶない世渡りは、わしほどの才覚があっても最後はこのとおりだ。京にのぼればまっすぐに妙覚寺本山に連れてゆけ。妙覚寺は、わしやそちの出た寺だ。その後も、美濃の常在寺を通じて多くの寄進をしている。わしはかつてあの寺をとびだした無頼破戒の仏弟子だが、いまは第一等の大旦那《おおだんな》である。寺もわるいようにはしないだろう」

「そりゃもう」

「その上、かつての寺男だったそちがつれてゆく。話がうまくできている」

「できすぎている」

赤兵衛は、泣きっ面《つら》で笑った。赤兵衛にとっては堂々めぐりのすえ、もとの寺にもどることになるのだ。

「あなた様についてあの寺を出たはずでございますが」

「もとのふりだしにもどるわけか」

「はい」

「くだらぬ双六《すごろく》だったと思うか」

「さあ」

「人の世はたいていそんなものさ。途中、おもしろい眺《なが》めが見られただけでも儲《もう》けものだったとおもえ」

「左様なものでございますかな」

と、赤兵衛は狐《きつね》つきが落ちたような、うすぼんやりした顔で道三を見つめている。やがて気をとりなおし、

「お屋形さまはどうなさるので」

「おれか」

道三は経机《きょうづくえ》に寄りかかり、筆のさきを指さきでいじっている。

「おれかね」

「左様で」

「おれは美濃を織田信長にゆずろうとおもうのさ。美濃を制する者は天下を制する、とおれは思っている。あの男にこの国を進呈し、おれの築いた稲葉山城のぬしにし、あの城を足場に天下に兵を出し、ついには京へのぼって覇者《はしゃ》とならしめる。おれが夢みてついに果たさなかったものを、あの男にさせようというわけだ。あの男なら、きっとやるだろう」

「美濃を上総介《かずさのすけ》殿におゆずりあそばすので」

「そう」

「すると、お二人の若君には、もう相続権がないのでござりまするな」

「坊主になるはずのあの二人に、国や城などが要るものか。しかし長じて自分が斎藤道三の子であったことを思いだして、またまた義竜のように悶着《もんちゃく》をおこすかもしれぬな。のちのちの証拠に、一筆《の》書いておこう」

道三は紙を展べ、紙のはしに文鎮を置き、筆をとった。

わざわざ申し送り候《そうろう》いしゅ（意趣）は、
美濃はついには織田上総介の存分に
まかすべく
ゆずり状、信長に対し、

つかわしわたす、その筈《はず》なり。
下口《しもぐち》、出勢《しゅっせい》、眼前なり。
其方《そのほう》こと
堅約のごとく京の妙覚寺へのぼらる
べく候。
一子出家、九族天に生ず、といえり。かくの
ごとくととのい候。
一筆、
涙ばかり。
よしそれも夢。
斎藤山城《やましろ》、いたって法花妙諦《ほっけみょうたい》のうち、生老《しょうろう》病
死の苦をば修羅場《しゅらじょう》にいて仏果をうる。
うれしいかな。
すでに明日一戦におよび、五体不具の成仏《じょうぶつ》、
うたがいあるべからず。
げにや捨てたる
この世のはかなきものを、
いずくかつゆ（露）のすみかなりけん。

弘治二年四月十九日
斎藤山城入道道三
児《こ》まいる

「赤兵衛、朱印を捺《お》せ」

と、道三は命じた。

赤兵衛は、机上にある「斎藤山城之印」と刻まれた角印をとりあげ、朱肉をたっぷりとふくませ、道三の署名の下にべたりと捺し、道三のための最後の仕事になるであろうこの小さな作業をおわった。

「苦労」

と、道三は、ねぎらった。そのみじかい言葉のなかに赤兵衛の半生の奉公を謝したつもりであった。

それをきくと、赤兵衛はこの男らしくもなく、わっと哭《な》きだした。

「おれはむかしから泣くやつはきらいだった」

と、道三はいった。

「この場になって泣けば、おれが半生、おれの存念の命ずるままに圧殺してきた亡霊どもが喚《おめ》きたって生きかえり、道三、ざまはなんだ、とよろこぶかもしれん」

「これは不覚でござりました」

「わかればよい。さ、早く発《た》て。今夜、おれには仕事がある」

「この夜ふけにて、もはやお寝《やす》みあそばすのではござりませぬので」

「寝るものか。夜半、月の出を待って軍を集め、山をくだって長良川畔で義竜と決戦をする」

げっ、と赤兵衛はおどろいたが、道三はすでに別の書きものにかかりはじめていた。

信長へのゆずり状である。

譲状は遺言状を兼ねている。

簡潔に書き、署名し、花押《かおう》をかいた。一国の将が他の将へ、たった一片の紙片で国をくれてしまうという例は、前にもない。後にもないことであろう。

短檠《たんけい》の輝きが、その道三の横顔を照らしていた。赤兵衛はじりじりとさがりつつ、やがてふすまのそばで道三の背へ一礼し、ふすまをあけ、廊下へ出、やがて閉じた。

道三は、耳次を呼んだ。

耳次がきた。

「これを、尾張の織田上総介までとどけるように」

と、道三はいっただけである。

耳次は赤兵衛とちがって寡黙《かもく》な男であった。命令には反問しない。

一礼し、部屋を去った。

あとは、道三にとってなすべきことは、武者わらじを取りよせ、それを穿《は》くことだけであった。

月が昇るまでに、すでに四半刻《しはんとき》もない。

長良川へ

月が馳走《ちそう》といっていい。

するどく利鎌《とがま》のすがたをなし、峰の上の天に翳《かげ》ろいのない光芒《こうぼう》をはなちつつ、山をくだる道三とその将士の足もとを照らしていた。

(この浮世でみる最後の月になるだろう)

と、馬上の道三はおもった。

「のう、道空よ」

と、堀田道空にいった。

「わしの声明《しょうみょう》をきいたことがあるか」

「声明？」

道空は、山路の手綱さばきに苦心しながら法体《ほったい》の主君をふりかえった。

「そう、声明梵唄《ぼんばい》の声明よ」

仏教声楽といっていい。

道三は、京の妙覚寺本山の学生《がくしょう》であったむかし、この声楽をまなび、音量のゆたかさと肺活量の強靱《きょうじん》さのために、指導教授が、

――いっそ、将来は学問よりも唄師《ばいし》、声明師として進んではどうか。

と、本気ですすめたものであった。

声明とは、経文を唐代の音で諷唱《ふうしょう》する術で遠いむかし、中央アジアの大月氏国《だいげつしこく》でおこなわれていた声楽がシナにつたわり、日本伝来後、おもに叡山《えいざん》の僧侶《そうりょ》によって伝承された。西洋音楽でいう音階として、宮《きゅう》・商《しょう》・角《かく》・徴《ち》・羽《う》の五音《ごいん》があり、これを基礎として、調子、曲、拍子がついてゆく。のちの謡曲、浄瑠璃《じょうるり》など世俗の音曲はすべてこの声明が源流になっている。

「まだ聴かせていただいたことがございませぬ」

堀田道空はいった。なるほど道三は、妙覚寺をとびだして浮世に出てからは、声明などは唄《うた》ったことがない。

いま、ふとそれを、肺いっぱいの嵐気《らんき》を吸いこんで唄おうという気になったのは、最後の戦場への道を照らしてくれる月への感謝という意味もあったであろう。単に青春のころをおもいだした、ということでもある。

さらに、

(声明師になっておれば、この齢になってこの山中、このような孤軍をひきいて決戦場にむかうこともなかったであろう)

という感慨もある。

自分の声量で、全軍を鼓舞したい、ということもあったかもしれない。いや、自分自身が鼓舞されたいという気持もあった。声でも張りあげていなければ、夜陰、孤軍の山をくだるざまなど、陰々滅々として堪えられなかった。

「やるぞ」

と、道三は山気《さんき》をしずしずと吸いこみ、ついには肺に星屑《ほしくず》まで吸いこんでしまうほどに満たしおえたかとおもうと、それをふとぶとと吐きはじめた。

声とともにである。

咆哮《ほうこう》のようなたくましさで、声が抑揚しはじめた。

ゆるやかに、春の波がうねるようにうねりはじめ、やがてそれが怒濤《どとう》のような急調にかわり、かと思うと地にひそむ虫の音のように嫋々《じょうじょう》と細まってゆき、さらには消え絶え、ついで興り、興りつつ急に噴《ふ》きのぼって夜天をおどろかせ、一転、地に落ちて律動的《リズミカル》にころげまわった。

(鬼神のわざか)

と、暗い山路をおりてゆく二千あまりの将士は、魂を空に飛ばせて、道三の声が現出する世界に酔い痴《し》れた。

すでに絶望的な戦場にむかう将士には未来をもたさせていなかったが、しかし道三の声は、かれらに別な未来へのあこがれをあたえるかのようであった。法悦の世界である。

聴き惚《ほ》れてゆくうちに、なにやら死の世界こそ甘美な彼岸《ひがん》であるようにおもわれ、その世界へ、いまこそ脚をあげ戦鼓をならして歩武堂々と進軍入城してゆくようにも思われた。

堀田道空——つまり、道三のそば近くにつかえてこの魅力ある策謀家の策のかんどころを知りぬいている堀田道空でさえ、道三の独唱を聴きつづけるうちにわけもない涙があふれてきて、

「ありがたや」

と、何度もつぶやくほどであった。

道三は、さらに咆哮をつづけた。

咆哮しつつ、道三自身の体腔《みのうち》も、酸度のつよい感動で濡《ぬ》れはじめていた。法悦というべきか。

いや、もっと激しいものだった。道三は自分の生涯《しょうがい》に別れをつげるための挽歌《ばんか》をうたっている。が、この挽歌は咆哮をつづけているうちに道三の心をゆさぶり、震盪《しんとう》させ、泡立《あわだ》たせ、ついにはふつふつと闘志をわきたたせた。挽歌は同時に戦闘歌の作用をも持った。

道三の「偽子」義竜は、いまや一色左京大夫義竜と改称し、稲葉山城を中心とするクーデター政権の頂点にいた。

北方の山地から偵察者《ものみ》が馳《は》せもどってきて、

「入道様の軍が山をくだりつつあります」

と報《し》らせるや、ただちに貝を吹かせ、軍勢に進発の支度を命じた。

義竜自身も、武装し、馬に乗った。六尺五寸、三十貫の巨体で馬にのると、あぶみから足をはずせば、足が地につくほどであった。

家中は蔭《かげ》では、

「六尺五寸様」

と、よんでいた。口のわるい武儀郡《むぎのこおり》あたりの出身の連中は、

「六尺五寸様が御馬にまたがられると、足が六本におなりあそばす」

と、いった。跨《また》がりながら、長い脚で地を漕《こ》いでゆく、という意味である。この当時の馬は三百数十年後に輸入された西洋馬からくらべると、ひどく小さく驢馬《ろば》のやや大きい程度でしかなかった。

このため、体が異常発育をとげてしまった義竜などは、むしろ馬に乗るより歩いたほうがましなのであったが、それでは一軍の大将の容儀にかかわるので、やはり世間なみに騎乗せざるをえなかった。

しかし、ものの三町も騎《の》りつづけると、馬の息づかいが荒くなり、眼のまわりから汗を噴きだした。義竜はやむなく乗りかえ馬を五頭用意し、三町ごとに馬をのりかえるのを常としていた。

軍勢の進発準備がととのった。

が、義竜はそれらを待機させたまま、稲葉山山麓《さんろく》の居館で、刻々と南下をつづける道三軍の状況を注意していた。

（いったい、どこへ出る気か）

というのが、義竜の懸念《けねん》であった。道三の軍は、どこを衝《つ》く気なのか。

（まさか、決戦する気ではあるまい）

人数がちがいすぎるのである。道三ほどの練達の男が、巨岩に卵を投げつけるような、それほどの無謀をするとはおもえなかった。

（この美濃の中央部を突破して尾張に入り信長の城に逃げこむつもりか）

その公算が、もっともつよい。

むろん、その公算のもとに義竜は作戦計画をたて、尾張に逃がさず、木曾川以北で道三軍を殲滅《せんめつ》するつもりでいた。

尾張に対する警戒用の別働隊も出してある。この隊は二つの任務をもっている。信長が万一、道三救援のために北上してきたばあい、それをふせぐ役目、それと道三が美濃をぬけ出て尾張に走る場合、取りこぼさぬように網を張っておく役目、このふたつである。

この別働隊は、隊長を牧村主水助《もんどのすけ》、林半大夫《はんだゆう》のふたりとし、兵三千をあたえ、稲葉山城の西南方大浦《おおうら》（現在の羽島市）付近に逆茂木《さかもぎ》、堀、柵《さく》などをつかって堅固な野戦陣地をきずかせ、

「もし信長が突撃しても、柵から出て行っての合戦はするな。あくまでも防禦《ぼうぎょ》を専一とし、守りに守って信長の兵を一兵たりとも美濃に入れぬようにせよ」

と、防禦をのみ命じてある。

夜半、重要な報告が入った。

道三の軍は、まっすぐに稲葉山城にむかってくる様子である、という。

「さては決戦をするつもりか」

と、義竜はあきれ、かつ戦慄《せんりつ》した。

すぐ軍勢を部署し、稲葉山城の防衛第一線である長良川まで押し出させ、そこで数段の陣をかまえ、総大将の義竜自身は、稲葉山の西北方にある、

「丸山」

という小さな丘に本陣を据《す》えた。時に月は東に傾いている。


一方、信長のほうである。

その夜、道三の密使耳次は、大桑《おおが》の山をかけくだり、美濃平野を駈《か》けすぎ、木曾川をおよぎ渡り、尾張清洲《きよす》城に入った。

なお夜が深いところをみると、大桑から十三里の道を、ほとんど五、六時間で耳次は駈けとおしたことになる。

信長は耳次を座敷にあげて対面し、そのたずさえてきた密書をひろげた。

遺書である。

しかも、美濃一国の譲状《ゆずりじょう》であった。読みおわるなり信長は、

「ま、まむしめっ」

と世にも奇怪な叫び声をあげた。信長は立ちあがった。蝮《まむし》の危機、蝮の悲愴《ひそう》、蝮の末路、

それは信長の心を動揺させた。それもある。しかし亡父のほかはたれも理解してくれる者のいなかった自分を、隣国の舅《しゅうと》だけはふしぎな感覚と論法で理解してくれ、気味のわるいほどに愛してくれた。その老入道が、悲運のはてになって自分に密書を送り、国を譲る、というおそるべき好意をみせたのである。これほどの処遇と愛情を、自分はかつて縁族家来他人から一度でも受けたことがあるか。ない。

と思った瞬間、

「けーえっ」

と意味不明な叫びをあげていた。かつて、自分に対して慈父同然であった平手政秀の自刃《じじん》のときも、信長は錯乱した。

いまも、

「狂《きょう》した」

と、近習はおもった。

信長は、駈けだした。廊下の奥へ駈けた。駈けながら、

「けーえっ」

と、もう一度叫んでいた。みな狼狽《ろうばい》した。「馬を曳《ひ》け」ともとれるし、「陣貝《かい》を吹け」ともとれた。聞きかえせば怒号を受けるだけのことだったから、家来どもはただちにその二つのことを実施した。

その間、信長は濃姫の部屋にとびこみ、「お濃、お濃、お濃」と三度叫んだ。

濃姫は、先刻、美濃からの使者がきた、ということをきき、さては美濃の父にかかわる凶《わる》い報《し》らせか、と直感し、すぐ起床し、居ずまいをなおしていた。

廊下からきこえてくる信長の声に、

「お濃はここにおります」

と、ふすまに走り寄り、みずからそれをひらいた。

「おお居たか」

とも信長はいわない。

道三の遺言状一枚を、濃姫があけたふすまのあいだへほうりこみ、

「蝮を連れてもどる」

と、叫びすてて駈け去った。

廊下を駈けながら信長は衣裳《いしょう》を一枚ずつぬいでゆき広間にもどったときには褌《まわし》さえとり去った素裸《すはだか》であった。

児小姓《こごしょう》が駈け寄って、その信長の腰に、切りたての真新しい晒《さらし》を締めた。ついで晒の肌着《はだぎ》に同じく晒の肩衣《かたぎぬ》を着つけさせ、さらに袴《はかま》、烏帽子《えぼし》、直垂《ひたたれ》などをつけ、ついでてきぱきと具足をつけさせた。

あとは、この男は駈けだすことしかない。玄関をとび出して馬に乗るや、まだ五、六騎しかとものわないうちに、もう鞭《むち》をあげて城門からとびだしていた。

信長という男は、その生涯、出陣の号令をくだしたことが一度もなかった。つねにみずか

ら一騎でとびだし、気づいた者があとを追うというやりかたであった。

海東村まできたとき、すでに二百騎ぐらいになっていた。清洲から海東までの街道を、信長のあとを追う松明《たいまつ》がおびただしく流れ走った。信長はこの海東村の鎮守の鳥居の前で手綱をしぼって馬を立て、後続する者を待った。みるみる三百、五百と人数がふえた。

道三は南下した。

伊佐見をとおって富岡に入り、粟野《あわの》へ出、岩崎で敵の前哨《ぜんしよう》小部隊を蹴《け》ちらし、さらに南下をつづけた。

稲葉山城を衝《つ》くべく、長良川を押し渡るつもりであった。

渡河点がいくつかある。

道三は、稲葉山城への最短距離である「馬場《ばんば》の渡し」をえらび、先鋒《せんぽう》部隊をその方向にむけさせた。

夜はまだ明けない。

物見が帰ってきて、

「馬場の渡しのむこう岸に、おびただしい大軍が布陣しております」

と報告した。

(義竜も、おれが馬場の渡しから渡河するとみたか)

道三は、片腹いたく思った。義竜は三十のこのとしまで、一軍の指揮官として合戦を指導した経験がない。おそらく、左右が智恵をつけたのであろう。

道三は、多数の物見を放った。

やがてそれらが帰ってきて、敵の軍容、人数、部署などを報告した。

それらを総合すると、予想される合戦の形態は、どうやら長良川をはさんでの決戦、ということになりそうであった。

道三はそれをすることを決心し、軍の行進を停止させ、長良川畔の野に軍を展開させるべく、諸将を部署した。

さて、本陣の位置である。

崇福寺《そうふくじ》という寺があり、その南西の方角に堤に沿って松林がひろがっている。

その林間を、陣所にきめた。

道三の兵は機敏に動いた。やがて陣所の前に逆茂木《さかもぎ》が植えこまれ、竹矢来が組まれ、幔幕《まんまく》がはりめぐらされ、親衛部隊が布陣した。

道三がその本陣に入るや、かれの旗ジルシである「二頭波頭《にとうなみがしら》」の紋を染めぬいた九本の白旗が打ちたてられた。

やがて夜があけ、朝霧のこめるなかを弘治二年四月二十日の陽《ひ》がのぼりはじめた。

道三は、床几《しょうぎ》に腰をおろしている。

「陣貝を吹け」

道三は、銹《さ》びた声でいった。

朝の陽の下に、対岸の風景がにぎやかに展《ひら》けはじめた。

雲霞《うんか》の軍勢といっていい。

おびただしい旗、指物《さしもの》が林立している。それらの背後、義竜の本陣のある丸山には、土岐源氏の嫡流《ちゃくりゅう》たることをあらわす藍色《あいいろ》に染められた桔梗《ききょう》の旗が九本、遠霞《とおがすみ》みにかすみつつひるがえっていた。

「やるわ」

と、道三は苦笑した。

その表情のまま顔をゆるやかにまわし、自分の兵たちの士気をみた。もはや生をあきらめた必死の相がどの将士の面上にもある。

(みな、おれと地獄にゆく気か)

と、道三は、一抹《いちまつ》のあわれを催した。同時に、三十数年前、美濃に流れてきた他所うまれの人間のために、その最期《さいご》を共にしようという者が二千人もあるという事実は、道三にとっては感動すべきことでもあった。

ふと、

(信長は、どうしておるかな)

という想念が、あたまをかすめた。その援兵を断りはしたが、あの若者のことだ、来るかもしれない、と思った。

(来る、ということを、全軍《みな》に言いきかせてやろうか)

と思ったのは、一同に希望をもたせてやりたいという思いがきざしたからであった。援軍がくるときけば、戦闘にはげみも出る。崩れるところを必死に踏みとどまる気にもなろう。が、道三はやめた。

どの男の顔にも、そういう気休めをいう余地がないほどに決死なものがみなぎっていたからである。

なまじい、援軍うんぬんを言えば、せっかくのその気組がくずれ、かえって依頼心が生じ、士気が落ち、この正念場《しょうねんば》をしくじるかもしれない。

時が流れた。

やがて、対岸の義竜の陣地から、陣貝《かい》、太鼓、陣鉦《かね》の音がすさまじく湧《わ》きおこり、先鋒部隊がひしめきながら渡河しはじめた。

「出よ」

道三の采《さい》が空中に鳴った。

同時に押し太鼓が鳴りわたり、堤防上に布陣していた道三の鉄砲隊が、撃っては詰めかえ撃っては詰めかえして、すさまじい射撃をはじめた。

その弾雨をしのぎつつ渡河してきたのは、義竜軍の先鋒竹腰道塵《どうじん》のひきいる六百人であった。

道塵は、道三がかわいがって大垣城主にしてやり、道三の道の字を一字くれてやったほどの男である。

道三は、床几を立った。

血戦

陰暦四月といえば、樹《き》の種類の多い稲葉山は全山がさまざまな新緑でかがやく。

その稲葉山が霧でつつまれ、そこへ陽光がかっと射《さ》したために、長良川北岸に布陣する道三の側からみると、霧の粒子のひとつぶひとつぶが、真青に染められているようにみえた。

その青い霧がうごく。

西へ。

風は西に吹き、敵味方の旗はことごとく西にむかってはためいている。

その前面の青い霧のなかから、竹腰道塵のひきいる敵の先鋒六百が、銃を撃ち槍《やり》の穂をきらめかせて突撃してきたとき、

(ほう、美しくもあるかな)

と、道三は、敵の色とりどりの具足、形さまざまな旗指物をみて、極彩色の絵屏風《えびょうぶ》でもみるような実感をもった。美濃へきていらい、数かぎりとなく戦場をふんできたが、戦場の光景がうつくしいと思ったことはかつてない。

つねに必死に戦ってきた。それを色彩のある風景として観賞したことがなかった。心にゆ

とりがなかったのであろう。

いまは、それを観賞している。

（おれはどうやら変わったらしいな）

と、道三は、自分をあらためて眺《なが》めるようなおもいがした。

どうやら声明《しょうみょう》をうたいつつ北の山から降りくだってきたとき、すでに道三はそれ以前の自分とはまるでちがう者になりはてたようであった。

（勝負、ということを捨てたせいかな）

道三は、敵を見ながらそう思った。生涯、梯子《はしご》をのぼるような生き方で送ってきた。梯子の頭上にはつねに敵がおり、それを斬《き》りはらいつつ一段々々のぼり、ついに梯子をのぼりつめたときには、こんどは逆に下からくる敵と戦わねばならぬ羽目になった。

防衛である。

防ぎには、勝負のたのしみがない。勝ってもともとである。生来、攻撃することだけに情熱をもやすことができたこの男は、なんとなくこの梯子の下から来る敵を斬りはらう作業に情熱がわかなかった。かつ、数量的に勝利をのぞむべくもない。それがこの男に勝負の意識をすてさせ、執着を去らせた。その拍子に、別の道三の顔が出た。

敵の突撃をながめている道三の顔つきは、なにやら紅葉狩りにでもきて四方《よも》の景色をうちながめている老風流人のようなのんきさがあり、とうてい、これから戦闘をしようという指揮官の顔ではない。

かといって、道三は、手をこまねいて眺めているわけではなかった。

すでに床几《しょうぎ》から立ちあがっている。

采《さい》を休みなく振り、五段に構えた人数をたくみに出し入れしつつ、最初は鉄砲で敵の前列をくずし、ついで敵の左右の側面を弓組で崩させ、その崩れをみるや、すかさず槍組に突撃させ、敵の中軍が崩れ立ったと見たとき、左右の母衣武者《ほろむしゃ》のなかから誰々《だれだれ》と名指して三人をえらび、

「道塵の首をあげてこい」

と、手なれた料理人のような落ちつきようで、ゆっくりと命じた。混戦のなかで敵将が孤立している、いまなら接近できる、と道三は老練な戦場眼でそうみたのであろう。

道三の眼にくるいはなかった。手もとから母衣武者三騎が、流星のように駈《か》けだした。かれらは乱軍のなかへ駈け入るや、一挙に敵の中軍に揉《も》み入り、するすると道塵にちかづき、まるで草を薙《な》ぐような容易さで、その首をあげてしまった。

あっというまの出来ごとである。

主将をうしなって敵は総崩れになり、長良川にむかって遁《に》げだした。

道三は声をあげて笑いだした。

「わが腕をみたか」

と笑いながら腰をたたき、どさりと床几に腰をおろした。わずかに疲れた。

たしかに勝った。

道三の兵たちは潰走《かいそう》する敵兵を、猟犬のように追っている。が、道三は、この一時的戦勝が、結局はなんの意味もなさないであろうことを知りぬいていた。

(しかし、多少は息がつける)

それだけの意味である。

やがて霧が晴れはじめ、対岸に密集していた敵の主力が、三隊にわかれて長良川を渡河しはじめた。

川を埋め地を蔽《おお》うほどのおびただしい人馬である。その敵の三隊のうち二隊は左右に迂回《うかい》しようとする気配をしめした。やがては道三の軍を大きく包囲しようとするのであろう。道三は知っている。なぜならば自分が常用してきた得意の戦法だからである。

(おれが、おれの戦法でほろぶのか)

と、道三はわれながらおかしかった。

道三は、退《ひ》き鉦《がね》をたたかせた。

この男の考えでは、戦場に散っている自軍を集結し、一隊とし、その結束力によって敵が大きく打とうとする包囲の網をずたずたに破ってやるつもりであった。

一方、信長は北進をつづけた。

途中、何度か馬をとめて家来の追いつくのを待ち、待っては駈けた。やがて富田の大浦の部落に入った。この地には聖徳寺がある。三年前、道三が婿《むこ》の信長とこの地で落ちあい、劇的な対面をとげた。その場所が、聖徳寺だったのだ。信長は、その寺の山門の前を駈けぬけながら、さすがに感傷的になったのか、

「蝮、生きていろっ」

と、闇《やみ》にむかって叫んだ。

叫びながら、信長は奇妙なことに気がついた。あの日は天文二十二年四月二十日であった。いまは年号こそ変われ、その三年後の、しかもおなじ四月二十日ではないか。

偶然かも知れない。

しかし信長には偶然とも思えず、

(どこまで芸のこまかい男か)

と驚嘆した。蝮は、自分と会った四月二十日を選び、おのれの命日にしたかったのではあるまいか。いやそうにちがいない。四月二十日を命日にしておけば道三のあとを弔《とむら》うべき信長にとって二重に意味のある祥月《しょうつき》命日になるのであった。されば信長は生涯道三を忘れぬであろう。

(あの男は、そこまでおれを思っている)

若い信長にとって、この発見は堪えられぬほどの感傷をそそった。

夜風を衝いて駈けながら、信長は馬上で何度も涙を掻《か》いぬぐった。

木曾川の支流の足近川《あぢかがわ》の土手まできたとき急にあたりが明るくなった。

陽が昇った。

背後をみれば、すでに追いついた人数はざっと三千人はあろう。

「殿、お耳をお澄ましあそばせ」

と、駈け寄ってきた者がある。織田家の侍大将の柴田権六勝家《しばたごんろくかついえ》であった。

聞こえる。

霧のむこう、美濃平野のかなたで、陣貝、太鼓、銃声の遠鳴りが、にわかにひびきわたってきたのである。道三はもはや決戦をはじめたようであった。音の方角は北であった。北には稲葉山がある。だとすれば、戦場は長良川の渡河点付近であろう。

遠い。

「何里あるか」

「はて、四里はありましょう」

と柴田権六はいった。

信長は、土手に馬を立てていた。眼下に足近川が流れている。

「渡せ——えっ」

と、信長は鞭《むち》をあげて長い叫びをあげたかと思うと馬を駈けおろして河原へ進み、さらにざぶりと流れに入れた。

三千の織田軍が渡った。難なく押しわたってさらに進むと、眼の前に低い丘陵がうねうねと展開している。

おどろいたことにその丘陵のことごとくが、敵の野戦陣地になっており、無数の旗がひるがえっていた。

義竜の支隊である。

支隊ながら人数は信長軍よりも多い。

——おそらく信長が救援にくる。

という想定のもとに義竜は、牧村主水助《もんどのすけ》、林半大夫らを将とする一軍をこの方面に配置し、戦場への参加をこばもうとしているのである。

かれら丘陵陣地の将は、

——あくまで防禦《ぼうぎょ》に終始せよ。信長が仕かけてきても固くまもって押しかえすな。

という命令をうけていた。

そのため、陣地の前に濠《ほり》を掘り、柵《さく》をめぐらせ、逆茂木《さかもぎ》を植えこみ、堅固な野戦築城をきずきあげている。

城塞《じょうさい》を攻略するには、その守備兵の十倍の人数で攻撃するというのが、合戦の常識になっていた。信長のばあい、人数は逆に守備兵よりもすくない。

信長は兵を部署し、ただちに鉄砲隊、弓隊を前進させて、射撃を開始させた。

敵は動く様子もない。

整然と応射しはじめた。信長はさらに先鋒《せんぽう》を前進させた。

敵は柵のなかで鉄砲をかまえ、織田の先鋒が射程内に入ると、正確に狙撃《そげき》した。

信長は鞍《くら》の上でとびあがり、

「踏みやぶれーっ」

と叫びつつ馬を駆って射程内に突撃し、何度もそれをくりかえしたが、馬廻《うままわ》りの士をばたばたと倒されるばかりで何の効もない。

やむなく柵の前から一町後退し、銃陣を布《し》き、射撃戦を再開した。

その間も、稲葉山城下の長良川の方角にあたって、すさまじい合戦のひびきが遠鳴りにきこえてくる。

(蝮め、苦戦しているであろう)

と、おもえば気が気ではない。信長は、一ツ所で馬をぐるぐると駈けまわしながら、

「蝮め、死ぬか、死ぬか」

と、何度も叫んだ。

当の道三は、硝煙のなかにいた。

敵の包囲は、すでに完了した。

道三は残る手兵をあつめ、何度か突撃して敵の包囲網をやぶった。

が、破ってもやぶっても、敵の人数は湧《わ》くように出てきて、その破れ目をうずめ、うずめるごとに包囲の輪はいよいよちぢまった。

敵は、包囲陣のなかを駈けまわっている道三の兵を、できるだけ鉄砲でうちとろうとした。

この戦法は効果的だった。

道三の兵は、敵と組み打たぬうちに、鉛の弾《たま》をくらってばたばたとたおされた。

道三はその弾を避けさせるために兵を松林のなかに入れた。

松の幹が、防弾の楯《たて》になった。

その松と松のあいだを縫って、敵の騎馬隊が、勇敢に肉薄してきた。

敵の目標は、いまや道三ひとりである。

すでに道三の身辺には数人の母衣武者がひかえているにすぎない。

が、道三は、あくまでも床几に腰をおろしたまま、動こうともしない。

若いころは軍中で床几を用いず、つねに馬上で指揮をし、つねに戦場を動きまわり、ときには長槍をふるって大将みずから敵陣に突撃したものだが、いまの道三はことさらにそれをしたくなる衝動をおさえていた。

どうせ、死ぬのである。軽躁《けいそう》にはねまわって見ぐるしく死にたくない。美濃の国主らしく、どっしりと床几に腰をおろしたまま、最後の時間を迎えたいとおもっていた。

そこへ、道三の風雅の友であり亡妻小見《おみ》の方《かた》の実家《さと》の当主であり今日の合戦の一手の将でもある明智《あけち》光安が駈けてきた。

頰《ほお》に銃創をうけたらしく、半顔が血だらけになっている。

「お屋形、退《ひ》かせ候《そうら》え」

と、明智光安はどなった。光安は、自分が血路をひらくによって城田寺《きたいじ》まで退却なされ、というのである。

「明智殿こそお退きなされ」

と道三は微笑し、自分は少々疲れたによってここは動かぬ覚悟でいる、卿《けい》は明智城にもどられよ、はやばやと退かれよ、これはわしの最後の下知《げち》である、と言い、

「城へもどれば、十兵衛光秀に言伝《ことづて》をしてもらいたい」

といった。光秀は、道三の命でこの戦場には出ず、明智城を守っているのである。道三敗北となれば光秀は城をすてて国外に逃亡せねばならぬであろう。

「光秀は、ゆくゆくは天下の軍を動かす器量がある。わしは一生のうちずいぶんと男というものを見てきたが、そのなかで大器量の者は、尾張の婿の信長とわが甥《おい》（義理の）光秀しかない。光秀を、この馬鹿《ばか》さわぎのために死なせてはならぬ。城をぬけ、国外に走り、ひろく天下を歩き、見聞をひろめ、わしがなさんとしたところを継げ、と申し伝えてもらえまいか」

さらに——と道三は言葉を継いだ。

「光秀は京にのぼることがあろう。京には、わしが見捨てたお万阿《まあ》という妻がいる。わしが一生、見ながめてきた女どものなかで、ずばぬけてよき者であったよ」

「そのお万阿殿を？　つまり光秀に、お万阿殿をお訪ね申せと伝えるのでござるか」

明智光安は、せきこんでいった。

「ふむ。……」

道三は、奇妙にはにかんだような、少年のような微笑をうかべ、

「そのように頼む。すでに人をやって手紙は送ってあるが、光秀の口からわしの最期《さいご》などをお万阿に物語ってもらえばありがたい」

時がすぎた。

明智光安は去った。

すでに戦場を見わたせば道三方の兵はほとんど生き残っておらず、硝煙のなかで駈けまわっている者といえばほとんどが敵軍だった。

かれらは道三をさがしている。

ついに義竜方の侍大将で美濃きっての豪勇といわれる小牧源太が、数間むこうの老松のあいだを駈けぬけようとしたとき、ふとふりかえり、おどろいて馬からとびおりた。

旧主道三を見たのである。

道三は、松の根方に床几をよせ、なお三軍を指揮しているような、傲然《ごうぜん》としたつら構えで腰をおろしていた。

小牧源太については、お勝騒動のくだりですでにふれた。尾張の出身で道三に仕え、道三によって一手の将に仕立てあげられた男である。

「お屋形っ」

と、源太は膝《ひざ》をつこうとしてここが戦場であることを思いだし、膝をまげたそのままの姿勢で槍をかまえ、じりじりと進んできた。

「なんじゃ、源太か」

道三は、蠅《はえ》でも見るような目で、この美濃第一の豪傑を見た。

「み、みしるしを頂戴《ちょうだい》つかまつりとうござりまする」

「獲《と》れるものなら獲ってみることだ」

と、道三はゆっくりと立ちあがり、陣太刀《じんだち》に拵《こしら》えた数珠丸《じゅずまる》のツカに手をかけ、やや眼をほそめて源太の動きを見さだめてから、
しゃっ
と、鞘走《さやばし》らせた。

同時に、源太の槍が伸びた。その穂を道三は、太刀でかっと叩《たた》きはらい、さらに踏みこんだ。源太はすばやくとびさがり、槍をみじかく繰りこんだ。

道三が右足をあげ、大きく踏みこもうとすると、源太の槍が横なぐりにその足をはらった。

道三はとびあがった。

そのときである。背後から一騎、疾風のように駈けてきた者がある。道三があっと気づいたときには、その肩さきを跳びこえ、跳びこえる瞬間、

「ご免っ」

と、馬上から大太刀をふるって道三の首の付け根をざくりと斬った。

義竜軍の部将林主水《もんど》である。

撞《どう》と道三が横だおしにたおれるところを、義竜軍の物頭《ものがしら》長井忠左衛門という者が駈け寄って、道三に組みついた。

が、長井がのしかかったときは、この美濃王の霊はすでに天へ飛び去っていた。長井はやむなく死体の首を掻き切り、持ちあげようとしたが、どうしたはずみか、首をかかえたまま足を苔《こけ》にすべらせて地に手をついた。この挿話《そうわ》、べつに意味はない。道三の首はそれほど重かった、武者一人をころばすほどに重かったという、のちの風聞がでるたねになった。

道三の討死の刻限、狐穴《きつねあな》付近の丘陵地帯で北上をさまたげられている信長には、むろんその死はわからなかった。

ただ、いままで北方の天にひびいていた銃声が急にやんだことで、その事態を察することができた。

信長は敵中で孤立した。

退却に移ったが、追いすがる美濃兵のためにこの退却は困難をきわめ、一戦ごとに尾張兵の死体を遺棄し、陽も高くなったころ、かろうじて足近川を渡り、ほとんど潰走同然のすがたで尾張に逃げもどった。

道三の首は義竜によって実検されたあと長良川付近にさらされ、ほどなく消えた。小牧源太の手でぬすまれたのである。源太はその首を、道三の最後の戦場だった松林のなかに葬《ほうむ》り、長良川から自然石を一つかかえてきて、その盛り土の上に据《す》えた。

お万阿《まあ》の庵《いお》

道三の死を京のお万阿が知ったのは、この年の初夏であった。

報告者は、赤兵衛である。

赤兵衛は、道三の晩年にも年に何度かは美濃と京を往復し、道三の手紙をとどけたり、金銀を持って行ってやったりしていた。

なぜか道三は北野の山中で赤兵衛とわかれるとき、

「お万阿にわが死を報《し》らせよ」

と、いうことだけはいわなかった。どういうわけであろう、赤兵衛にはいつもながら道三という男の気持がつかみにくい。

赤兵衛は、道三から託された二人の遺児を連れ、美濃を脱出し、とにもかくにも京へのぼり、妙覚寺本山のなかの塔頭《たっちゅう》に宿をとって、数日、鳴りをひそめて京にあつまる風聞に耳を立てているうちに、はたして美濃の政変がきこえてきた。

「斎藤山城入道道三殿は長良川畔で土岐義竜と決戦し、奮戦のすえ相果てた」

ということであった。

（はたして、そうであったか）

なおも赤兵衛は一縷《いちる》ののぞみを捨てきれずにいただけに、齢《よわい》が十も老《ふ》け果てるほどに落胆した。京の風聞によると、尾張の織田信長は救援におもむくべく美濃へ乱入したが、途中、美濃兵に扼《やく》され、ついに戦場に到着できなかったという。

（そこはたわけ大将だ。元気はよくても、智恵も力もなかったのであろう）

赤兵衛には、信長のそういう不甲斐《ふがい》なさが腹だたしく思われたが、いまやなにを言っても詮《せん》がない。こうなれば、道三から託されたとおり、ふたりの少年を妙覚寺本山に入れ、僧にすることだけであった。

「山城入道様の御遺言でござれば」

と頼み入ると、道三の生前、しばしば土地の寄進などを受けていた妙覚寺ではそれを快諾し、師匠をえらび、ゆくゆく得度《とくど》せしむべく寺の稚児《ちご》とした。

同時に赤兵衛の晩年も、この日から出発した。この男だけが俗体でいるわけにはいかないから、二人の若殿が稚児になる日に頭をまるめ、墨染の衣をまとい、俄《にわ》か道心になり、稚児たちの従者として後半生に入った。

僧になった翌日、赤兵衛は、京の町を西へ歩き、嵯峨野《さがの》をめざした。

そこに、お万阿が住んでいる。

お万阿は、すでに油問屋の御料人ではない。七年前に店をたたみ、嵯峨の天竜寺のそばに庵《いお》をたて、尼の姿になって暮らしている。

油屋の廃業は、道三とは関係がない。近年、菜種から油をしぼりとる方法が開発されて以来、お万阿らふるい油業者が「大山崎神人《じにん》」という資格によって座仲間の独占のようにして取りあつかってきた荏胡麻油《えごまあぶら》が、その油としての首座を安くて大量に生産できる菜種油にうばわれ、このためふるい荏胡麻油の業者は軒なみに没落した。

もっともお万阿は、没落する前に荏胡麻油の将来に見きりをつけ、店をたたみ、嵯峨野に庵をたて、田畑を買い、老後の安全を期したために、彼女自身はべつだん没落したわけではなく、あいかわらず尼僧ながらも贅沢《ぜいたく》な暮らしを送っていて、

「嵯峨野の妙鴦《みょうおう》さま」

といえば、お国歌舞伎《くにかぶき》などを庵によんで興行させるほどに派手ずきな尼さまとして洛中《らくちゅう》洛外に知られていた。

赤兵衛は、その庵をたずねた。

庵とはいっても、まわりに堂々たる練塀《ねりべい》をめぐらし、小さいながらも四脚門をあけ、なかに入ると、使用人のための住居が二棟《ふたむね》ばかりあり、不自由ったらしい構えではない。

赤兵衛は門を入ってまず杉丸《すぎまる》を訪ね、道三の最期などをこまごまと語った。

聞きおわると、杉丸は溜《た》め息をつき、

「やはり、うわさは本当であったのじゃな」

といった。

「うわさで聞いておったのか」

「かような京の田舎でも、洛中からの人の往《ゆ》き来があるゆえ、自然と伝わる。しかし、なにぶん不確かな風聞であるゆえ、御料人様には申しあげておらぬ」

「申しあげれば、驚かれるであろうな」

「さて、どんなものか」

杉丸は、この男の昔からの癖で、しさいらしく小首をひねった。むりもないであろう。ここ十年、道三は京には帰って来ず、夫婦の事実上の縁は絶えたも同然になっていた。お万阿御料人は、そういう不実な、いわば奇妙すぎるほどに奇妙な道三という夫の存在について、どう思っているのであろう。

（もう、お腹だちなさる根気もなくなって、御自分は御自分というふうに割りきって暮らしていなさるのであろう）

ここ十年、杉丸はそうみていた。

「では杉丸」

と、赤兵衛はこの男の持ち前の無神経な調子でいった。

「わしから申しあげてもかまわぬな」

「はて、それはどうか」

杉丸は、困《こう》じはてた。半生、お万阿御料人が機《き》嫌《げん》よく暮らすことだけを念じて身辺につかえてきた杉丸には、ことが重大すぎて即答できるような事柄《ことがら》ではない。

「聞くが」

杉丸はいった。

「美濃の旦那《だんな》様が、その最期をとげられる前に、おぬしに、京の御料人様に報らせよ、と言い置きなされたか」

「おうさ、言い置きなされたぞ」

と、赤兵衛は、事の勢いでうそをついた。赤兵衛にすれば、道三がお万阿のことを言わなかったのは、言わずとも赤兵衛がそれを語りにゆくだろうと思ったからにちがいない、とそう解釈していた。

「それならばやむを得ぬ」

杉丸はお万阿にその旨《むね》を伝えたのち、赤兵衛を女主人の居間に案内し、その次室にすわらせ、閉ざされた襖《ふすま》にむかい、

「赤兵衛殿が参りましてござりまする」

と声をかけた。

居室にいるお万阿は、くずしていた膝《ひざ》を正面にむけ、右膝を立てた。

が、ふすまを開けなさい、とは言わない。しばらくだまっていたが、やがて、

「庄九郎殿の身に、異変があったのですか」

と、おびえたような声できいた。なにか、予感をもったのであろう。

「なぜご存じでございました」

「十日ばかり前、あけ方にお帰りあそばしたような気配がして、おどろいて声をかけると、

そのままお消えなされた。夢だったような気もする」

「もう、討死を、あそばされましてござりまする。去月の二十日、長良川畔にて、義竜殿のために。……」

赤兵衛は手短く事情を語り、語りおわるとさすがに感きわまったのか、そのまま両掌《りょうて》で顔をおおって泣きだした。

「義竜殿とは、深芳野《みよしの》とやら申されるおなごのお腹からうまれたお人でありますな」

「は、はい。左様で」

と、赤兵衛はいったが、お万阿はふすまを閉ざしたまま、なにもいわない。

居室が静まりかえっている。

四半刻《しはんとき》あまりも赤兵衛はお万阿からなにか言葉がかかるとおもって、うずくまったまま待ちつづけたが、ついに咳《しわぶき》ひとつ聞こえて来ぬために、

——どうしよう。

と、いうような眼を杉丸にむけた。杉丸は悲しげな表情でうなずき、

「退《さ》がるほうがいい」

と、小声でいった。

その秋、この嵯峨野の草を踏んでお万阿の庵をたずねてきた旅の武士がある。

まだ若い。

やや栗色《くりいろ》にちかい髪をきれいに束ね、薄い眉《まゆ》の下に一重瞼《ひとえまぶた》の目が、ふかぶかと澄んでいる。一種の美男といっていい。

めだたぬこしらえの大小に、茜《あかね》の袖無羽織《そでなしばおり》、籠目《かごめ》の模様の入った小袖に染革《そめがわ》の裁着袴《たつつけばかま》をはき、しずかに塀《へい》ぎわを歩んできて、門前に立った。

杉丸が出て応対すると、この気品のありすぎるほどの容貌《ようぼう》をもった武士は、

「ここが、妙鴦《みようおう》様の御庵室《ごあんしつ》でござるか」

と、鄭重《ていちよう》な物腰できいた。

杉丸が、左様でござりまする、と答えると、ひとめなりとも尼御前にお目にかかりたい、と武士はいう。

「して、あなた様は？」

「申し遅れました。美濃の明智の住人にて、明智十兵衛光秀と申す者」

そう名乗って、自分は故斎藤道三のつながりの者であることを明かし、道三の最期のことなどをその遺言によって伝えに参った、と申しのべた。

杉丸はその旨をお万阿に取りつぐと、ぜひお会いしたい、とお万阿はいった。

光秀は、南庭の見える一室に通され、そこでしばらく待たされた。

（おもしろい女人らしい）

と、美濃にいるとき薄々きいていたが、こんど京にきてお万阿の所在をさがし、それが妙

鴦という法名を名乗って嵯峨で侘《わ》び暮らしていることを知ったとき、

(妙鴦とは。——)

と、この文字にあかるい男は、訪ねる女人の類のない法名にまず興味をもった。おしどりのおすを鴛《えん》といい、めすを鴦という。髪をおろして尼になっても、俗世のころの夫をなおも恋うている、という名ではないか。

(道三殿も、罪のふかいお人であったな)

と、おもわざるをえない。なるほど自分の叔母の小見の方は美濃での妻であったが、聞けば、当庵のぬしこそ本来の妻であるという。

やがて、お万阿が出てきた。

白ぎぬを頭にまとい、おなじく白ぎぬの小袖を白ずくめで襲《かさ》ね着、嵯峨野で枯れはてているとは思えぬほどに豊かな肉付きをもっている。

「十兵衛殿と申されましたな」

と、この尼は会釈《えしやく》もせずにすわった。

十兵衛が型どおりにあいさつしようとすると、お万阿はまるい掌をあげ、

「ああ、それはごかんべんを」

と、こぼれるような笑みをたたえていった。

「このとおり、一生、行儀作法などせずに気儘《きまま》で生き暮らしてきたおなごでございます。当庵に参られれば固くるしいごあいさつなど、してくださりますな」

謹直な光秀はどぎもをぬかれ、どう理解してよいのかわからず、しばらく庵主《あんじゅ》の顔を見つめていたが、やがて、

（これは、うまれたままの、まだ産湯《うぶゆ》の匂《にお》いさえにおっているような女人だな）

ともおもい、それに馴《な》れるにつれて、お万阿の前で、常になく多弁なほどに喋《しゃべ》っている自分を発見した。

光秀の叔父光安は、道三に殉じた。

光安は、あの長良川畔の戦場を脱出して明智城にもどり、城の防備を固くしつつ、しばらく鳴りをひそめた。

新国主になった義竜は、しばしば使者を出して光安の降伏をすすめたが、そのつど、

「自分は、亡《な》き道三と姻戚《いんせき》であるだけでなく古い風雅の友で、半生の思い出は道三と分ちあっている。その道三を攻め殺した義竜の下に帰服することは、自分の感情がゆるさない」

と、依怙地《いこじ》な態度を持し、どう勧告しても、城を出て稲葉山城に出仕しようとしない。やむなく義竜はこの九月十八日討伐軍をおこし、長井隼人佐道利《はやとのすけみちとし》という者を大将にして三千七百人の人数でもって明智城をかこみ、攻城二日間で陥落させた。

その落城の前、光安は光秀を説き、

「道三への節義に殉ずるのは、これはいわばおれの好みで、この好みをもって明智一族を絶やしたくはない。おことらは、ここから落ちのびよ」

と、いった。光秀は、やむなくその意見に屈し、光安から頼まれたその遺児たちをまもり

つつ城から落ちのび、一時は西美濃の府内の領主山岸光信をたよってその城館に潜伏し、遺児たちをあずけ、とりあえず京にのぼってきた、というのである。

「このような血なまぐさい話、ご興味のないことでありましょうな」

と、十兵衛光秀はいった。

「しかしそれを申さぬと、それがしが亡き道三殿とどういう因縁の者であったかをわかって頂けぬと思い、申したまででござる」

そのあと、光秀は、自分でも自分がどうかしたのではないかと思うほどに喋り続けた。

少年のころから道三のそば近くに仕え、道三に愛され、学問、武芸、戦術、遊芸までを直々《じきじき》に伝授されたこと、もはや道三の被官の子というよりも弟子のようなものであったこと、などを語った。

「そういえば、あなた様の物の言い方、お行儀、顔かたちまで、どことなくお若かったころの旦那様に似通うたところがございまするな」

と、お万阿は、感慨ぶかそうにこの光秀という若者の顔をのぞきこんだ。

「彼の人は、尾張の信長殿とやらも、ひどく可愛がっておられましたとか」

「左様」

光秀は、みじかくうなずき、それ以上は言わず、ただ、信長ときいて、ふと従妹《いとこ》の濃姫《のうひめ》の顔をおもいうかべたが、牢人《ろうにん》になりはててしまったこんにち、それらはひどく現実感のうすい彼方《かなた》にとび去ってしまったような気がした。

やがて陽が翳《かげ》りはじめたので、光秀は思わぬ長居におどろき、

「道三殿のお話をもっとすべきところ、自分の長ばなしなど、ついよい気になって申しあげすぎたがために、刻限が移ってしまいました」

「ご遠慮には及ばぬことでございます」

と、お万阿はいった。

「あなた様の御自身のお身の上話のほうが、ずっと面白うございました」

「いやいや、道三殿は」

「その道三殿とやらが、美濃でどうおし遊ばして、そのためにどうなったとやらのお話は、わたくしはお聞きしたくはございませぬ」

「え？」

光秀は、けげんな色をうかべた。

「それはまた、なぜでありましょう」

「斎藤道三と申されるお人は、わたくしにとってなんの覚えもない真赤な他人でございますもの。ましては夫ではありませぬ」

「それは」

「ええ、違うのです。このお万阿の旦那様は山崎屋庄九郎といわれる油屋で、若いころから美濃にさしくだり、ときどき京に戻《もど》って参られました。出先の美濃でなにをなさっていたか、お万阿には縁のないことでございます。それゆえ、山崎屋庄九郎の話ならききとうございま

すが、その斎藤、——はてなんという名でしたか」

「道三」

「そうそう。そのような名のひとは、たとえ山崎屋庄九郎と同一人物であろうと、お万阿の一生にとってどういう意味もないお人でございます」

「おどろきましたな」

「ただ、その山崎屋庄九郎殿は、京に帰るたびに、お万阿いまに将軍《くぼう》になる、そのときはそなたを御所にむかえるなどと申しておりましたが、おもえば、この世に二人とない、おもしろいお人でございましたな」

この世に二人とない……とまで言ったとき、お万阿は光秀を見つめ微笑したままの表情で、どっと眼に涙をあふれさせた。

この日から数日、光秀はお万阿にひきとめられるままに、この庵に逗留《とうりゅう》したが、やがて発《た》つとき、門前まで見送りに出たお万阿が、

「これからどこへ参られます」

と、きいた。

「あてどはござらぬ」

ただ心にまかせて諸国を流浪《るろう》し見聞を深めてみたい、と光秀が答えると、お万阿は微笑を消し、じっと光秀の顔をながめ、

「男とは難儀なものじゃな」

と、いった。

「あなた様も、そのお顔つきでは、天下とやらがほしいのであろう」

「いやいや、そのような大望はござらぬ。なにぶん美濃を離れれば木から落ちた猿《さる》も同然、一尺の土地もない素牢人でありますゆえ」

「その素牢人がこわい。山崎屋庄九郎殿も、もとはといえば妙覚寺の法蓮房《ほうれんぼう》、寺を逃げだして還俗《げんぞく》したときは、青銭《あおぜに》一枚ももたずに京の町を歩いておりました」

「願うらくは」

光秀は、微笑をうかべ、

「その法蓮房にあやかりたい」

と言い、くるりと背をむけ、門前の道を東へ、あとをふりむかず、すたすたと歩きだした。

朽《くつ》木《き》谷《だに》

光秀は、落葉を踏んで、琵琶湖《びわこ》の西の山岳地帯を、北へ北へと分け入っている。

弘治二年の冬。

このとし、師父ともいうべき道三が戦死し、明智氏が没落し、光秀自身は牢人になりはてた。

(なんと多難な年であったことよ)

光秀はそれを思い、これを想《おも》えば、うたた、ぼうぜんたらざるをえない。

(今後、どうする)

たれかをたよって主取《しゅど》りをすべきであろう。しかし乱世のことだ、凡庸の主には仕えたくはない。できればひろく天下を歩いて英傑の人をもとめ、その下に仕えて自分の運命をひらきたい。

が、——

光秀という男の情熱はそれだけを求めているのではない。この、武士としては史書や文学書を読みすぎている男は、たとえば諸葛孔明《しょかつこうめい》のような、たとえば文天祥《ぶんてんしょう》のような、そういう生涯《しょうがい》を欲した。かれらは王室の復興や防衛にすべての情熱をそそぎこみ、その生涯そのものが光芒燦然《こうぼうさんぜん》たる一編の詩と化している。

(諸葛孔明、文天祥をみよ)

と、光秀はおもうのだ。

(その名、そのものが、格調の高い詩のひびきをもっているではないか。男とうまれた以上、そういう生涯をもつべきだ)

この男を、どう理解すればよいか。自分の生涯を詩にしたいという願望は、つまりそういう願望をもつ気質は——男のなかでは、志士的気質というべきであろう。明智十兵衛光秀は、自分がそういう気質の人間であることを、むろん気づいている。

だから単なる主取りやその意味での立身では満足しない。もっと緊張感のある、もっと壮大な、もっと碧落《へきらく》の高鳴りわたるような、そういう将来を夢見ていた。

（おれだけの男だ）

と、いう自負がある。

（単なる主取りを望むだけなら、千石、二千石の俸禄《ほうろく》ぐらいはたちどころに、ころがってくるだろう）

法螺《ほら》ではない。

この男のもっている技術のうち、火術だけでも十分に二千石の価値はあった。少年のころから道三が、

「これからは鉄砲だ」

と言い、堺《さかい》から購入した鉄砲を光秀にあたえ、その術を練磨《れんま》させた。いまでは二十間を離れて、枝につるした木綿針を射《う》ちとばすことさえできる。火薬の配合法はおろか、戦場における鉄砲隊の使用法など、この新兵器についてのあらゆる知識と抱負をもっている。具眼の大名があれば光秀のこの才能を一万石に評価しても損はないであろう。

そのほか、槍術《そうじゅつ》、剣術に長じ、さらに古今の軍書についての造詣《ぞうけい》、城の設計法《なわばりほう》など、どの一芸をとっても光秀ほどの者は、天下に十人とはないであろう。

そういう自信がある。

（そのおれを、安く売れるか）

と、いう気持もあるし、それだけの資質にうまれてきた以上、たかだか大名の夢をみるより為《な》しうべくんば、百世ののちまで敬慕されるような志士的業績をこの地上に残したかった。その対象はないか。

つまり、志士的情熱の。——

と、光秀は美濃を脱出して以来あれこれと想いをこの一点にひそめてきたが、ここに打ってつけの対象がある。

足利将軍家であった。

京に出て数日滞留した光秀は、将軍の居館である室町《むろまち》御所や二条の館《やかた》などのあたりをうろついたが、そこは廃墟《はいきょ》でしかない。廃墟であれば、そこには素姓も知れぬ田舎武士が住んでいた。

京は、三好長慶《みよしながよし》に握られ、その幕下の阿波《あわ》兵が市中をわが物顔で横行している。三好長慶といえば、将軍家からみれば素姓もさだかでない陪臣《ばいしん》であった。

将軍は、京にいない。

追われて、流亡していた。

「将軍《くぼう》様はどこにおわすか」

と、光秀は京に滞在中、機会あるごとに人にきいたが、満足に答えられる者もひとりもいなかった。ただお万阿だけは、さすがに、もと幕府機関に油を納入していた縁があるだけに、

「近江《おうみ》の朽木谷《くつきだに》ときいていますけど」

と言ってくれた。

「朽木谷と申すところは、よほどの足達者でないと踏み入れぬ山奥じゃげな」とも、お万阿はいった。

(その朽木谷とやらに行ってみよう)

と光秀がおもい立ったのは、このときである。猿《さる》や鹿《しか》の棲《す》むような鄙《ひな》びた山奥に将軍が流寓《りゅうぐう》している、というだけでも、光秀の好みにあう想像であった。

朽木谷
というのは、琵琶湖の西岸の奥地にある。この近江の大半を占める大湖《おおうみ》は、東岸を平野とし、西岸を山岳重畳《ちょうじょう》の地帯としている。

その連山を安曇川《あどがわ》が渓谷《けいこく》を穿《うが》ちつつ流れている。この川の上流を、朽木谷という。

なるほど途方もない山奥だが、京からの道路もあり、若狭《わかさ》へぬける山道もあって、はやくからひとに地名だけは知られていた。

ここに、近江源氏の一流と称する朽木氏が城館を構え、ふるくから家系を伝えてきている。

(ここまでは時代の波は押し寄せぬらしい)

と思いながら、光秀は、安曇川の渓谷の光を北へさして踏みわけてゆく。すでに満山の落葉樹は冬の姿態になりはてているが、秋に来れば華麗な紅葉がみられるのであろう。

（まるで桃源郷だな）

と、光秀はおもう。この山間に居ればこそ朽木氏は世の興亡の波にあらわれずに所領を全《まっと》うしてきたのであろう。

余談だが、この朽木氏。

光秀の実感どおり、この後も戦国の風雲のなかを生きつづけ、徳川時代には本家は諸侯に列せられ、その分家も数軒、旗本になり、六千石の旗本寄合席《よりあいせき》を筆頭に明治に至っている。

足利将軍は、京で乱がおこって追われるたびに朽木谷に走った、といっていい。光秀の生まれた年の享禄《きょうろく》元年には将軍義晴《よしはる》が、さらに道三が稲葉山城を造営した天文八年には将軍義晴・義藤（のちに義輝）の父子が流寓し、いまは十三代将軍義輝が、わずかな近臣をつれて朽木氏の居館に身を寄せている。

朽木氏の当主は稙綱《たねつな》という老人で、いかに落魄《らくはく》したとはいえ日本の武家の頭領である将軍を自分の手で保護するという栄誉に感激し、城内に小さいながらも公方館《くぼうのやかた》をつくり、そこに義輝将軍を住まわせていた。

光秀は、朽木谷に入った。

ここは「市場」という聚落《しゅうらく》で、山中ながらも、炊煙があちこちに立ちのぼり、朽木谷の首《しゅ》邑《ゆう》をなしているらしい。

すでに日暮に近くなっている。

一軒の農家に入り、銭《ぜに》をとらせ、

「これは旅の者であるが、今夜、一夜の宿は借れぬか」

というと、人情のあつい土地らしく、手をとるようにしてなかへ入れ、家のあるじは、炉端の首座を光秀のためにゆずってくれた。

「どこから渡《わ》せられました」

「美濃だよ」

光秀はだいぶ旅なれてきて、微笑を絶やさない。旅をする者には不愛想は禁物で、無用の疑いをうけるからである。

それに娯楽のすくない山村では、諸国の噺《はなし》がもっともよろこばれることも知っていて、光秀は美濃のはなしや京のはなしなどをした。

やがて、炉に猪汁《ししじる》の鍋《なべ》がかかった。

「朽木殿の御館《おやかた》に、くぼうさまが身を寄せておられるそうだな」

「お気の毒なことで」

と、家のあるじは、将軍の日常などをこまかく話した。ご家来といえばわずか五人いらっしゃるだけであるという。

「五人か」

光秀は、凝然と宙に眼をすえた。その眼にみるみる涙があふれた。

多感な男である。

「日本の総国主であり、征夷大将軍《せいいたいしょうぐん》である将軍が、住まわれる屋敷もなく流浪《るろう》なされておるばかりか、従う者はわずか五人とは」

「ご時勢でござりまするな」

宿のあるじも、光秀の涙にさそわれてついつい鼻をつまらせた。

「朽木殿の御館とは、どこにある」

「ほんのそこの藪《やぶ》のむこうでござりまする」

「近いのか」

はい、とあるじは答えた。

「武士と生まれた以上は、一度はくぼう様に拝謁《はいえつ》したいものだ」

「さあ、それは」

さすが人の好いあるじも言い淀《よど》んで光秀の風体《ふうてい》をじろじろみた。将軍といえば、人というよりも神に近い。いかに落魄《らくはく》しているとはいえ大名でなければ謁見なさらぬものを、美濃から流れてきた素牢人風情《ふぜい》では、その御影《みえい》などはとてものこと、おがめたものではないのだ。

「いやこれは、よしなき痴語《たわごと》を申した。わすれてくれい」

「あなた様はよいお人でござりまするな」

と、家のあるじは光秀の顔をじっと見た。この当節、諸国の武士は京に将軍あることなどもわすれて互いに攻伐しあっている。それを物好きにも朽木谷にやってきて、将軍の不幸な御境涯に涙をながしている、などはよほどの善人でなければこうはいかぬであろうと、家のあるじは思ったのである。

宿の家族は一様にそう思ったらしい。

光秀の横にすわって、酒を注《つ》いだり、汁《しる》のおかわりをしてくれたりしている娘も、光秀のそういう人柄《ひとがら》には打たれたようだった。

「お酒を沢山《たんと》おあがりくださりませ」

と、鄙《ひな》びた言いかたで寄り添ってきては、徳利をかたむけてくれる。

光秀は謹直な男である。

こういう賤《しず》が家《や》の炉端にすわっていても、まるで貴人の館に伺候《しこう》しているようになり姿を崩さない。酒を注がれるたびに、

「かたじけない」

と、会釈《えしやく》して受けている。その挙措《きよそ》、声音《こわね》が娘の心に滲《し》み入って、からだのなかにただごとでない音律をかなでさせはじめていた。

娘は、志乃《しの》といった。

この里の、いやこの里だけでなく、どの土地のどの里にもある風習《ならい》のとおり、今夜はこの旅人のために一夜の伽《とぎ》をすることになっている。

その刻限がきた。

光秀は、炉の間の北側の部屋を寝所にあてがわれていたが、やがて板戸がひらき、手燭《てしよく》をもった志乃が入ってきた。

ね、
と、いうより、

「志乃どのか」

光秀は、ふしどのなかで動く光を見た。志乃はだまってひざまずいた。やがて、

「御伽をさせていただきまする」

と、いったが、光秀は、答えなかった。

この男はこういう点でも謹直で、旅をかさねていてこういう好意をうけることがあっても、つねに婉曲《えんきょく》にこばんでいる。が、今夜はややちがっていた。無性に女が欲しい。というより、この朽木谷の土を踏んでいよいよ高まってきた流亡の将軍への詩的情感が、ふしどに入っても体を火照《ほて》らせ、心が濡《ぬ》れ、眼が冴《さ》えきってしまっている。なにやら孤独《ひとり》でふしどの冷たさのなかに息をひそめているには堪《た》えきれなくなっていた。

「これへ、参られよ」

よく透る、静かな声で光秀はいった。娘はその横に身をさし入れてきた。

「足が、冷とうございましょう?」

娘は、気の毒そうにいった。

「温めて進ぜよう。わしの体は、冬でも肌着《はだぎ》ひとえでおれるほどにあつい」

「お姿に似気《にげ》もございませぬな」

「印象《そとみ》は、冷たいか」

「はじめはそのように。――しかし炉端でお話をうかがうにつれて善《よ》い兄様のように思えて参りました」

娘は、股《もも》をつとすぼめた。

光秀の手が、そこへ行ったのである。

「物語などしてくりゃれ」

「明智様こそ聞かせくださりませ」

「閨《ねや》では男はだまるものだ。目をとじておなごが奏《かな》でるさまざまな妙音を聴くのが楽しい」

問われるままに、娘は里の話などした。

「おそろしい話もございます」

「どのような」

「物怪《もののけ》」

と、志乃はいった。

「出るんです、村の明神さまのお社に、見た者が何人もいるのです」

旅をしているとよく聞く話である。まじめに聞いていれば一つの里にいっぴきずつは物怪がいて、諸国あわせれば何百万びきという物怪が、天下の夜を横行していることになるだろう。

「どういう物怪かね」

「侍の姿をした猫《ねこ》の妖《ばけもの》だと申します。毎夜社頭にあらわれては油をなめるのです」

「油を、かね」

怪物譚《かいぶつたん》としても、独創性がない。光秀は笑いだして、

「その種のはなしはすべて嘘《うそ》だ」

と言い、はなしにも倦《あ》きたのか、あとは沈黙して娘の体をさぐりはじめた。

その所作が、娘を沈黙させた。娘の口が沈黙するとともに、その体が濡れはじめた。

「志乃」

と、光秀は抱きよせた。

「あらためていうようだが、わしは美濃明智の里の住人で明智十兵衛光秀という。美濃ではついことしの九月までは小さいながらも一城のぬしで、この家は、一族郎党をあわせれば七百人ばかりの人数を掻《か》きあつめることができる程度の家だ。いまはない。牢人にすぎぬ。しかし他日、どこかでこの名を聞くことがあろう」

「……………?」

「血すじはいい」

光秀はつづけた。

「土岐源氏の流れを汲《く》んでいる。家紋は桔梗《ききょう》」

「……………」

すでに体を開かされている志乃は、なぜこの期《ご》におよんで武者が合戦で名乗りをあげるような名乗りを、この男は言うのだろうかと不審に思った。

「覚えていてもらいたい」

「はい」

「他日、万一、子供がうまれたときに、わしをたずねてくることだ。忘れずに」

と、光秀はいった。娘はようやく名乗りの意味がわかった。なんと周到な男であろう。子供がうまれるかもしれぬということを想定し、そのときは父としての責めを負うことを言明したうえで、体のつながりに入ろうというのである。思慮が周到な、というより性格がよほど律義《りちぎ》なのかもしれない。

「志乃、罷《まか》るぞ」

と、そう光秀は言い、志乃は暗闇《くらやみ》でかすかにうなずいた。念の入った男だ、と志乃がおもったのは、後年、志乃も女として成熟してからのことである。とにかく、志乃にとって光秀は、一見行儀のよい公達風《きんだちふう》の男であったが、よくよく思えば、どことなく風変りな男であった。

夜明けに志乃が眼をさますと、光秀はまた志乃を抱いた。おとなしくみえていて、よほどの情炎をもっている男なのであろう。

その翌日、光秀は発《た》とうともせず、

「この里が気に入ったゆえ、しばらく逗留《とうりゅう》させてくれぬか」

と、銀を樫《かし》の葉ほどの大きさに打ち伸ばしたものを、家のあるじに渡した。

家人たちも、光秀が滞留することにいいなやはない。

その夕刻ふと、

「志乃殿、昨夜のはなし。物怪のことだが、あれは明神の社だと申したな」

と念を押した。

光秀は左様な現象を信じてはいないが、その正体をあばいて評判をとることによって、朽木館に近づくなにかの足しにはならぬか、とおもったのである。

「今夜、出かけてみる」

森の怪異

光秀は、明神の石段をのぼった。

森の梢《こずえ》にキラリと片鎌月《かたかまづき》がかかっている。

(はて)

と、光秀は石段の途中で身をかがめた。たいした理由もない。わらじのひもがゆるんだのである。

ごう、とその背を風が吹きすぎた。そのつど樹々《きぎ》の枯葉が夜空にまきあげられ、それがふたたび森にたたきつけられるときは、まるで大粒の雨でもふりはじめたかと思われるような音をたてた。

(ご苦労なことだ)

この夜ふけに無人の森のなかに入ってゆく自分が、である。

（運よく妖怪《ようかい》がおってくれればよいが）

光秀は再び石段をのぼりはじめた。妖怪を見つけ、その正体をあばくか、退治することによって、光秀はこの朽木谷の館《やかた》にいる流亡の足利将軍に接近することができる、いや接近できずとも、その機会をつかむことができる、と思っていた。

（素牢人には、そういうてだてしかない）

ともかくも若い間は行動することだ。めったやたらと行動しているうちに機会というものはつかめる——と、亡《な》き道三は光秀に語ったことがある。光秀はその教訓を信じたればこそこの朽木谷へきた。ここには将軍がいる。それに近づくがために妖怪退治という奇妙な行動を開始した。

（将軍の日常には話題がすくないにちがいない。旅の牢人が妖怪を退治した——ということになればきっと明智十兵衛光秀という名がお耳にとどくにちがいない）

（妖怪よ、出よかし）と、光秀は、石段を踏んでゆく。妖怪といえども、光秀の人生を決定する得がたき機縁にならぬともかぎらぬ。

社頭に入った。

一穂《いっすい》の神燈が、社殿から洩《も》れている。

光秀は苔《こけ》を踏んで社前にちかづき、しばらく剣を撫《ぶ》しつつあたりの気配をうかがっていたが、やがて、

（出そうには、ないな）

と、剣欄《けんば》から手をはなし、つかつかと社殿に進み、ぬれ縁にとびあがって格子戸《こうしど》をあけた。

灯が、ゆらめいている。

(今夜は、ここで寝るか)

何様が祀《まつ》られているかは知らぬが、光秀は祭壇の背後にまわり、むしろを敷いて横になった。

うとうととまどろむうちに夜があけた。

朝、志乃の家にもどった。

「いかがでございました」

と志乃は、この物好きな牢人に結果をきいた。出ぬさ、と光秀はやさしい微笑をうかべて、

「あれは毎晩出るのか」

「ほとんど毎晩だと申しますけど。そりゃあ、御神燈の油をなめにくるのでございますから、あの者にしても一日も欠かせられぬはずではありませぬか」

「なぜだ」

「お腹がすくではありませぬか」

光秀は笑った。志乃は、体は大人でも心はまだ子供であるようだ。

「そりゃ、妖怪でも腹がへるだろうな」

「だと思いますけど」

志乃は、まじめにうなずいた。

「今夜も出かけてみる」

「えっ」

志乃はうらめしそうな顔をした。今夜も自分と寝てはくれぬのか、と言いたいのであろう。

「そんなに物怪《もののけ》がお好きでございますか」

「いまは好きだな」

「なぜでございます」

「おれは国を追われた天涯《てんがい》の孤客だ。世間を踏みはずしたこのような素牢人を相手にしてくれるのは妖怪だけかもしれぬ」

「志乃もおりまするのに」

「なるほど」

あごの下に、ちょっと掌をあててやった。

「まことに志乃も、おれを厭《いと》わずに相手にしてくれる。しかし男は夜だけでは生きられぬ」

その夜も、光秀は社殿に入った。

（今夜は寝入らぬぞ）

と思って祭壇の背後ですわった。やがて、初更《しょこう》の鐘がきこえてきて、それが鳴りおわったころ、カサコソと落葉を踏む音がきこえた。

（きたか）

と、息をこらし、剣を抱きよせた。

ぎいっ、と格子戸が持ちあげられ、どん、と踏みこむ足音がした。やがてそのものはあらあらしく入ってきた。

(思ったより大きい)

物音、気配、気づかいの柄《がら》がよほど大きいのである。カチカチと物音がするのは、油皿《あぶらざら》に手を触れているのであろう。

やがて、蔀《しとみ》の格子戸がばたりと落ちて、妖怪は社殿を出たようであった。

光秀はすばやく祭壇の前に出、格子ごしに去ってゆく妖怪を見すかした。

妖怪の背を見た。

その背は、侍の風をしていた。ずいぶんの大兵《だいひょう》である。

「待った」

と光秀は叫んだ。

侍は、ぎょっ、とふりむいた。

「そこを動くな」

光秀は言いつつ、格子戸をはねあげ、そとへとびだした。

「夜な夜な社殿にて油を舐《な》めるという妖怪はそのほうか」

「そちは何者である」

と妖怪らしい者が言い、油皿を用心ぶかく地上に置き、スラリと剣をぬいた。

光秀も縁の上で剣をぬき、トンと地上にとびおりた。

斬《き》るつもりであった。

光秀は、度胸がある。剣尖《けんさき》を天にあげ、八双《はっそう》にかまえつつジリジリと進み、やがて跳躍し、
びゅっ
と、相手の首すじをめがけて振った。その太刀行きのすさまじさ、ただ者ならそのまま首を天空に刎《は》ねとばされていたであろう。

が、妖怪はかわしもせずそれを剣で受けとめた。戞《かっ》と火花が飛んだ。

鍔《つば》ぜりあいになっている。相手はよほど膂力《りょりょく》に自信があるのか、そのまま退《ひ》きもせず、刀をもって光秀の刀を押し、そのまま押し斬ろうという勢いをみせた。

相手はのしかかろうとした。上背はあり、膂力はあり、あきらかに光秀の不利であった。

光秀は退こうとした。が、相手の刀に圧せられて身動きもできない。

法は一つある。

相手の手元を、左斜めに押しあげてみることだ。光秀はそれをした。相手は不覚にも——おそらく兵法《ひょうほう》では光秀に劣るのであろう——それに応じて右斜めに強く押しかえしてきた。

光秀にとって思う壺《つぼ》といっていい。光秀はその相手の力を利用しつつ利用しざま、自分の体を左に躱《かわ》し、躱しつつぱっと離れて左斜めから相手の面を短切《たんせつ》に襲った。

相手も、ぬかりはない。剣を立ててそれを受けたが、光秀をば逃がしている。

光秀は、六尺の間合いのそとへ脱した。そこで正眼《せいがん》に太刀を構えた。

と同時に、

（待てよ）

と、自分に問いかけた。鍔競合《つばぜりあ》いのときちらりと見た相手の容貌《ようぼう》が、ひどく人間臭く思えたのである。

「おぬしは、人間か」

と、光秀にしては間のぬけた問いを発してしまった。

「人間だ」

相手は落ちついて、その愚問に答えた。人間とすればよほど出来た男であろう。

「里には妖怪のうわさが立っている」

と、光秀はいそいで言った。

「妖怪は、神前で油をなめるという。思いあわせてみれば最前おぬしは」

「左様、油を盗んだ」

武士は、答えた。

「なぜ盗む」

光秀はさらに問いかけたが、語気ががらりと変わって弱い。すでに自分の愚行に気づいた声である。

相手にもそれがわかったのであろう。剣尖をしずしずと下におろした。

光秀も機敏にそれを察し、自分から刀を鞘《さや》におさめ、

「申しわけなかった」

と、かるく頭をさげた。そのときは相手も刀をおさめている。

「いや、わかった」

と相手は光秀から事情をきいて、淡泊に諒解《りょうかい》してくれた。

こうなれば過失をおかした側の光秀から名乗らざるをえない。

美濃の名家の出だけに、それを相手にわからせるために荘重な名乗りをおこなおうとした。

そこは天涯の素牢人である。自分の存在を誇示するのは彼の場合、家系だけであった。

明智氏はむろん土岐氏の支族である。上は清和天皇より出ている。源頼光《よりみつ》からかぞえて十世の孫土岐頼基の子彦九郎という者が美濃明智郷に住んではじめて明智姓を名乗った。その彦九郎からかぞえて四代目が光秀であった。

ところが光秀が、

「美濃明智郷の住人にて明智十兵衛光秀」

といっただけで、

「ああ、土岐の明智か」

相手は、うなずいた。明智氏がどんな家系であるかをよく知っているのである。

「このたびは道三殿が没落して気の毒であったな」

とまで、この男はいった。諸国の武家の家系や盛衰に通じているとは、いったい何者であろう。

「されば貴殿は？」

「将軍のおそばに仕えている者で、細川兵部大輔《ひょうぶだゆう》藤孝《ふじたか》という者だ」

「これは左様なお方とは存ぜず、ご無礼つかまつった」

(よい者に出会った)

と、光秀は思った。

「しかし、なぜ将軍御側近ともあろうお方がかかる田舎社の油などをお盗みあそばす」

「夜分、燈火の料《しろ》乏しゅうてな」

と、細川藤孝は若々しい声で笑った。

「盗んでいる。それにて書物を読み、後日なすところあらば、神明もゆるしたまわるであろうが」

「いかにも」

よほどの読書家らしい。

二人は、石段をくだりはじめた。

聞けば、細川藤孝は昼間は将軍のお側用《そばよう》でいそがしく読書もできないため、将軍が寝《しん》につかれてから書見するのだという。

「夜の書見は金が要る」

細川藤孝は屈託なげに笑った。その費用がないため明神の燈油をぬすむのだというのである。

（将軍は想像以上の窮迫ぶりらしい）

この一事でもわかることであった。将軍をかくまっている朽木家も、さほど力のある豪族でもないため、潤沢《じゅんたく》な生活費も出していないのであろう。

光秀は多感な男だ。

もうそれだけで涙ぐみ、

「申すも畏《おそ》れ多きことでござるな」

といった。

「それがし、将軍家が朽木谷に難を避けておられるときき、そのお館を遠見《とおみ》ながらも拝みたいと思って参ったのでござるが、そこまで御窮迫なされているとは思いませなんだ」

「なげかわしいことだ」

細川藤孝はいった。

「まことに」

光秀はうなずいた。

「征夷大将軍と申せば、われわれ日本の武士の御頭領《おんとうりよう》におわします。その御頭領がかほどまでの御窮状におわすこと、聞くだに胸のふさがる思いがいたしまする」

「乱世なのだ」

「その世の乱れを、なんとかおさめて将軍家の御栄《おんさか》えを昔日にもどし、下《しも》万民が鼓腹撃壌《こふくげきじよう》できる太平の世を将来したいものでありまするな」

「めずらしいことをきくものだ」

細川藤孝は、真実驚いたらしい。光秀の顔をのぞきこむようにして三嘆した。この戦国の世で、こうも烈々と将軍家の復興をこいねがっている者が居ようとは思わなかったのである。

それにただの田舎武士ではなく、よほどの教養があるらしいことが、言葉のはしばしで察せられる。

(ただ者ではない)

と、細川藤孝はおもった。

山を降りて往還に出たとき、

「なにやら、同志を得たような気がする」

と、細川藤孝は言い、

「どうであろう、あす、わしがもとに訪ねてきて賜《たまわ》らぬか。よもやまの物語など聞かせていただきたい」

「いや、それはこちらこそ望むところ、ぜひ参上つかまつりまする」

と約して別れた。

志乃の家まで帰る途上、光秀は大げさにいえば天にものぼる気持であった。

(とんだ妖怪退治になった)

と思い、さらにはこの二人の結びつきがそもそも油であったことに思い至り、

（ふしぎな縁であるな。道三殿もはじめは油商奈良屋に婿《むこ》入りして山崎屋を興し、その油を売りつつ美濃へ来られたという。義理の叔父甥《おい》の仲とはいえ、おなじ油がとりもつ縁でなにやら妙なことになったわい）

ただ道三とは野望の方向がちがっている。道三は古びてどうにもならなかった足利的秩序をこわそうとし、事実美濃で実力によるあたらしい国家を築きあげたが、光秀はこれとは逆に衰弱して見るかげもない足利幕府をこの乱世のなかで再興しようというのである。

宿の戸をたたくと、志乃があけてくれた。光秀の意外に早かった帰りをいぶかしみ、

「どうなさいました」

ときくや、いやさ出るか出ぬかわかりもせぬ妖怪などを待っていては寒さで凍《こご》え死ぬわいと思い直し、あきらめて帰ってきたよ——と笑いながらいった。

ひどく上機嫌《じょうきげん》である。

（おかしなひと）

と志乃には、男というものがまだふしぎな生きものとしかみえない。

光秀は志乃に湯をわかしてもらい手足を洗って、寝所に入った。

ほどなく志乃が入ってきて、臥床《ふしど》のはしをめくり身を差し入れてきた。

「足が、冷とうございましょう？」

と、先夜とおなじことをいった。なるほど志乃の足はつめたい。光秀は先夜とはちがいひ

どく気さくに、

「わしが温めて進ぜよう」

と、その足を自分の足ではさんでやった。べつに卑猥《ひわい》な情でそうしたのではなく、光秀という男は、そういう優しみがある。

「将軍様の側近衆《くぼう》のなかで、細川兵部大輔藤孝という仁を存じておるか」

と、光秀は、志乃を抱くよりもむしろそのことで頭がいっぱいであった。

「若いお人？」

「そう、若い。大柄《おおがら》だな」

ああ、と、志乃には思いあたったらしい。

大層な歌人で学者で、しかも大力無双の人物だという。

「ある日」

と、志乃は小さな事件を話した。ある日、将軍が五人の近習とともに山歩きをなされ、その帰路、牛が路上に寝そべっていた。近習が牛を立たせようとしてさまざまに操ったがどうしたことか牛が動かない。

「それをあの殿が」

牛の左右の角をつかみ、ずるずると腹這《はらば》わせたままひきずって田のふちまで移し、そのあとぱんぱんと袴《はかま》のちりをはらって息切れもしていなかったという。

「面白《おもしろ》いな」

と、光秀がいったのは、大力に感心したわけではない。牛を腹這いのまま引きずるという
いわばはしたない、奇矯《ききょう》な、おっちょこちょいとでもいうべき行動を人前でやるあの男の精神がおもしろいと思ったのである。そういう精神がなければ、細川藤孝はただの学問好きな武士というだけで、光秀にとって語るに足りない男であった。

（生涯つきあってもよさそうな男だな）

と、光秀は、昂奮《こうふん》しきった気持のなかで、それを思った。

細川藤孝。

のち、幽斎《ゆうさい》と号し、その子忠興《ただおき》とともに、江戸時代肥後《ひご》熊本《くまもと》で五十四万石を食《は》む細川家を興すにいたる。その忠興の妻が光秀の娘で、洗礼名ガラシャと言い、のちに別の事件で世に知られるにいたるのだが、いまの光秀にはこのときの因縁が遠い将来《さき》にどう発展するかまでは、むろんわからない。

桶《おけ》狭《はざ》間《ま》

光秀が諸国を放浪しているあいだ、信長は尾張清洲《きよす》にいる。

痴者《こけ》の一念に似た、ちょっと類のない勤勉さで国内の諸豪族を相手の小競《こぜ》りあいに没頭していた。

そういうこの若者を濃姫《のうひめ》などは、

（このひとは天才であるかどうかはわからないが、とほうもない働き者であることだけはたしかだ）

とおもうようになっていた。しかしかれが口癖のようにいう、

「美濃に侵攻して蝮《まむし》の仇《かたき》をうつ」

という一事だけはまだ夢の段階であるようだった。なにしろ美濃は兵強く将すぐれ、しかも濃姫の義兄であり同時に親の仇でもある斎藤義竜を頂点とする国内統一はみごとにとれていて、とても尾張から這《は》い出して稲葉山城を攻める実力は信長になかった。

信長のこのころの版図《はんと》は、

「尾張半国」

と通称されていたが、厳密には半国はもっていない。五分の二であろう。豊臣《とよとみ》期の石高計算でゆくと、尾張の総高四十三、四万石のうちの十六、七万石を占めているにすぎない。兵力でいえば、四千人程度であった。弱小といっていい。

当然なことながら、蝮の復仇戦《ふっきゅうせん》など、当分、諦《あきら》めざるをえなかった。

ところが美濃攻めどころか、織田家にとって戦慄《せんりつ》すべき脅威が、東からきた。

駿府《すんぷ》（静岡市）の今川義元が動きはじめたのである。巨竜が眠りから醒《さ》めて活動を開始した、という印象であった。

今川義元は、駿府を都城とし、駿・遠・参《さん》の三国を版図にもち、総高百万石という大勢力

で、その兵力は二万五千とみていい。

義元は、四十二である。

もともと今川家は、足利尊氏《たかうじ》創業のころからの大名で、将軍につぐ名族であった。出来星《できぼし》大名の織田家などとはちがい、東海筋の士民から受けている尊敬というのはくらべようもないほどに深い。

——もし京の将軍家の血統が絶えた場合、吉良《きら》家がこれを相続し、吉良家に適当な男子がいない場合は、駿府の今川家が継ぐ。

という足利隆盛の伝説を、海道の士民たちはなおも信じていた。

名家であると同時に、ぼう大な領土と軍事力を擁している。おそらく、この時期における天下最大最強の大名の一つであろう。

自然、駿府は小京都といっていい。

この城下には、京から多くの公卿《くげ》が流寓《りゅうぐう》してきている。義元自身も、その母は中御門宣胤《なかみかどのぶたね》の娘で、かつ義元の妹は山科家《やましなけ》に嫁《か》した。山科家をもふくめてこの時代のかれら宮廷人は京では食えないため、大挙して駿府に来、今川家の庇護《ひご》のもとで暮らしている。

義元は、その小京都の主宰者である。この城下で町人のあいだにさえ流行しているものといえば、囲碁であった。信長などはその打ち方も知らない遊戯であった。

そのうえ、和歌、蹴鞠《けまり》、楊弓《ようきゅう》、闘香といった会が駿府城内でさかんに催され、酒宴のごときはほとんど毎日のように行なわれていた。

義元は、凡庸な男ではない。

教養もあり、気宇もなみはずれて大きいところがあり、駿・遠・参の大領主としては十分な資質をもっていたが、ただ京風のこのみを持ちすぎていた。

公卿の姿形《なりかたち》をよろこび、武家でありながら月代《さかやき》を剃《そ》らず公卿まげを結い、眉《まゆ》を剃って天上眉《てんじようまゆ》を置き、歯は鉄漿《かね》で染め、しかも薄化粧をしている。

前述のとおり、四十二になった。

「歌舞音曲にも飽きたわ」

とおもったのであろう。齢《とし》がそういう時期だけに権勢がほしくなった。

「京へ旗をすすめて天子将軍を擁し、天下の政治《しおき》をしたい」

といいだしたのである。あってなき存在になっている天子、将軍の勢威を再興し、みずから執権となろうとした。かれを取りまいている流寓の公卿人《びと》や文人墨客が、

「京都を再興してくだされ」

とすすめたのであろう。かれらもいつまでも田舎ぐらしでいるよりも京で暮らしたい。それには義元をおだてて天下を統一させるのがもっとも近道だった。

「わしの実力なら容易なことだ」

と、義元はおもった。事実そうであろう。かれはこの権勢遊びというかれの年齢にふさわしい遊戯に熱中しはじめ、その計画を断乎《だんこ》とした決意のもとに発表したのは、永禄《えいろく》三年五月一日であった。

新暦でいえば六月四日である。すでに海道の天は猛暑の季節に入ろうとしている。

信長の領土は、その沿道にある。たれがみても十倍近い兵力をもつ今川軍に踏みつぶされてゆくであろう。

——駿府の今川義元がいよいよ武力上洛《じょうらく》を開始するらしい。

ということを信長がきいたとき、かれはさほど驚かなかった。かれが持つ材料はすべて悲観的なものばかりだったが、ただ一つ、かれを恐怖から救っている自信がある。

——亡父《おでい》が、義元に勝っている。

という先代信秀の頃《ころ》の記録だった。天文十一年、信長がまだ九つのとき、信秀は三河《みかわ》の小豆坂《あずきざか》で今川義元の大軍と戦ってみごとに撃退しているのである。この記録がなければ多分に恐怖感覚の薄いこの若者でも、おそらく意気を喪《うしな》ったにちがいない。

「勝てますか」

と濃姫がたずねたとき、

「わからん。ただ亡父は勝っている」

と、信長はみじかくいった。

が、おでいのときとは情勢がちがう。織田信秀は尾張で武威を張り、その活動力と戦さの仕ぶりは定評があり、自然それが人気になって尾張の国中でも織田家に加担する豪族が多く、多少は今川と太刀打できるほどの兵力をもっていた。

しかしいまはそうではない。

「たわけ殿」

の不人気がかれを患《わざわ》いしている。

「あんな男を旗頭に戴《いただ》いては家がつぶれる」

と思うのが人情であろう。このため尾張一国のなかでの非織田色の豪族はことごとくといっていいほど今川方に通じてしまっていた。これを今川義元の側からいえば、義元が駿府から足をあげる前に、すでにその前線は尾張にあるといっていい。

永禄三年五月十二日、義元は兵力二万五千をひきいて駿府を発した。その先鋒《せんぽう》や捜索隊は、

十五日には池鯉鮒《ちりふ》で出没

十六日には岡崎に本隊到着

十七日には鳴海《なるみ》に出没

十八日には沓掛《くつかけ》に本隊到着

この尾張沓掛の西方に、織田家の最前線の砦《とりで》である丸根砦と鷲津《わしづ》砦がある。明十九日は最初の接触をするであろう。

義元はこの沓掛で軍の行進をとどめ、軍を部署して、明十九日の攻撃準備をおこなった。

「織田の砦と申しても、蠅《はえ》のようなものだ」

と義元はその程度にしかみていなかった。

義元は、軍を四つにわけた。二つの砦を無視して織田の本拠清洲城へ直進する部隊は五千で、これが信長の直接の脅威になるであろう。義元の本軍五千はこれにつづく。二つの砦にはそれぞれ兵二千余をさしむける。そのうちの丸根砦攻撃部隊二千五百の司令官が、まだ松平元康《もとやす》といったころの年若な徳川家康だった。ほかに予備隊三千、それに今川軍の前線要塞《ようさい》である鳴海城、沓掛城にそれぞれ十分な守備を置いている。この作戦部署や兵数をみれば、どれほどの戦術家がみても今川軍の勝利をうたがわないであろう。

——今川方が、沓掛まできて軍をとどめ、攻撃準備をととのえつつある。あす早朝から総攻撃をはじめるであろう。

との物見の情報が清洲の信長のもとに入ったのは、この日の夜であった。

信長はその情報を、濃姫の部屋できいた。

まだ、平装のままである。

「来たかえ」

「すぐ重臣《おとな》どもをあつめろ」

と命じ、部屋を出ようとした。濃姫はすわりなおし、ちょっと頭を下げつつその姿を見送った。信長の腰つきはどの若者よりもしなやかで機敏そうだったが、しかし勝算はあるのか。そういう智謀というものが、これほど信長を理解しているつもりの彼女でさえ、あるのかないのか疑わしかった。

(どうなさるのかしら)

と、この道三の女《むすめ》はおもっている。

信長は、表座敷に出た。重臣《おとな》たちがすでに集まっていて、薄暗い燭台《しょくだい》のあかりのなかで顔を群れさせていた。

信長は上段にすわった。

「存念を申せ」

と、一声叫んだ。

中さいでか、という表情で老臣の林通勝《みちかつ》が進み出、しわがれた声で意見をのべた。

籠城論《ろうじょう》である。

常識といっていい。敵が沿道で言いふらしている兵数は四万（実数二万五千）である。これにひきかえ、味方は前線の丸根・鷲津の両砦に兵を割《さ》いているため三千に満たない。

「野において敵と戦うのはもとより不利でござる。よろしくこの清洲城に籠《こも》って敵の進撃を阻《はば》むべきかと存じまする」

信長は、そっぽをむいてだまっている。

他の重臣には意見がなかった。林案をとるしか方法がないのではないか、というのが、大方の気持であるようだった。

信長は、尻《しり》を動かした。

食い物がはさまっているのか、シーッと歯を鳴らし、

「おれは反対だな」

といった。

「古来、城を恃《たの》んで戦った者にろくな末路がなく、ほとんどが破れている。籠城というのは士気がうすれ、怯気《きょうき》がおこり、志を変ずる者も出てくる。されば合戦は国内の城をたよるべからず、国境のそとに出てやれ、と亡父も申された」

事実、亡父信秀の遺訓である。

「死生は命《めい》だ。おれの心はすでに出るということに決している、おれと志を一つにする者はおれとともに駈《か》けよ」

が、「されば出発する」とはこの男はいわない。諸将を部署することもしない。自分の決心を述べただけで軍議を解散し、それぞれ城内の屋敷にひきとらせ、自分ももう一度濃姫の部屋にひきとってごろりと横になった。

夜は更《ふ》けている。

(なにをなされているのかしら)

と、濃姫も不審だった。

この間、信長がやった行動といえば、ごろりとねころがって鼻と眼を天井にむけたことだけだった。思案している様子だった。

いや、思案というものではあるまい。もはや思案するようなどういう材料もなかった。信長は眼を見ひらいたまま、胸中、自分を納得させようとしていた。

(生きようと思うな)

ということをであった。信長の顔が、濃姫の側から見ると、ひどく奇妙な顔にみえた。なにか、白蠟《はくろう》でつくった仏像のように、白くすき透ってみえるのである。

(美しいお貌《かお》をなされている)

と濃姫は声をあげたくなるほどの実感でそれを見た。信長は全身の気根をただ死、という一点に凝集させようとしていた。若者の顔がこれほど荘厳にみえる瞬間というものがこの地上にあってよいものだろうか。濃姫は息を詰めてそれを見つづけている。天に属するものを、天の許しもなく盗み見しているような、そんな空怖《そらおそ》ろしさが、濃姫の体を支配した。彼女は小刻みに体をふるわせつづけている。

やがて信長は、信長の顔にもどった。その次の間に濃姫がいたことにおどろいた様子で、

「お濃、用があれば起こせ」

と言い、力が尽きたような表情でまどろみはじめた。

午前二時ごろである。

「丸根砦に今川が攻めかかりました」

という報が城にとどき、人は走って信長のもとに報《し》らせた。

「来たか」

とこの若者ははね起きた。

飛ぶようにして廊下を駈けながら、

「陣触れ(出陣)の貝を吹かせよ」

と叫び、途中、廊下にうずくまっていたさいという老女に、

「いまは何時《なんどき》ぞ」

ときいた。「夜中過ぎでござりまする」と老女はばく然とした表現で答えた。本来なら正確な数字をいわねば機嫌《きげん》のわるいこの若者が、この夜ばかりは、

「ふむ、夜中すぎか」

と、うなずきながら駈けた。もはや若者にとってどういう数字も意味をなさず用をなさなかったのであろう。兵数をあげればみじめなほどの兵数しかこの若者はもっていない。

「具足を出せえっ、馬に鞍《くら》を置かせよ、湯漬《ゆづ》けを持て」

と叫びながら駈け、表座敷にとびこんだ。

「小鼓《こつづみ》を打て」

と、信長は命じ、座敷の中央にするすると進み出るや、東向きになり、ハラリと銀扇をひらいた。

例の得意の謡《うたい》と舞がはじまったのである。たれにみせるためでもない。すでに死を決したこの若者が、いま死にむかって突撃しようとする自分の全身の躍動を、こういうかたちで表現したかったのであろう。

信長は、かつ謡い、かつ舞った。

人間五十年、化転《けてん》のうちに較《くら》ぶれば、夢まぼろしのごとくなり、一度生《ひとたびしよう》を稟《う》け、滅せぬもののあるべしや。

三たび舞い、それを舞いおさめると、小姓たちが六具《ろくぐ》をとって信長の体にとびつき、甲冑《かっちゅう》を着せはじめた。やがて着けおわった。

信長、上段へ進む。そこに軍用の床几《しょうぎ》がおかれている。それへすわった。

三方《さんぼう》が運ばれてきた。その上に、出陣の縁起物の昆布《こんぶ》、勝栗《かちぐり》が載せられている。信長はそれをつかむなり、ぱくりと口にほうりこんだ。そのときにはもう駈け出していた。

「つづけえっ」

と叫ぶなり、玄関を出、馬にとびのり、戛々《かつかつ》と駈け出した。あとに従う者は小姓の七、八騎しかない。

城内を駈けぬけ大手口に出たときに、そこで柴田《しばた》権六《ごんろく》勝家、森三左衛門可成《よしなり》その他が百人ほどの人数で信長を待っていた。

「権六、三左衛門、早し早し」

と信長はほめながら彼等の群れを駈けぬけた。かれらはおくれじと駈けた。

道は暗い。

松明《たいまつ》の火が尾を曳《ひ》き、熱田《あつた》への街道を駈けてゆく。沿道の町家は駈けすぎてゆく一団の足音のとどろきが何を意味するものであるかはむろん知らない。

この若者は、市政というものにさほどの関心を示さなかったが、「信長ノ威ハ言語ニ及バズシテ妙アリ」と国の内外でいわれていた。法に背く者に対して秋毫《しゅうごう》もゆるさないということの男の性格が、家中、領民のはしばしにまで知られており、他国からの旅人は信長の分国《ぶんこく》に入ってくると荷物をおろして道端で熟睡しても盗まれるおそれがなく、商家農家も夜も戸を鎖《とざ》さずに眠ることができた。乱世のなかで稀有《けう》な治安の状態といっていい。

それに尾張は豊饒《ほうじょう》の地で、しかも近年尾張南部は海を埋めたてての水田開発がしきりとすすんでおり、民は他領にくらべれば生活がゆたかであった。自然、その面からの治安もよく、軍事力経済力の点でもめぐまれている。もっともそれらは信長の力ではなく、かれがたまたまうまれ落ちた尾張という国土そのものの自然力であった。そういう恵まれた国土の上を、いま懸命に走っている。

信長は例によって途中馬をとどめ、輪乗りをしながら追いついてくる自分の兵を待ち、待っては走った。信長の肩にいつのまにか大数珠《おおじゅず》がななめにかかっている。

夜はどこで明けたか、熱田大明神についたときは午前八時になっていた。そこで信長は大休止した。ほどなく蹄《ひづめ》の音がとどろき、二百人ほどが追いついてきた。待てばさらにふえるであろう。

一方、沓掛城で一泊した今川義元は夜明けとともに起き、ここではじめて甲冑をとりよせて着用した。

その軍装はかがやくばかりのもので、胸白《むなじろ》の鎧《よろい》の上に赤地錦《あかじにしき》の陣羽織をはおり、兜《かぶと》は黄金の八竜《はちりゅう》の前立《まえだて》を打った五枚錣《しころ》、腰には今川家重代の二尺八寸松倉郷の太刀に一尺八寸の大左文字《だいさもじ》の脇差《わきざし》を帯びている。そのいでたちで金覆輪《きんぷくりん》の鞍をおいた青の肥馬《ひば》にまたがり、沓掛城内を出ようとしたとき、不覚にも落馬した。

この人、極端に脚がみじかく胴が長い。少年のころその姿をみてひとが、

「はて。異な。――」

とうわさしたとさえいわれる。脚がみじかいため大馬ではまたがりにくく両脚で馬の胴を締めにくくもあり、そのために落馬したのであろう。

そのころ、熱田で休止している信長の手もとには、遅れ馳《ば》せの者がつぎつぎと集まってきて、ついに千人にのぼった。

風雨

織田軍の最前線陣地、といえばきこえはいいが、粗末なものだ。丸根砦《とりで》というのは、ここらあたりの古寺を改造したもので、塀《へい》には舟底板のようなものを打ちつけ、柵《さく》には生木を底浅く打ちこみ、砦のまわりにたった二間幅の堀を、それも一重にめぐらしただけのもので、富強な今川軍からみれば、

――これが尾張織田の関門か。

と笑いたくなったであろう。

その丸根砦の攻撃にむかった今川軍の支隊長が、十九歳の徳川家康（松平元康）であった。

二千五百人の大部隊がひたひたと丘陵地帯の街道をすすんで丸根砦の包囲を完了したのは

十九日の陽が昇ろうとする刻限であった。この日、日ノ出は午前四時二十七分である。

丸根砦には、四百の人数しかいない。

「揉《も》みつぶすがよろしかろ」

と、家康の先鋒《せんぽう》たちは刀槍《とうそう》をきらめかせてわめき進んだが、たちまち城方の弓鉄砲のため堀ぎわで打ちたおされ、先鋒隊長の松平喜兵衛、筧《かけい》又蔵らが戦死した。包囲軍の崩れをみた砦の主将佐久間大学は、

「いまぞ。続けや」

と城門をひらいて突撃してきたため、徳川方の足軽が塵《ちり》のように蹴《け》ちらされ、将校《ものがしら》の高力《こうりき》新九郎、能見《のうみ》庄左衛門が戦死した。

打撃をあたえたとみるや、砦方はさっとなかに入って城門をとざしてしまう。

「無理だ」

と、馬上で朱具足の家康はつぶやいた。この物事に慎重すぎるほどの人物は、その性格とは反対に、生涯《しょうがい》、野外決戦を得意とし、気長を要する城攻めを最大のにが手とした。このときも、かれにとっては愉快な戦闘ではなかったであろう。

「かえせ。遠巻きにせよ」

といって陣容をたてなおし、弓隊、鉄砲隊を進出させて射撃で敵の気勢を削《そ》ぎ、機会をみて突撃にうつろうとした。

その間、砦の守将佐久間大学はしばしば城門をひらいて突撃しようとしたが、そのつど射

撃をくらって味方をうしない、ついに彼みずからも城門外で銃弾を受けて馬からさかさまに落ち、絶命した。砦方がその死体を城門内に運び入れようとしたとき、徳川方がすかさずそれに追尾し、城門になだれこみ、城内の者をほとんど皆殺しにして城を陥《おと》し、さらに陥落を敵味方に知らさしめるために火を放ってさかんな黒煙を天にあげた。

やや遅れて、丸根砦とともに織田軍の前線のおさえだった鷲津砦も、今川軍の支隊長朝比《あさひ》奈《な》泰能二千の兵によって陥落した。

一方、清洲城を午前二時すぎにとびだした信長が、三里を駈《か》けて熱田《あつた》明神に入り、ここで大休止をしたのは、最後の攻撃準備をととのえるためだった。

春敲門《しゅんこうもん》から入るや、

「熱田の者に申しきかせよ」

とどなった。

「よいか。子供の菖蒲幟《しょうぶのぼり》でもよいわ、ありあわせの染下地の木綿、白絹の端物《はもの》、なければ白い紙でもよいぞ。何にてもあれ、敵からみれば旗指物《はたざしもの》と見まがう白い物を、この熱田の高所の木間《このま》々に棹《さお》にて突き出し、おびただしくひるがえらしめよ」

これが信長が発した最初の軍令であった。

擬兵《ぎへい》をつくるのである。今川軍から遠望すれば、

「信長の本隊は熱田の森にあり、容易に動かない」

と見えるであろう。信長はそれによって敵を油断させ、時をかせごうとした。

つぎに信長が熱田でやったことは、このおよそ神仏ぎらいな男が、家臣をひきいて神前に進み、戦勝祈願をしたことだった。

「殊勝なお心掛けじゃ」

と、あとで追いついてきた老臣たちは内心おどろいた。父の葬式のときでさえ、棺にむかって喚《おめ》きながら抹香《まっこう》を投げつけたこの風狂な若者が、どういう心境の変りであろう。

「運の末ともなれば神仏にすがる気持もおこり、遅まきながら、常人に立ちかえるものか。あわれなことよ」

そんなことをささやいている老臣もある。

信長は、祐筆《ゆうひつ》の武井夕庵《せきあん》をよんで、

「願文《がんもん》を書け」

と命じ、ほぼ口頭で大意をのべた。夕庵はたちどころに長文の漢文をつくりあげた。

やがて信長はひとり社殿に入り、扉《とびら》を締め、祈願をこらすふうであった。

ほどなく出てきて社殿の濡《ぬ》れ縁に立ち、

「ふしぎヤナ」

と叫んだ。

「おれが祈禱《きとう》をこめていると、ほの暗き社殿の奥のほう、神明坐《しんめいいま》すあたりに黒い気がうごき、鎧の金具の擦《す》れあう音が聞こえたわい。神明、わが祈りを聞召《きこしめ》したりと見たぞ」

（ほほう）

林通勝など老臣はまた驚いた。痴者《たわけ》がなにを言うやらと思ったが、あのたわけにしてかようなことを言うとすれば真実、神が甲冑《かっちゅう》を召して揺らぎ出《い》でられたのかもしれない、ともいなおしたりした。むしろそう思いたい。老臣たちも、

（勝ちたい）

と思う一念にかわりはない。敗《ま》ければ命も所領もうばわれ、一族は流浪《るろう》せねばならぬであろう。

信長のこの一言が、沈みきっていた織田勢に多少とも希望を与えた。

「者ども」

と、信長はさらに叫んだ。

「人間、一度死ねば二度とは死なぬ。このたびは、おれに命をくれい。生きて熱田明神にもどれるとは思うな」

やがて信長は一千の軍勢をひきいて海蔵門を出た。

ここまでは古名将のふるまいにも似ていたが、海蔵門を出発して街道に入った信長の馬上の姿は、なんともいえず奇妙なもので、鞍の前輪《まえわ》と後輪《しずわ》へ両手を掛け、体を横ざまにしてゆらゆらと揺られ、鼻さきに虻《あぶ》の羽音のような音をたてて心覚えの小謡《こうた》をうたっている。

熱田の町の者はそれを見、
ヌルク馬鹿《ばか》々々しき体《てい》なり。アレにては

勝ち給ふ事は成るまじ。

と譏《そし》り笑った、と山澄本《やまずみぼん》の桶狭間《おけはざま》合戦記註《かっせんきちゅう》にはある。信長にすればそんなジダラクな乗り方のほうが楽だったのであろう。

熱田明神のほんのわずか南にある上知我麻《かみちかま》の祠《ほこら》から東方の三河《みかわ》の山野が遠望できた。そのはるかなる遠景のなかで、二すじの黒煙が天を染めているのを見た。

(陥《お》ちたか)

信長は知ったが、表情はかわらない。将士が立ちさわぎ、老臣の一人が馬を寄せてきて、

――はや、丸根・鷲津の両砦は落ちたげにござりまする。

と教えると、信長は、

「おれにも眼がある」

無愛想にいった。言いおわると、「私語をするな、隊伍《たいご》を乱すな、敵味方の強弱を論ずべからず。犯す者は斬《き》る」と手きびしく命じた。たちまち隊伍は粛然《しゅくぜん》とした。

やがて前方から埃《ほこり》と血と汗にまみれた兵が駈けてきて信長の馬前にひざをつき、佐久間大学らの討死を伝えると、信長は鞍の上で姿勢をただし、

「大学はおれより一刻《いっとき》さきに死んだぞ」

と天にむかって叫んだ。

信長は鞭《むち》をあげ、一軍に疾風のような行軍速度を命じた。信長が駈け、兵が駈けた。みちみち、諸砦の兵を合しつつ、井戸田、新屋敷《あらやしき》をすぎ、黒末川を渡って古鳴海《こなるみ》に出、そこから

馬頭を南に向けた。道はすでに三河に近づいている。このあたりから地形は、低いなだらかな丘陵になってゆく。

敵情はわからない。今川義元の本陣がどこにあるかもわからない。とにかく、

（敵にむかって駈けよ）

というだけが、信長の作戦原理だった。それしかなかった。敵に接近するにつれて運がよければ敵の本陣の所在がわかるであろう。そのときは面《おもて》もふらず突き入ればよい。

暑い。

烈日が、具足を灼《や》き、人馬は汗みどろになりつつ、ただ夢中で足を動かしていた。山坂で息を切らして倒れる者もあったが、すぐ槍《やり》を杖《つえ》に起きあがり部隊のあとを追った。

余談だが、徳川初期、この日の信長の馬丁をつとめたという男がなお鳴海《なるみ》の村で生きていて、それを尾張徳川家の臣山澄淡路守《やまずみあわじのかみ》と成瀬隼人正《はやとのしょう》がたずね、当時の模様を語らせた談話が、山澄本桶狭間合戦記註にある。その記述を意訳すると、

手前どもの記憶と申しましても、あの日は、信長公は、御馬でやたらと山を乗りあげ乗り下《くだ》し給うたことぐらいしか残っておりませぬ。ただはっきりと覚えておりますことは、あの五月十九日の暑さのことで、まるで猛火のそばに居るがようでございました。この齢《とし》になるまであれほどの暑気は知りませぬ。

鳴海の東方に善照寺という織田方の砦がある。信長がこの善照寺の東方台地に対したのが、

午前十一時ごろであった。急いだようでも途中諸砦の兵を呼び集めながらの行軍だったため、熱田から善照寺までが三時間近くかかったことになる。

この善照寺東方台地で、信長は最後の攻撃準備をするため行軍を一時とめた。すでに諸方から兵が合流してきているため、三千人に達していた。信長が決戦場に投入しうるかぎりのぎりぎりの兵数といっていい。

熱田出発以来、信長はおびただしい数の斥候を放って今川義元の所在を執拗《しつよう》に探索させつづけているが、いまなお確報が入らない。そのうち、急報が入った。

またしても敗報であった。鳴海方面へ進んでいた信長の右翼隊五百人が敵の大部隊と遭遇戦を演じ潰滅《かいめつ》した、というものであった。このため右翼隊長である佐々《さっさ》隼人正と軍中にあった熱田の大宮司《だいぐうじ》千秋《ちあき》加賀守季忠《すえただ》が戦死した。

「死んだか」

信長はそういっただけであった。そのうち右翼隊の敗兵が合流してきた。その敗兵のなかから、前田孫四郎（のちの利家《としいえ》）という二十歳の将校が、自分の獲《と》った首《ものがしら》を高くかかげつつ走り出てきて、

「殿、一番首でござりましたぞ」

と叫んだが、信長は、

「阿呆《あほう》っ」

そう言っただけでそっぽをむいた。孫四郎はそういう信長に腹が立ち、御前を駈け去るや、

首を沼のなかにたたきこんでしまった。

そのとき、信長の生涯《しょうがい》と日本史を一変せしめた偵察《ていさつ》報告がとどいた。

「義元殿は、ただいま田楽狭間《でんがくはざま》に幔幕《まんまく》を張りめぐらして昼弁当をお使いなされておりまする」

というものであった。この報告をもたらした者は、沓掛村の豪族で織田信秀のころから織田家に属している梁田《やなだ》四郎左衛門政綱という者であった。梁田はこの日、かれ自身の手もとから諜者《ちょうじゃ》を放ち敵情をさぐっていたが、そのうちの一人が田楽狭間の付近まで忍び入り、この重大な情報を得たわけである。信長は梁田にのち三千貫の領地をあたえて、その功にむくいている。

ちなみにいう。後世、この決戦の場所を「桶狭間」と言いならわしているが、地理を正確にいえば「田楽狭間」である。桶狭間は田楽狭間より一キロ半南方にある部落で、この戦いとは直接関係はない。

「さてこそ!」

叫ぶなり信長は身をひるがえして馬上にあり、敵の本陣に突撃する旨《むね》を明示し、

「名を挙げ家を興すはこの一戦にあるぞ。みな、奮え」

と駈け出しながら、「目的は全軍の勝利にあるぞ。各自《めいめい》の功名にとらわれるな。首は挙ぐべからず、突き捨てにせよ」と叫んだ。

この善照寺から田楽狭間までの道はふたとおりある。信長は、山中の迂回路《うかいろ》をとった。距離は、六キロであった。

このとき、太陽のそばに一朶《いちだ》の黒雲があらわれ、たちまち一天にひろがり天地が陰々として参りました。

と、山澄淡路守が会った信長の馬丁は語っている。夕立の気配が満ちてきたのである。

これより前、今川義元は沓掛《くつかけ》村から大高村へ馬を進め、その途中、前線から丸根・鷲津の敵砦を攻めつぶした旨の勝報をきき、

「さもあろう。わが旗の押し進むところ鬼神も避けることよ。まして信長づれが」

と大きく笑い、前線から送られてきた織田家の諸将の首をみて子供のようによろこんだ。

この今川方の戦勝の報が戦場付近の村々にもつたわり、近在の寺院の僧、神社の神官がひきもきらず戦勝祝いにやってきた。かれらにすればやがて来《きた》るべき今川方の大勝利によって東海地方の政治地図が大きく変わることを見越し、そのせつは寺領社領を安堵《あんど》してもらうために義元の機嫌《きげん》をとっておこうというのが本音だった。そのため酒、魚介など、おびただしい祝い品をもってやってきている。

義元は機嫌よくかれらのあいさつを受けつつ馬を打たせ、かれらが持ってきた酒肴《しゅこう》の処分方を考えた。運ぶのは重い。捨てるのはもったいない。結局、軍を大休止せしめて昼弁当をつかい、あわせて戦勝の小宴を張ろうとした。この当時、まだ二食の風習がつよく残っており、昼はたとえ腰兵糧《こしびょうろう》をとるにしても本隊のことごとくを止めてめしを食う、というような

大げさな食事はしない。義元にすれば、戦勝の祝い気分と、酒肴献上という二つがかさなったために、ついこういう処置をとったのである。

「よい場所はないか」

「このさきに田楽狭間と申し、松林にかこまれた窪地《くぼち》がございまする」

「それ、そこにせよ」

と義元は命じ、馬を進ませた。部下が走って義元のために設営した。

義元の御座所は、松林のなかの芝生の上に敷皮をひろげて設けられ、まわりを、桐《きり》の紋を染め出した幔幕でかこまれていた。

義元は、敷皮の上にすわった。色白でやや肥満しそのうえ胴が長大なためにすわるとどうみても見事な東海の帝王であった。もっとも顔は、流れる汗で、化粧がすっかり剝《は》げ落ちてしまっている。

義元は、盃《さかずき》をあげて飲みはじめ、ほどよく酒がまわったあたりで近習《きんじゅう》に小鼓をうたせ、謡《うたい》をやや高めの声でうたった。

二万五千の今川軍のうち、義元を親衛する本軍は五千で、これが田楽狭間という小さな盆地にすっぽりとおさまっている。むろん義元の幔幕をかこむ警備は十分なもので、街道の要所々々には諸隊が出ていた。ただ不幸なことにそれが一せいに昼食をとっていた。

「雨よ」

とたれかが叫んだのは、正午ごろであったか。天が暗くなったかと思うと、たちまち砂礫《されき》を飛ばすほどの暴風になり、雨が横なぐりに降りはじめた。

付近には恰好《かっこう》な民家がなかったため、雨はこの松林の松の根方で避けるほかなかった。が、松林の周囲にいる身分の軽い士卒たちは四方に散って、山の蔭《かげ》、野小屋などに走りこんだ。

このころ信長は、山を越えきってすでに谷に入っていたが、途中この嵐《あらし》に遭い、

（天佑《てんゆう》か。――）

と狂喜したが、しかしいかにこの無法な男でも軍を前進せしめられるようななまやさしい風雨ではなかった。地を這《は》わなければ吹きとばされそうになるほどの風速で、しかも滝のように降ってくる雨のために視界はほとんどなかった。部隊は細い谷川のなかを進んでいる。忽《たちま》ち水かさがふえ、足をとられる者が多い。それでも信長は進んだ。

途中、六百メートルほどの平野を横切ったが、この部隊行動が風雨の幕のために今川方からついに見えなかった。信長はさらに山に入って南下した。山には道がない。木の枝、草の根をつかんで全軍がのぼりくだりした。が、信長は馬から降りない。子供のころから異常なほどの乗馬好きだったこの男は、蹄《ひづめ》の置ける場所さえあれば楽々と馬を御《ぎょ》することができた。

善照寺を出発して以来、道もない山のなかを六キロ、二時間たらずで踏みやぶり、田楽狭間を見おろす太子《たいし》ケ根《ね》についたのは午後一時すぎであったろう。風雨がさらに強くなったためにここで小歇《こや》みを待った。

天がやや霽《は》れ、風が残った。その風とともに全軍、田楽狭間に突撃したのは、午後二時ご

ろであった。

敵の警衛陣は、風雨を避けるために四散していた。雨のなかから躍りこんできた織田兵に気づいた者も、風雨のために友軍との連絡が断たれているため有機的活動ができず、ただ逃げるしか仕方がなかった。それにこの乱軍のなかで、最大の不幸がおこった。

「裏切りぞ」

という叫び声があがったことであった。今川軍では信長がまだ熱田か、せいぜい善照寺あたりに居るものと思っていたため、味方の反乱としか思えなかったのであろう。この混乱のなかでそういう疑惑がおこった以上、もはや味方同士を信ずることが出来なくなった。互いに互いと衝突しては打ち合い、逃げ合い、たちまち軍組織が崩壊した。

義元は、松の根方でひとり置き去りにされた。小姓どもは周囲のどこかで戦っているのであろうが、みな義元をかまうゆとりがない。

「駿府《すんぷ》のお屋形っ」

と叫んで、義元にむかい、まっすぐに槍を入れてきた者がある。織田方の服部《はっとり》小平太であった。

「下郎《げろう》、推参《すいさん》なり」

と義元は、今川家重代の「松倉郷の太刀」二尺八寸をひきぬくや、剣をあげて小平太の青貝の槍の柄《え》を戛《かつ》と切り飛ばし、跳びこんで小平太の左膝《ひざ》を斬った。

わっ、と小平太が倒れようとすると、そのそばから飛びだしてきた朋輩《ほうばい》の毛利新助が太刀をふるって義元の首の付け根に撃ちこみ、義元がひるむすきに組みつき、さらに組み伏せ、雨中で両人狂おしくころがりまわっていたが、やがて新助は義元を刺し、首をあげた。首は、首のままで歯嚙《はが》みしており、その口中に新助の人差指が入っていた。

戦闘が終結したのは、午後三時前である。四時に信長は兵をまとめ、戦場にとどまることなく風のように駈けて熱田に帰り、日没後、清洲城に入った。

「お濃《のう》、勝ったぞ」

と、この男は、濃姫にひと言いった。

須賀口

近江《おうみ》木ノ本《もと》から北国街道の山坂をゆるゆるとのぼると、左手に賤《しず》ケ岳《たけ》が見え、そのむこうに余呉《よご》の湖《うみ》が光っている。

峠に茶屋がある。

山肌《やまはだ》を背にして建てられ、茶屋のまわりに五月《さ》躑躅《つき》がみごとに群落しているところから、さつき茶屋ともよばれていた。

さきほどから茶屋に腰をおろしている旅僧が商人《あきんど》らしい男を相手に、東海地方でおこった信ずべからざる政治的激変について語っていた。話の様子では、旅僧は駿河《するが》から三河《みかわ》、尾張、美濃、北近江を経てきて、いまから若狭《わかさ》へ行こうとしているらしく、東海地方の最近の政情についてはじつにくわしい。

「尾張の織田上総介《かずさのすけ》殿といえばとほうもない阿呆《あほう》といわれ、土地では女子供までたわけ殿とよんでいた。そのたわけ殿が、なんと東海一円の覇王《はおう》今川治部大輔《じぶだゆう》殿（義元）を田楽狭間《でんがくはざま》においてみごと討ちとった。今川殿も相手に事欠き、清洲のあほう殿に討たれるとは死んでも死にきれぬほどに無念であったろう」

「いつのことでござりまする」

「五月の十九日であったか」

「あ」

ごく最近の風聞である。

「ほんの三日前のことでござりまするな」

と、商人はうれしそうにいった。この風聞を次の宿場にもって行ってやればひとによろこばれるであろう。

「聞けば今川殿は大軍をもって京にのぼり、天子・将軍を擁して天下に号令せんとなされたそうな」

（そのこと、聞いていた）

と、ひとりうなずいたのは、すみで茶をのんでいた色白の武士である。

「東海の覇王が」

と、旅僧はいった。

「京にのぼれば天子、将軍家の御日用は豊かになる。公卿《くげ》や将軍側近の武士たちは今川殿の上洛《じょうらく》をどれほど待ちわびたことであったろう」

(左様、待ちわびていた)

と、旅の武士は、心中、自分にささやいた。

「哀れやな」

旅僧はいった。

「そのことも画餅《がべい》に帰した。今川殿不慮の討死の風聞は今日あたり京にきこえているであろうが、都の貴顕紳士のなげきはいかばかりであろう」

「御坊」

旅の武士は立ちあがった。

「いまのお話、まことでござるか」

「うそではない。わしはその戦場を通って尾張に入り、美濃を経ていまここにある。この目で見、この耳できいたことに、なんのまやかしがござろうかい」

「ごもっともでござる」

武士は鄭重《ていちょう》に詫《わ》び、茶代を置き、編笠《あみがさ》をかぶりなおして街道へ出た。

武士の足もとに、五月躑躅の紅が、陽《ひ》のなかで燃えるように咲きみだれている。武士はしばらく佇《たたず》んで考えている風情《ふぜい》だったが、やがて思いを決したように踵《きびす》をひるがえし、もときた道をくだりはじめた。

「あの牢人《ろうにん》、越前方面にゆくつもりではなかったのか。引きかえしたぞよ」

と、旅僧は茶屋の老婆にいった。

武士は、明智十兵衛光秀である。

実は京から越前一乗谷《いちじょうだに》にゆくつもりで湖北を通り、この峠にさしかかったのである。が、あまりにも衝撃的なうわさをきき、急に思いかえして尾張へ行こうとした。

ここ数年、光秀は諸国の豪族の動静を知るために天下を遍歴していた。

(足利幕府を再興したい)

とおもう一念にはかわりがない。乱世を一つにおさめて秩序をつくるためには、日本中の武家の頭領《とうりよう》である将軍の威権を回復する以外に方法がないと信じ、諸国の城下へゆき、その志を説いてまわっている。

例えば、中国の毛利氏の領国内にも入って重臣の桂能登守《かつらのとのかみ》の屋敷に逗留《とうりゆう》し、

「毛利氏の富強は天下にひびいています。いまにして志を大にし、山陽道を鎮撫《ちんぶ》しつつ京に兵馬をすすめ、将軍を擁して立つあらば天下の諸豪は風をのぞんで帰服しましょう。将軍家との橋渡しは不肖《ふしよう》光秀がつかまつりましょう」

と説いた。

「貴殿が、将軍家との橋渡しを」

と、たいていの者がおどろく。

「いつわりはござらぬ」

将軍側近には光秀の親友であり、この世における唯一《ゆいいつ》の同志といっていい細川藤孝がいる。藤孝は将軍の館にあり光秀は外を担当し、たがいに幕府復興のために連繫《れんけい》をとりあっているから、光秀いかに、無位無官の牢人とはいえ、将軍の手代と同様の機能《はたらき》はもっていた。

しかし光秀がいかに諸国の大名を説いても、

「お説はまことに結構であるが、いまのところはとても」

と敬遠された。どの大名も近隣の大名とたがいに攻伐しあって片時もゆだんのならぬ情勢にある。京にのぼれるような余裕など、たれももっていない。

それでもこの遊説《ゆうぜい》は無駄《むだ》ではなかった。諸国を巡歴する行動そのものに列強の動静を知りうるという余得があったし、また将軍家にとってもむだではない。大名たちのなかには、光秀に説かれたがために将軍家の衰微に同情し、

「せめて将軍家の御日用の料でも」

と、金穀《きんこく》を上方《かみがた》へ送るような大名も出てきているからである。もっとも大名によっては、

「そこもと、天子、将軍などと、迂遠《うえん》なことを申し立てておるより、いっそわしに仕えぬか」

と、仕官をすすめるむきもある。光秀はそのつど惜しげもなくことわった。理由は簡単である。将軍を擁立する意思も実力もない大名に仕えたところで、たかだか田舎大名の家老程

度でおわることになろう。

——自分は、明智氏という美濃源氏を代表する名族の出である。

という頭が、光秀にある。落ちぶれたりといえども足利将軍家の支族である以上、千石や二千石の禄《ろく》に目がくらんで田舎武士になるより、天下の機軸を動かすような場を独力で創《つく》りあげたい。さればこそ、いまは古わらじにもひとしい将軍家をかつぎまわり、その明日の価値を田舎大名どもに説いてまわっているのではないか。

（これがおれの志だ）

行動の原理といっていい。光秀はこの時代にはめずらしくそういうものをもっている。また持たねば行動をおこせぬたちの男でもあった。

そういうところへ、光秀は今川義元上洛の一件をきいた。光秀はこの一件を将軍側近の細川藤孝からきいたのである。

「いよいよ将軍家にも御運がむいてきたらしい」

と細川藤孝はいった。

「しかし十兵衛殿、今川義元はうまく上洛できるかどうか」

「さればさ」

光秀は、その豊富な諸国事情の知識から今川家の軍事力や沿道諸大名の実力をあれこれと論じ、

「今川義元はなるほど京にのぼって三好《みよし》一党を追い、将軍の御館《おやかた》などを造営してくれるだろ

う。そこまでは成功する。問題は義元の実力から考えていつまでその権勢をたもち得るかだ。これはあやうい」

「さればどうすればよい」

「越前の朝倉氏も京へよぶことだ」

この二大大名の連立によって京の足利政権を擁護してゆく――というのが、この事態に即応する光秀の幕府復興構想であった。

その案おもしろい、ということになり、あとから将軍家の御教書《みぎょうしょ》を差しくだすとして、とりあえず朝倉氏を打診し説得するために光秀自身が、単身、越前の首都一乗谷にゆくことになった。

（こんどこそ、積年の志に芽がふくぞ）

と光秀は心もかるがると京を発《た》ち、湖北を北上し、近江木ノ本から山坂をのぼり、峠でひと息入れるべく茶屋に入ったとき、なんとかんじんの今川義元が田楽狭間で落命したというはなしをきいたのである。光秀は鼓動がとまるほどの驚きを覚えた。

（なんと、将軍様も御運のないことよ）

と暗然としたが、悲嘆に暮れているばあいではない。その風聞がまことかどうか尾張清洲の城下でたしかめてみることであった。そのうえで、あらたなる構想をたてねばならない。

清洲へ。

と、この行動力に満ちた男は五月の湖北の風に旅衣《たびごろも》をひるがえしながら木ノ本へ降りて行った。

近江から美濃関ケ原に出、大垣の城下を通り、そこから墨股《すのまた》、竹鼻《たけがはな》を経て、木曾川を渡った。

(まさか、あの信長が)

と疑いが光秀の脳裏を去らない。あれはたわけではないか、という信長伝説が光秀の先入主にある。だからこそ今川義元の上洛を、

――やすやすと京までのぼれるだろう。

と光秀は判断し、細川藤孝にもそういったのである。

光秀は、間接ながら信長と縁が濃い。亡《な》き道三が、

「将来《さきざき》、見込みのある者といえば、美濃ではわが妻の甥《おい》光秀、尾張ではわが婿《むこ》の信長だ」

といっていたし、かつ道三は、自分が身をもって学びとった「戦国策」を、光秀に教え、また光秀が聞くところでは信長にもそれを教えていた形跡がある。いわば相弟子の関係ではないか。かつ、信長の妻濃姫は道三・小見の方の娘であり、小見の方の甥である光秀は、濃姫といいとこの血縁になる。

だからこそ、光秀の信長に対する心情は複雑といっていい。

(なんの、信長づれが)

とおもう競争意識に似たものがある。むしろ信長の噂《うわさ》のなかでその欠点をのみよろこんで記憶にとどめ、

（あんな阿呆《あほう》のどこがいいというのか。おれの器量とくらべるなど、亡き道三殿も、晩年は智恵の鏡が曇っていたようにおもえる）

と奥歯で歯ぎしりをするような思いで、それをおもっていた。その思いのなかから、こんどの今川義元上洛の成否を判断し、清洲の信長などはどうせ田螺《たにし》のように踏みつぶされるであろうと考えていた。

その田螺が、なんと三河境いまで進撃して、田楽狭間とやらで義元の首を刎《は》ねてしまったというのである。

「いや、本当らしゅうございますよ」

という言葉を最初にきいたのは、美濃の大垣城下の旅籠《はたご》の主人からであった。主人も隣国の大名の批評だからそこは遠慮はなく、

「死にものぐるいのねずみが、猫《ねこ》を嚙《か》んだようなものでございましょう。それにしても人は見かけによらぬものでございますな」

と、あまり好意的でない批評をくだした。

ところが、木曾川を越えて尾張に入ると、まだ戦後十日も経《た》っていないだけに領内は戦勝気分で沸き立っており、光秀が通ってゆくどの村、どの市《いち》でも田楽狭間の戦さばなしで持ちきりで、信長の人気も当然ながら、かつてとは一変していた。

「あれはうつけ者よ」

といっていた同じ人の口が、

「軍神摩利支天《まりしてん》の御再来ではあるまいか」

と、掌《たなごころ》をかえすように評価をかえていた。馬鹿《ばか》が一夜で生神になった、という例は、さすが諸国の珍談を見聞している光秀も、きいたことがない。かれが読み知った本朝異朝の史書にも、これほど極端なことがなかったようであった。

（しかしなぜ信長は田楽狭間で義元の首を獲《と》ったあと、その勢いを駆って追撃戦にうつり敵の本軍を潰滅《かいめつ》せしめなかったのか。おれならそうしている）

という疑問をもったが、次第に合戦の詳細を知るにつれて、信長があの奇襲に全軍を投入したこと、奇襲の目的は義元の首を刎ねるというただ一点にしぼっていたこと、刎ねたあとは今川軍を追撃するだけの余力がなかったことなどがわかってきた。むしろあれだけの奇功をおさめていながら、その戦果を拡大することなく、首一つに満足してさっと兵をひきあげた抑制力は、尋常のものではない。

（が、それだけのことだ）

光秀は村々を過ぎて、やがて信長の主城である清洲の城下に入った。

ここでも光秀は小さなおどろきをもった。なるほど尾張領内の他の村々では戦勝気分で沸き立っていたが、この首都の城下はまるで様子がちがっていた。街に秩序があり、むしろ粛然、という言葉があたるほどのにおいをもっている。街路をゆく侍どもの容儀もじだらくでなく、町家の者も合戦の評判などはせず、連れ立って歩いている足軽までが、その足どりに節度がある。

（みな、なにものかを怖《おそ》れている）

そのなにものとは信長その人であろう。この病的なほどに規律好きな男は、自分は思うままにふるまうくせに、家来、領民に対しては統制への絶対服従を強《し》いていた。自然、この性格が織田の家風になっているのであろう。

「尾張衆は弱い」

というのが、東海地方の定評であった。東海地方では一に美濃、二に三河、という。この両国の兵は強い。が、尾張は土地が豊饒《ほうじょう》で百姓に貧農はすくなく、そのうえ海陸の交通の便がいいために商業が早くから発達し、猛兵を育てるような条件からほど遠い。そういう弱兵をひきいて、駿遠参《すんえんさん》三カ国の今川軍をうちやぶったのは、まったく信長の統率力によるといっていいであろう。

（あるいは怖るべき男かもしれぬ）

光秀は、宿をとった。

さっそく織田家の家中の猪子兵助《いのこひょうすけ》という者に手紙を書き、宿の主人に持ってやらせた。別に深い理由はない。他国の牢人が城下に滞在する場合、無用の疑いをうけぬよう、家中の知人を保証人にしておくのである。

猪子兵助は、故道三が可愛《かわい》がっていた美濃武士で、道三崩れのあと、美濃を脱走していま

は尾張織田家に仕えている。光秀は、猪子兵助程度の身分の者とは直接《じか》のつきあいなどはなかったが、それでも、

「明智十兵衛光秀」

と当方が名乗れば、猪子は言《は》いつくばうようにしてやって来るであろう。

やがて猪子兵助が宿にやって来、光秀に対し十分な会釈《えしやく》をして帰った。

その翌日である。

光秀が街へ出、清洲の須賀口のあたりを歩いていると、むこうから馬蹄《ばてい》のとどろく音がきこえ、見るうちに往還の人々が夕立に遭ったように軒端《のきばた》へ散って膝《ひざ》まずいた。

「何事ぞ」

ときくと、殿様がお通りになられまする、と町人がいう。光秀はおどろいた。町人たちは信長に戦慄《せんりつ》し、その馬蹄のとどろきを遠くからでも聞きわける能力をもっているようであった。

「あなた様もお早く」

と袖《そで》をひかれたために光秀は編笠《あみがさ》をとり、身を後じさりさせて軒端にたたずみ、わずかに小腰をかがめて信長の通るのを待った。やがて信長は鷹野《たかの》の装束で馬を打たせつつやってきた。供まわりは五騎三十人ほどもいたであろう。今川義元を討ちとった尾張の大将としては軽すぎる容儀であった。

(これが信長か)

光秀は、はじめて見た。異様に感じたのは信長は顔を心持あげ、天の一角を凝視したまま、視線も動かさず、まばたきさえせぬ表情で駈《か》け来《きた》り、駈け去ったことであった。

信長は半町ばかり行ったとき、かたわらの猪子兵助に声をかけ、

「いま、須賀口で妙なやつを見た」

といった。信長の視線は一瞬光秀をとらえたようだったが、当の光秀は見られたことに気づかなかった。むしろ信長を見たつもりであった。見るのはむろん不敬といっていい。顔を伏せ視線を地に落しつつ領主の通りすぎるのを待つのが、路上の礼儀であるべきだった。信長のいう「妙なやつ」とは、

「おれを見たやつがある」

という意味であった。あれは誰《たれ》か、と猪子兵助にきいたのである。

猪子兵助も、軒下の光秀に気づいていた。

「あれは」

と、小さな決断をこめていった。

「奥方様にはいとこにあたられまする美濃明智の住人、十兵衛光秀と申す者でございまする」

「美濃者か」

信長は無表情でいった。

「何をしにきたのか、調べておけ」

兵助はすぐ馬をかえして須賀口にもどったが、もう光秀はいなかった。さらに馬を駆って光秀の宿にゆくと、宿では、

「もはや出立なされました」

という。どこへ――と兵助が問いかさねると、「はて」と宿の主人は小首をかしげ、「越前へ、と申されていたようでございますが、シカとはわかりませぬ」と答えた。

一《いち》乗《じょう》谷《だに》

光秀は、真夏の山風に袂《たもと》をふくらませつつ越前一乗谷にむかって歩いていた。

(今川義元は田楽狭間《でんがくはざま》で落命した。東海の政情はがらりとかわった。おれの構想も修正をくわえねばならぬであろうが、とりあえず越前一乗谷へゆこう。後図《こうと》を考えるのはそれからだ)

一乗谷。

越前の覇王《はおう》朝倉氏の都府である。北陸の雄都といってよく、光秀の希望もまたそこでひらけるであろう。

敦賀《つるが》から東は、七里ばかりのあいだ、えんえんと山坂がつづく。一条の小径《こみち》が樹海のなかを縫ってつづき、その樹海に陽光があふれ、手足まで青く染まるような緑の氾濫《はんらん》のなかを歩

きながら、

（来る年も来る年もこのように歩きつづけていて、ついにおれはどうなるのだろうか）

と、ふと空《むな》しさをおぼえぬこともない。人の一生というのは、ときに襲ってくるそういう虚無とのたたかいといってもいい。

木ノ芽峠《きのめとうげ》にさしかかると、一人の旅商人と道連れになった。いかにも旅なれた中年の男で一乗谷の者だという。

「わしも一乗谷へゆくのだ」

光秀は、自分の姓名と生国《しょうごく》とをいった。相手の商人が一乗谷の者だというので、これから乗りこむべき都府の様子をきいておくのもわるくはない、とおもったのである。

「一乗谷とは、にぎやかか」

「そりゃもう、朝倉様五世百年のお城下でございますからな。御城塁《ごじょうるい》、社寺、お武家屋敷、町家、鍛冶場《かじば》などがびっしりと、谷にひしめきまして京のにぎわいに劣りませぬ」

「谷間にある町か」

それが光秀にもおもしろい。

一里ばかりの細ながい谷で、その谷にただ一本だけの公道がついている。その公道の左右に町がながながと伸びており、防衛としては、公道の前後をおさえるだけで町は難攻不落のものとなる。

（そんな地形のところをえらんで都府を築いた例は唐土《から》にもない。本朝にもない。はじめて

一乗谷をひらいた朝倉氏の中興の祖敏景《としかげ》とは天才的な人物だったのであろう)

朝倉氏の祖は、むかしは但馬《たじま》にいたようである。足利尊氏《たかうじ》の天下統一事業に参加して武功があり、越前の守護代になった。のち守護職斯波《しば》氏にかわって守護職になったのが一乗谷に都城をひらいた朝倉敏景である。

「敏景様は、御当代より五世前のお方でござりまするが、神のような智謀のもちぬしでありましたそうな」

「そうときいている」

敏景は人心収攬《しゅうらん》にもっとも才があったらしく、越前の言いつたえでは、「一粒の豆を得ても掌《たなごころ》を連ねて士とともにこれを食い、一樽《いっそん》の酒を受けても流れを濺《そそ》いで卒とひとしくこれを飲んだ」といわれている。

敏景が書きのこした家憲というのは、のちの朝倉家繁栄のもとになった、といわれているもので、光秀もそれを知っていた。

「宿老制をとらない」

というものである。門閥血統によって重職につかしめず、すべて実力によって要職を任用せよ、というものであった。

これは門閥主義の足利時代にあっては信じがたいほどにめずらしい組織思想で、この体制あるがために戦国期に突入してからも朝倉家は天下の風雲に堪えてこられた、と光秀は思っている。とくに天下放浪の士である光秀にとっては、この体制は魅力にみちたもので、

（おれのような放浪の士でも、朝倉家をたよればあるいは重用されるかもしれない）

と思っていた。人材を愛するという風聞をきいておればこそ、かれの足は北方の覇府《はふ》にむかっているのである。

だけではなく、越前は京に近い。軍事力は強大である。流亡の将軍をたすけて幕府を再興せしめる可能性は、ゆたかに満ちあふれているであろう。

ただひとつ欠点はある。

当主義景《よしかげ》という人物が、先祖の敏景に似気《にげ》もなく凡庸だということであった。これはあるいは致命的な欠陥であるかもしれない。

「御当主義景殿はどうだ」

と光秀が水をむけると、旅の商人はさすがに批評をつつしんで無言でいたが、やがて、

「宗滴《そうてき》様はお偉うございましたな」

と、別人のことをいった。宗滴とは朝倉氏の一族で名を朝倉教景《のりかげ》と言い、当主義景の補佐官として軍事に政治に大いに活躍し、朝倉氏の勢威を、むしろ敏景時代以上にあげた人物であった。

「ところが惜しくも先年、お亡《な》くなりあそばしましてな。弘治《こうじ》元年九月でありましたか」

道三が死んだ前年である。まだほどもない過去であった。

「それよりは御家は振いませぬ」

商人は物やわらかくそう言ったが、実際は振わぬどころか、宗滴なきあとの朝倉家は、本

尊のない大伽藍《だいがらん》にひとしい、とまで京都あたりでは酷評されている。当主義景はよほど無能なのであろう。

(なんの、おれを亡き宗滴の位置につかせてくれるならば、朝倉の勢威はりゅうりゅうたるものになり、ついに近隣を合併しつつ京にのぼり、将軍を擁して天下に号令できるようになるであろう)

義景が無能でもいい。いやむしろ無能なほうが、光秀の才が縦横無尽にふるえていい、とこの男はおもっていた。

一乗谷そのものには知る辺《べ》がなかったが、そこから二十キロ北方に長崎(現丸岡町)という部落があり、そこに称念寺という時宗《じしゅう》の大寺がある。

そこに光秀は、いったん草鞋《わらじ》をぬいだ。この寺は京で知りあいになった禅道という僧が紹介してくれたもので、その紹介状に、

「明智十兵衛、美濃の貴種なり」

という言葉があったため、称念寺でも粗略にはあつかわなかった。

称念寺の住持は、一念という。一念は一乗谷の高級官僚のあいだに知人も多く、当主義景にもしばしばまねかれてお咄《はなし》の座に侍している。

「越前での御希望はなんでござろう。お力になれるならば、なってさしあげたい」

と、対面そうそう、光秀のよき後ろ楯《だて》になることを約してくれた。一念はおそらく、光秀のもっている貴族的な風手《ふうぼう》、作法にかなったふるまい、それに卓抜した教養に惚《ほ》れこんだものであろう。

「御仕官がおのぞみでござるのなら、橋渡しもつかまつろう」

「左様さな」

まさか、空席になっている宗滴のあとがまにすわりたい、とはいえない。

「かようなことを申しては、一介の素牢人《すろうにん》がなにをほざくとお笑いでありましょうが、しばらく一乗谷城下に住み、朝倉家の人士ともつきあい、御当家の情勢も見、はたして光秀が生涯《しょうがい》を託することができる家かどうかをトクと見さだめてから、身のふりかたをきめとうござる」

正直な本音である。

「ああ、士は左様になくてはならぬ」

と、一念は、光秀がいささかもおのれを安く見ない点に感動し、いよいよ光秀という器量を大きく評価した。

「さればさしあたって、一乗谷城下で文武教授の道場をひらきたい」

「道場」

一念は手をうった。

「これはよいことを思いつかれた。左様なものが一乗谷にはござらぬのじゃ」

諸国にもない。武士は大半が文字を習わぬが、習う者もせいぜい寺の僧について習学する程度で、その方面の専門施設というものはない。まして「武」のほうもそうである。兵法者《ひょうほうしゃ》を自邸によぶか、その師の自宅に押しかけて技をまなぶというのが普通であった。

「教授する内容は」

と、光秀はいった。

「兵法、槍術《そうじゅつ》、火術（鉄砲）、それに儒学一通り、唐土《とうど》の軍書」

「ほほう」

一念はついに顔をふりたてて感嘆してしまった。これほど絢爛《けんらん》多彩な各分野にわたって一人で教授できる人物もまずないし、第一、これほど広範囲な種目を一堂で教えてくれる私立学校は天下ひろしといえどもないであろう。

「これはきっと繁昌《はんじょう》いたしまするぞ」

「繁昌させてみたいものです」

「いや、わしが吹聴《ふいちょう》する。どこか一乗谷で屋敷の一角なりとも借らねばなるまいが、それも拙僧が奔走いたしましょう」

「なにぶんとも」

と、光秀は頭をさげた。

そのあとよもやまの話をし、一念は、光秀が幕府の再興の志に燃えていることを知って、いよいよ感動し、

「御当代の将軍家とはどのようなお方でござる」

と、無邪気な質問をした。

「つまり、義輝将軍は」

実のところ、光秀は、無官であるがために拝謁《はいえつ》したことがない。しかし将軍近習の細川藤孝を通じて堪能《たんのう》するくらい聞かされているから、まるで京でいつも将軍と膝《ひざ》をつきあわせて暮らしているような、はなしかたをした。これには一念はまたまた感心し、光秀に対する評価をいよいよ大きくした。

（気の毒だが、やむをえぬ）

光秀には多少のうしろめたさがある。しかし天下放浪の孤客が、他郷で人とのつながりを求めるとき、この程度の法螺《ほら》はやむをえないことであろうとわが心を励まし、いかにもつつしみ深そうな口調で、義輝将軍の御日常を話した。

「兵法者上泉伊勢守《かみいずみいせのかみ》の門人塚原卜伝《ぼくでん》という者について兵法をまなび、印可《いんか》までお受けなされたお腕前でござる」

「兵法を！」

一念は驚いた。よく驚く男である。

「将軍家が兵法などという歩卒の芸を。――もはやそれほどまでにおちぶれなされておりまするか」

と、一念は噴《ふ》きだすように涙をあふれさせた。兵法などという個人の芸は、まだまだ名のある武士から卑《いや》しまれている現状だが、人もあろうに将軍家がそれを学ぶとはどういうことであろう。将軍の暮らしが窮迫して庶人に近くなっているという印象のようにもうけとれて、一念はにわかに涙をながしたのである。

「それもありましょう」

光秀は、一念をもてあました。

「ひとつにはお好みにもよるかもしれませぬ。しかし最も大きな理由は、将軍家にはお手勢というものはなく、ご身辺をお護《まも》りするのは近習数人という状態であるため、ついつい護身のために兵法修行をなさるお気持になられたのでありましょう。しかしながら印可をお受けあそばすほどのお腕といえば、これは容易ならぬ」

「左様、容易ならぬ」

お腕だ、と一念はうなずくのである。

いずれにせよ、一念はあす、光秀の一乗谷居住のための下準備に出かけよう、と言い、

「これはよいお人が越前に来られたものよ。先刻からのお話を、あす一乗谷でふり撒《ま》くだけでも人々によろこばれましょう」

と、ほくほくと笑った。

翌日、一念は一乗谷にゆき、この町で、

「土佐様」

とよばれている武士に会い、称念寺に舞いこんできた明智光秀という牢人のことを大いに吹聴した。土佐様とは、朝倉の家老で朝倉土佐守という人物である。

が、土佐守は、一念が昂奮《こうふん》するほどには驚かず、

「左様な有芸な者であれば、屋敷の小屋を一つ提供するゆえ、それにて足軽などに兵法でも授けてもらえばありがたい」

というのみであった。

数日して光秀は土佐守家に入り、その執事に会い、邸外の小屋を一つ貰《もら》った。

(なんだ)

と失望したが、この種の冷遇には馴《な》れてきている。せめて土佐守に拝謁できればとおもい、その旨《むね》を執事に申し出ると、

「正気か」

という顔を執事はした。土佐守といえば朝倉王国の家老である。流浪の芸者に会うような身分の人物ではない。

「いずれ、機《おり》をみて申しあげておく」

と、執事はつめたくいった。

光秀は小屋で暮らすようになった。小屋といえばまったくの牛小屋同然のもので、床《ゆか》さえなく、五坪ほどの土間があるだけである。

光秀は、百姓家に行ってわらを貰って来、それを一隅《いちぐう》に積みあげて寝具とした。かつては

明智城の城主の子であり、美濃の村落貴族として裕福な暮らしをしていた昔をおもえばなんという落ちぶれようであろう。とりあえず、

「諸芸教授所」

という看板をかかげ、入門を志願してくる者を待った。が、その日の糧《かて》が手に入らない。それについては、称念寺に足を運んでは一念から銭を借りた。

それが度《たび》かさなるにつれて、称念寺の一念も、だんだん光秀に昂奮しなくなってきた。むしろ、

(将軍家の御側衆《おそばしゅう》のように申しておるが、こうも貧乏とはどういうことであろう)

食わせ者ではないか、とまでは思わなかったが、借銭が重なるにつれ軽侮するようになってきた。あるとき、何度目かに小銭を借りにきた光秀に、

「十兵衛殿、まだ門人が来ぬか」

と、一念はいった。言葉までぞんざいになっている。

「いや、参らぬな」

「それではこまる」

「だが、来ぬもの仕方がない」

光秀は、借銭がかさなるにつれていよいよ高くおのれを持した。

(ここが瀬戸ぎわだ)

と、光秀は思っている。旅から旅へあるいて苦労をかさねてきたこの男は、こういう場合

のおのれの処し方を心得ていた。この瀬戸ぎわで卑屈になれば、ただの乞食《こじき》とかわらなくなるのであろう。

「こういう噂《うわさ》をきいた」

と、一念はいった。

一乗谷の城下に、武田家の牢人で六角浪右衛門《ろっかくなみえもん》という牢人が早くから流れてきている。

これが家士某の家に寄食しつつ、家中の士に兵法を教授していた。兵法の流儀は、常州鹿《か》島《しま》明神の松本備前守《びぜんのかみ》から学んだと称し、その精妙さは城下でおよぶ者はない。

「その浪右衛門が、しきりと悪声を放って十兵衛殿のもとに門人がゆこうとするのをさまたげているらしい」

「なるほど」

光秀も、そういう噂は聞き及んでいた。

もともと兵法者の社会は偏狭なもので、一つ城下に二人の剣客は双《なら》び立たぬ、といわれている。光秀が一乗谷で師範の門を張ろうとすれば、まず六角浪右衛門を試合でもって打ち倒すほか道はないであろう。

「試合われればどうか」

「それは愚かじゃ」

光秀は、しずかに笑った。

「なぜであろう」

「剣の試合など、根っからの優劣で勝負がつくのではなく、勝負はまぐれが多い。たとえそれがしが技倆《ぎりょう》まさると言っても、その場の運と呼吸一つで負けになるかもしれぬ。この命を、たかが剣技で落したくはない」

「思いもよらぬことを言われる。さればお手前は門人を取り立てぬおつもりか。門人を取り立てねば、さきざきまで当山にご無心にお出《い》でなさらねばならなくなる」

迷惑だ、といわんばかりの不機嫌《ふきげん》さで一念はいった。

光秀は、一乗谷に戻《もど》った。

一乗谷に戻った翌日のことである。朝、小屋のなかで煮物をしていると、戸を叩《たた》く者がある。

(入門の願い人か)

と期待しつつ戸をあけると、すねが三尺ほどもありそうな大兵《だいひょう》の男が立っていた。

「わしは六角浪右衛門」

薄ら笑いをうかべている。

「お手前は、明智十兵衛殿であるな」

「いかにも」

「当御城下で兵法を教授なさるという噂をきいたが、さきに当地にきて門を張っている拙者のもとには、待てども待てどもなんの御挨拶《ごあいさつ》もない。とうとう待ちかねて拙者のほうからまかり越した。一手、御教授ねがえるか」

「御教授とは?」

「立ちあって頂こうということよ」

試合の申し入れである。

光秀は、内心こまったと思ったが、すぐ笑顔になり、ゆっくりとうなずいた。

「おのぞみのとおりにしよう」

六角斬《ぎ》り

「試合は十三日辰《たつ》ノ刻《こく》、場所は楓《かえで》の馬場《ばば》、よろしいな」

「よろしい」

光秀は、うなずいた。

「検分役はどなたを望まれる」

六角浪右衛門はきく。

「どなたでも結構」

当然なことだ。誰《たれ》、と名指しできるほど光秀は朝倉家の家中の顔ぶれを知っているわけではない。

「されば」

――物頭にて鯖江《さばえ》源蔵殿、天流をおつかいなさる、拙者のほうにて頼みおく、よろしゅうござるな、と六角浪右衛門はいった。

「御念にはおよばぬ」

「当日まで十日のゆとりがある。ゆめゆめお逃げなさるなよ」

浪右衛門がいったのは、むしろ光秀に逃げてほしいというのが本音だったのかもしれない。六角にすれば職業的兵法者の看板の手前、試合を申し入れたものの、どういう結果になるかもわからぬ試合を、この男も好きこのんでしたいわけではなかろう。(逃げよ)と言わんばかりに、十日という、ひどく悠暢《ゆうちょう》な準備期間をかれの側から指定してきたのである。

光秀にも、六角の気持がわかる。

(逃げてしまおうか)

ふと思わぬことはなかったが、ここで逃げて汚名を残せば将来《ゆくすえ》の名にかかわる。

「逃げは致さぬ」

と物やわらかくいって六角を帰した。

その日から七日たった夕、光秀が小屋の前を掃いていると、街道の西のかたに夕靄《ゆうもや》が淡く流れている。その夕靄のなかから、旅姿の男女がこちらに近づいてくるのが見えた。逆光なために、影のように見える。影が茜《あかね》に染まりつつ近づいてきた。

(お槙《まき》と、弥平次ではないか)

妻である。

弥平次光春は、従弟《いとこ》であった。

ふたりは光秀を見つけて小走りに駈《か》けてきた。どちらも、泣きそうな顔をしていた。

……………………

光秀には、そういう名の妻がある。

美濃にいたころ、娶《めと》った。一族の土岐頼定の娘でまきという。於牧《おまき》とも於槇とも書く。ひかえめな性格だが、才智のすぐれた女性として娘のころから美濃では評判だった。小柄《こがら》で器量にもめぐまれている。後年、天下第一の美貌《びぼう》といわれた細川ガラシャ夫人を生む婦人である。

光秀も、生涯《しょうがい》側室といえるほどのものを置かなかったほどにこの妻を愛したが、なにぶん、この夫婦の若いころは世間なみからみれば悲惨といっていい。

婚儀をあげてほどなく道三は没落し、明智氏は新国主の斎藤義竜に攻められ、城は陥《お》ち、当主の叔父は戦死し、光秀は、妻と叔父の子弥平次光春を連れて国外にのがれ、流亡の生活を送らねばならなかった。

食える暮らしではない。

京都の天竜寺に禅道という老僧がいる。禅道はかつて諸国を行脚していたころ美濃明智城に錫《しゃく》をとどめ、三年ばかり城内で暮らしていたことがあり、その縁で、光秀はこの禅道に妻と弥平次の世話を頼んだ。

禅道はこころよく世話をひきうけてくれ、門前の借家にかれらを住まわせ、米塩だけを提供してくれていたのである。

「越前にゆく」

といって光秀が京を出るとき、

「もし越前朝倉家で、しかるべき処遇をしてくれるようになればそなた達を迎えにくる」

と言い残して発《た》った。いつまでも禅道の好意にあまえて居られぬと思う気持が、光秀の念頭をいつも去らない。

(それがなぜいまごろ、この越前に)

不審におもった。来よ、と手紙で申し送ってやったおぼえはないのである。

とりあえず二人を、小屋に入れた。すでに昏《くら》くなっていたが、光秀には燈火の代《しろ》がなく小屋のなかは真暗だった。

「このような暮らしだ。まだまだそなた達を呼びよせられるような事情ではないのだが、いったい、どうしたのか」

お槙が、顔をあげた。

「禅道殿が、遷化《せんげ》なされたのでございます」

「えっ亡《な》くなられたのか」

「それでやむなく」

京を離れざるをえなかったのであろう。お槙は、暗闇《くらやみ》のなかで髪を垂れ、白い顔を伏せている。光秀の眼にはさだかではないが、泣いているのではあるまいかと思われた。

「槙、心を気丈にすることだ。いつかは笑って暮らせるようになる」

「なげいてなぞおりませぬ」

「それならばよい」

光秀はこのお槇を賞讃《しょうさん》したい気持になることがある。美濃にあるときは土岐頼定の姫君として、おおぜいの女奉公人にかしずかれて日を送った。それがいまでは、乞食同然の生活に落ちているが、この妻は愚痴ひとつ言ったことがない。

「はらがすいているだろう。めしにしよう」

と光秀は立ちあがったが、果して米があるのか、心もとなかった。米櫃《こめびつ》をしらべてみると、雑炊にするほどならある。

「わたくしが致します」

と、お槇は立ちあがり、裏口へ出た。小屋に炉がないために煮たきはそとでしなければならない。

弥平次は、機転のきく者だ。松明《たいまつ》をつくり、釣《つ》り竿《ざお》をもってそとへ出た。道中、饑《ひも》じさをふせぐために渓谷《けいこく》をみつけては魚を釣りながら、この越前まできたのである。

半刻ほどして、夕餉《ゆうげ》の支度ができた。

弥平次は松明を土間のすみに据え、その煙と火を唯一《ゆいいつ》のあかりに、三人は鍋《なべ》をかこんで食事をはじめた。

「こんな暮らしもおもしろいな」

光秀がいった。世が世なれば、十兵衛光秀も弥平次光春も、明智の若様である。お槇にいたっては美濃で神格的な尊崇をうけている土岐一族の姫君であった。

「槙、どうだ」

「槙はひもじいことなどすこしも辛《つら》くはありませぬが、御亭主殿と別れて暮らさねばならぬことが淋《さび》しゅうございます」

「考えてみれば」

この若夫婦は、明智落城以来、ともに暮らした月日は二十日ほどもないのではないか。

「もう、離れて暮らせ、とは言わぬ」

「ま」

お槙は小さな叫びをあげた。

「では、槙はここで住んでよいのでございますか」

「ここで」

というお槙の言葉に、光秀は胸を突かれる思いがした。ここで、というが、此処《ここ》は乞食も住まぬような物置小屋ではないか。

「うれしゅうございますわ」

(女とは、そのようなものかな)

光秀は、あやうく涙ぐみそうになるのをおさえて、箸《はし》を動かしている。

食事がおわると弥平次が、

「さきほど川へ降りたときに、よい瀬をみつけておきました。いま一度釣りにゆき、あすの朝の魚を獲《え》てきたく思います」

と、松明をにぎって立ちかけた。

「よいではないか」

光秀が言ったが、弥平次はまだ前髪をのこした顔をにこにこさせて、

「好きなのです」

と、出てしまった。後年、光秀の部将として坂本城の湖水渡りなどという、さわやかな武《ぶ》辺譚《へんだん》をのこすこの若者は、そのような勇将になるとは思えぬほどに、おとなの心の機徴を知りぬいたような感受性をもっている。

「妙な思いやりをするやつだ」

あとで、光秀は苦笑した。弥平次の、若い夫婦を二人きりにしてやりたいという思いやりが、光秀の胸にもひびいている。

その意味を知ってお槙は、暗闇のなかで赤くなった。

「こどもだとばかり思っていたが、いつのまにか、あんな出すぎた心づかいをするやつになっている」

「でも」

お槙の眼には、まだまだ少年に映っているらしい。

「子供っぽうございますよ、お齢《とし》よりも。道中をしていても、魚を獲《と》ったり鳥を刺したりすることばかりに執心で、わたくしを置きざりにしたまま森や川に入って、日が暮れそうにな

っても出て来ぬことが多うございましたわ」

「すると、いまのもごく無邪気にそうしたのかな」

光秀はお槇を抱きあげ、寝わらの上まで運んでゆき、そっと藁《わら》のなかに埋もれさせた。

お槇の小さな顔を両掌《りょうて》でかこい、かがみこんで唇《くちびる》を吸ってやった。

そこまでは、たがいに貴族育ちらしいつつしみも抑制もあるふるまいだったが、お槇がたまりかねたように夫の首の根にかいいなを巻きつけたときから、光秀の呼吸が物狂おしくなった。

「お会い致しとうございました」

とお槇があえいだ。わらのなかでお槇の白い脛《はぎ》が、ゆるやかに、むしろ典雅なほどのゆるやかさで動きはじめたとき、光秀にはもういつもの彼がいない。ただひたすらな身動きを、お槇のなかで果たしつづけた。

刻《とき》が経《た》ち、光秀はお槇をおこしてやり、その長い髪を指でといてわらくずを落してやった。

ふたりは、土間にもどった。

「もっと早くきくべきであったが、京では患《わずら》わなんだか」

「一度、風邪をひきました」

やくたいもない夫婦の会話がつづいたあと、ふと光秀は、

「おれは野心を、しばらく縮めたい」

といった。光秀にすれば、できれば朝倉家の軍師になり、窮乏している将軍家と結びつけ、

朝倉氏執権のもとで足利《あしかが》幕府を再興するということであったが、いざこの一乗谷にきてみて、一足とびに朝倉氏軍師という高い立場が得られそうにないことがわかってきている。

「かといって軽い身分で仕官をしてしまえば、石高相応の軽い評価しか得られなくなるおそれがあり、そのことで悩んでいた」

しかしお槙と弥平次がこうして来てしまった以上、いつまでも小屋ずまいのその日暮らしでは済まされない。だから高望みは捨て、暮らしにそこそこの知行を取れるならば取ってみたい、と光秀はいった。

「あの……」

お槙は、眼をあげた。自分が越前にきたことは光秀にとってやはり邪魔だったのか、という意味のことを、声の表情でいった。

光秀には、感じとれたらしい。

「ちがう」

と否定した。が、すぐ、

「男を酔わしめるものは、胸中に鬱勃《うつぼつ》と湧《わ》いている野望という酒だ。わしはつねにその酒に酔ってきた。いまも酔っている」

と、関係《かかわり》のないことをいった。

「しかし」

光秀は、話題にもどった。

「酒に酔うだけでは人の世はわたれぬということを、近頃《ちかごろ》、やっとわかってきた。男はお槙、妻子を養わねばならぬ」

（まあ）

お槙は笑いだした。こんな簡単なことを、諸国流浪のあげくやっとわかったというのは、やはり、苦労知らずな育ちのせいかもしれぬ。

（というより）

この亭主殿のえもいわれぬよいところであろうと、お槙はおもうのである。

「おれはじつは、数日後に、兵法《ひょうほう》の試合をせねばならぬ。負ければ死ぬ」

「えっ」

「おれはな」

光秀は、他人事《ひとごと》のようにいった。

「逃げようか、と思っていた。この越前一乗谷をだ。他愛《たわい》もない兵法者と打ち合いをして落命するには、この明智光秀が惜しすぎる」

「お、おやめなされませ」

「左様、しかしそなたがここへ来た。退転する気は消《う》せたわ」

「わたくしが来たために？」

なぜでございますか、わたくしが、もしお志の邪魔をしているならいまから京へ帰ります
る、とお槙がせきこんでいうと、

「いやさ、そうではない。そなたが来たことによって、わしは力いっぱい、その兵法者と打ち合ってみる気になった。打ち合って勝てば、朝倉家のほうでわしを見捨ててはおくまい。二百石か三百石、その程度の物頭に取り立ててくれるはずだ」

それも妻をして飢えさせぬためだ、そのために戦うことも男の栄光の一つだということがわかった、と光秀はいうのである。

(そのような卑賤《ひせん》の兵法者づれと)

お槙は、この場合どのようなことを光秀にいっていいかわからない。

お槙は、光秀の少年時代の、美濃明智郷ではほとんど神話的にまでなっている逸話を、胸の痛むような思いでおもいだした。

光秀の十二、三歳のころだ。

その夏、城のそばの河であそんでいて、葦《あし》の根に大黒天の木像が流れついているのを見つけ、城にもち帰った。

明智城の若侍たちが、

「大黒天を拾えば千人の頭《かしら》になる、という言い伝えがございます。若君様はかならず、御出世あそばしましょう」

と言うと、光秀はだまって鉈《なた》をもち出し、その大黒天を打ちくだいて火中に投じてしまった。

叔父の光安、つまり弥平次の父がこれをきいてよろこび、

「よくぞやった。さすが亡き兄の子だ。将来、万人の頭になり、大名《たいめい》をあげるであろう」

とほめると、光秀は冴《さ》えぬ顔をした。万人の頭、ということさえ、かれには不満だったのである。

(それほどのお人が、兵法者づれとたかが刀技を争うために命を賭《か》けねばならぬとは)

光秀の不遇と逆境をおもうと、お槙はどういう言葉でこれに酬《むく》いていいかわからない。

光秀の剣技そのものに対しては、お槙はふしぎと不安の気持がなかった。

槍術《そうじゅつ》と兵法は、明智城に流寓《りゅうぐう》していた中村閑雲斎《かんうんさい》という者が、光秀の幼少のころから付きっきりで教授し、長じてからは、閑雲斎でさえ敗れた西国牢人《ろうにん》の中川右近《うこん》という兵法者を、光秀は師匠にかわって稽古《けいこ》槍《やり》で立ちむかい、一合《いちごう》して相手の咽喉仏《のどぼとけ》を砕いている。

「だいじょうぶでございましょうか」

お槙が念のためにいうと、

「だいじょうぶだ」

とは光秀はいわない。着実な、実証的な思考を好むこの男は、その種の景気のいい法螺《ほら》がいえないのである。

「勝負は、そのときの運とそのときの気だ。腕など、二ノ次といっていい。それゆえわしにはなんとも言えぬ」

「——でも」

「案ずることはない。六角浪右衛門なる兵法使いを倒しても本来なにもならぬが、この際は、わしが食えるか食えぬかにかかっている」

自然、必死の気組がある。その点、防衛する側の浪右衛門よりも利があろう、と光秀はいうのである。

試合は、詳述してもつまらない。

光秀は握《にぎ》り太《ぶと》の黒木《くろき》一本をぶらさげ、その刻限、楓《かえで》の下に立っている。

南側の幔幕《まんまく》のかげから、浪右衛門が四尺ばかりの木太刀をもってあらわれた。

ゆったり歩み寄ってくる。

その腰のさま、歩の運びよう、眼のくばりなど、さすがに尋常でない。

(おれよりも、技倆《わざ》はすぐれている)

と光秀は見てとったとき、いきなり自分の黒木の棒をすて、

「真剣で参ろう」

と、地を三歩、欛《つか》に手をかけたまま歩み寄った。

真剣、ときいて浪右衛門には意外だったらしい。無用のたじろぎが、その眼に出た。

心に、混乱がある。

が、意を決して四尺の木太刀をすて、欛に手をかけたとき、光秀が飛びこんだ。

浪右衛門の刀がすでに鞘《さや》をはなれ、光秀の頭に及んでいたが、光秀の抜刀はそれよりも早

く袈裟《けさ》に一閃《いっせん》し、浪右衛門の右高胴《みぎたかどう》ににぶい音を立てていた。

瞬間、光秀は飛びちがえ、十数歩走ってふりむき、刀をおさめた。浪右衛門は死んでいる。

堺《さかい》と京

さて、信長のほうである。

このとし永禄《えいろく》四年の正月、信長は清洲《きよす》城で新春の賀宴を張ったあと、

「すこし酔った」

と、つぶやきながら立ちあがり、奥へ引っこんでしまった。

――殿は酒にお弱い。

ということを広間に居ならぶ家臣どもは知っている。たれも怪しまなかった。

信長は、廊下をひどくゆるゆると渡ってゆく。

右手の庭の苔《こけ》に昨夜の雪が消え残っている。臥竜梅《がりょうばい》に、蕾《つぼみ》がほころびかけていた。桜樹もある。

むろん枝はまだ春寒に堪えていて、蕾にはよほど間があろう。

(亡《な》き舅《しゅうと》の道三は、桜が好きであったたな。あれほど桜の好きな男もめずらしかった)

ふと、そんなことをおもった。

（道三は、物好きな。——）

と、そんなことを思ったのは、尾張であれほど阿呆《あほう》あつかいにされていた自分を、奇妙なほどに愛し、器量をみとめ、ついにはその死にのぞんで、

「美濃一国をゆずる」

という譲状《ゆずりじょう》さえあたえてくれたのである。

（せっかく道三から美濃の譲状をもらっていながら、なおまだ一片の紙きれにすぎない）

新国主の斎藤義竜が、意外なほど美濃侍の信望を得ていて、容易には美濃に攻めこめそうにないのである。

（道三の仇《かたき》を討たねばならぬ）

とおもいつつも、月日が過ぎている。

空《むな》しく過ぎているわけではない。その間、桶狭間《おけはざま》（田楽《でんがく》狭間）に進襲して今川義元を討ち、東方からの脅威をのぞいた。

（あとは北方の美濃への進攻だ）

と思うが、まだまだそれだけの自信はなかった。

妙な男だ。

動けば電光石火の行動をするくせに、それまでは偵察《ていさつ》、政治工作のかぎりをつくし、万々《ばんばん》負けることはない、という計算が確立してからでなければ、この男は容易に手を出さないのである。

「機敏」

という文字に臓腑《ぞうふ》を入れて作られたような男であるくせに、「軽率」という類似性格を置きわすれてうまれついている。

が、宴席を脱け、廊下を渡っている信長は、べつだん、道三への懐旧の情にひたろうと思ってそうしているのではなかった。

奇想を思いついた。

だから家臣団の目の前を去ったのである。

(清洲のこの城から消えてやろう)

と、いうことを思い立ったのだ。

やがて濃姫《のうひめ》の部屋に入り、

「お濃よ、膝《ひざ》を貸せ」

と、それを枕《まくら》にごろりと寝ころがった。目をつぶり、思案をしはじめた。

「おねむいのでございますか」

「眠いといえば、いつも眠いわ」

うるさそうに手をふった。だまって居よ、という合図である。やがて、

「お濃よ、三十日ばかり、おれが城から居なくなっても騒ぐな」

「騒ぎませぬ」

「奥で風邪をひいてひきこもっている、と侍女《おんな》どもにはそう申しておけ。おんなどものうち、

心確かな者にだけは明かしておけ。おれはしばらくなごやの城に居ると」

「なごやの城に渡《わ》らせますするのでございますか」

「聞くな」

余計なことは、というふうに信長は目をあけ、下から濃姫をみた。

すぐそのあと信長は茶亭にふたりの家老をよんだ。

柴田《しばた》勝家《かついえ》と丹羽《にわ》長秀《ながひで》である。

「京へのぼる」

と、いきなりいったから、二人とも身をのけぞらせて驚いた。

「なにを仰《おお》せられまする。四面敵にかこまれ、国中にもなお殿に服せぬ者がいると申しますのに、京へなどと」

「堺へもゆく」

信長は、命ずるだけである。

「権六《ごんろく》（勝家）は城に残って留守を治めよ。五郎左（長秀）は供をせい。供は平服、行装《こうそう》はめだたぬように。田舎小名《いなかしょうみょう》が都見物にでもゆくようにこしらえるのだ。人数は八十人を超えてはならぬ」

「いったい、なんの目的で京や堺に参られるのでござりまする」

「見物だ」

例の叫ぶような口調でいった。それっきり口を噤《つぐ》んだ。

「シテ、御出立は？」

「いまからだ。馬に鞍《くら》をおかせておけ」

ぐずぐずすれば雷が落ちる。柴田と丹羽は跳ねとぶようにして消えた。

（京にいる将軍に会いたい）

それが目的の一つ。

（堺で、南蛮の文物《ぶんぶつ》を見たい）

それが目的の二つ目である。

むろんかれを駆りたてているエネルギーはこの男の度外れて烈《はげ》しい好奇心であるが、その好奇心を裏付けているずっしりとした底意もある。他日、天下を取るときのために中央の形勢を見、今後の思考材料にしたいのだ。

時期はいい。

人が屠蘇酒《とそざけ》に酔っている正月である。それに今川氏からの脅威が消滅したいま、この束《つか》の間の安全期間中を利用するしかない。


夜陰、清洲城を騎乗《うまのり》二十騎、徒歩《かち》六十人の人数が風のように去り、無名の海浜から船に乗り、伊勢へ渡った。

伊賀を駈《か》けぬけ、大和に入り、葛城《かつらぎ》山脈をこえて河内に出、羽曳野《はびきの》の丘を越えて和泉《いずみ》に入り、ついに堺の口に出た。

「これが堺か」

信長は馬をとどめて、前面の天を劃《かく》する一大都城の景観を見た。

まるで南蛮や唐土《から》の都市のように、町のまわりに濠《ほり》をめぐらし、土塁をきずき、その土塁の上には巨木を惜しげもなく使って柵《さく》を組みあげている。

(都市《まち》そのものが城なのだ)

日本の富はここに集まり、政治もことごとく町衆の自治でおこなわれている。諸国の武将も堺には兵を入れることができず、まして町中で戦争はおろか、喧嘩《けんか》口論をすることもできない。仇敵《きゅうてき》の仲といった武士なども、剣をぬいてたたかうためには都市《まち》の門を出てからでなければならない。

他の地方で交戦中の大名たちも、たまたまこの堺で顔をあわせれば友人のごとく談笑するのが普通、とされている。

「ベニス市のごとく市政官によって治められている」

と、信長がこの堺へきた年、やはりここを訪れた宣教師が報告している。

富商の多くは海外貿易を業としているため牢人《ろうにん》をかかえて兵士とし、船に乗りこませて海賊と戦う。それらの傭兵《ようへい》が町にあるときには、この自由都市の富と自治を守るための警備軍になっている。

「五郎左、十騎のみわしに従って入れ」

と信長は命じた。八十人もの侍を市中に入れることを堺は嫌《きら》うであろうと思ったのである。七十人は市外に分宿させた。

信長は蹄《ひづめ》をとどろかせながら濠にかかった板橋を渡り、大門へ入った。この門は日没後にとざされ、内側から巨大な吊錠《つりじょう》がおろされる、ということを信長は聞き知っている。

市中に入ると信長は馬を降り、徒歩になった。町並の華麗さは、尾張の田舎衆どもの目を奪うばかりであった。

信長は、宿場町に泊まった。妓《おんな》がいる。酒もある。酒は、客が望めば、赤や黄の南蛮酒も出した。

調度も唐風、南蛮風などがふんだんに用いられ、日本にいる思いがしない。

信長は、天性、伝統的な古くささがきらいで、新奇な文物を好む性質があったから、たちまち南蛮の品々のとりこになった。

翌日、商家の店さきをのぞきつつ、かれらが如何《いか》にしてこれほどの富を得たかを知ろうとした。

海外との交易である。

（かほどまで富が集まるものか）

交易というもののふしぎさに感嘆した。

ついで、港に出た。

唐船がいる。城のような南蛮船も、港の内外に碇《いかり》をおろしている。

「あの舷側《ふなばた》の大砲《いしびや》数の多さを見よ」

と、信長はとうとう声を放っていった。

港のあちこちを、絨製《じゅうせい》の衣服で身をまとった南蛮人がうろうろしている。

「あれらに餅《もち》をやれ」

と、信長は丹羽長秀にいった。

丹羽長秀はやむなくかれらを信長の前にあつめ、地に片膝《かたひざ》をつかせ、命ぜられたとおり餅をくばってやった。

南蛮人は、餅を掌《てのひら》にのせ信長を見あげながらひどく当惑している。

「汝《わい》らの国は遠いか」

信長は、突き刺すようにきいた。

言葉が通ぜず、南蛮人たちは首を振るばかりであったが、そこへかれらの船の通訳をしている唐人（中国人）がやってきて、信長とのやりとりを通訳した。

「ときに一年も海上に浮かばねばこの港市《まち》に来ることができませぬ」

「ほう」

信長は、かれらの驚嘆すべき冒険精神とそれを駆り進めている野心の壮大さに目をあらわれるような心地がした。

（おれも左様であらねばならぬ）

とチラリと思いながら、なおも、彼等の国の模様、政体、風俗などをきいた。

信長は数日、堺に滞在した。堺は、かれの気宇と世界知識を育てるための学校の役割りをはたしたであろう。

それまでの信長にとっては、

――日本を制覇《せいは》する。

ということは途方もなく大きな望みのように思われたが、この町の華麗な潮風に吹かれてみると、日本制覇などはひどく小さな野望にすぎぬようにおもわれはじめた。というより、

「日本制覇」

という概念が、この若者の空想のなかからぬけ出して、あたりまえの、ごく現実くさい志望としてかれの心に定着した。

数日たった朝、信長は堺を去るべく南荘の大門を出、そこに待っていた供の人数をひきつれ、街道を北にとった。

「殿、もはや国をお留守になされてずいぶんと相成ります。道をいそいでお帰りあそばさぬとどのような大事がおこっているやも知れませせぬぞ」

「京へのぼるのだ」

信長は馬を打たせてゆく。

京で、将軍の義輝の寓居《ぐうきょ》を訪ね拝謁《はいえつ》を乞《こ》いたい。これは堺で膨《ふく》らませた日本制覇への野望を現実化するための輝ける下調査なのだ。将軍と面識を通じておき、他日近国を切り取って実力を備えたとき、一挙に京にのぼって将軍を戴《いただ》き、その御教書《みぎょうしょ》によって、自分に従わぬ諸国

の大名を打ちたいらげねばならぬ。堺の夢と京の現実、このふたつを見て肝に銘ずることが、こんどの信長の旅行の二大目的であった。京にはのぼらねばならぬ。

京に入ると、信長は二条にある日蓮宗《にちれんしゅう》の寺院に宿をとり、義輝将軍に使者を出した。

義輝は、居館がない。

ちかごろは足利家歴代の菩提寺《ぼだいじ》である等持院《とうじいん》に仮寓《かぐう》しているが、いつどこから義輝の命を狙《ねら》う大名が押し寄せて来ぬともかぎらぬため、寺では、

――そんな巻き添えを食って焼かれてはかなわぬ。

と思い、義輝の滞在を迷惑がっている現状だった。

信長の家来が訪ねてきたとき、将軍側近の若い細川藤孝《ふじたか》が応対した。

「目通りを許す、とおおせられておる」

と、藤孝は答えて使者を帰した。田舎の大名がのぼって来れば手土産の金品を置いてゆくであろうし、朝廷への官位昇格の奏請権を将軍はにぎっているから、もしそれが希望ならばいくばくかの冥加金《みょうがきん》もとれるのである。来訪は決して迷惑ではない。

信長はきた。

室町《むろまち》風の礼式どおり信長はふるまい、はるかにシキイをへだてて将軍に拝礼した。

「織田上総介《かずさのすけ》でござりまする」

と、将軍側近の者が、はるか下座に平伏している信長を紹介した。

将軍義輝は、わずかにうなずいた。

数えて二十六歳の若者である。色黒く顔長く、眼光に異彩がある。傑物の相《そう》ともおもわれぬが、首筋ふとく腕たくましく、信長が想像していた日本最高の貴族という印象からほど遠かった。

当然なことで、義輝はいま流行《はやり》の兵法きちがいで朝夕木刀をふるい、塚原卜伝《ぼくでん》からその奥義を皆伝されるまでになっている。

信長は無口な男だ。

将軍も当然、無口である。

拝謁はそれっきりでおわり、あとは別室で休息し、細川藤孝から懇切なもてなしをうけつつ、等持院を去った。

その夜、藤孝が信長の宿所にやってきて丹羽長秀に会い、

「お耳に入れておきたいことがござる」

と、意外な事実を教えた。

美濃の斎藤義竜からも家臣団が京にのぼっていて、数日前、将軍への贈りものを持ってきたという。それだけではない。

「噂《うわさ》では」

信長の上洛《じょうらく》をかれらは知っており、京で待ち受けて刺殺する密計だというのである。

細川藤孝はよほど織田家に好意をもっているらしく、斎藤家の家臣団の宿所まで教えて辞し去った。

さっそく丹羽長秀が信長に言上すると、

「デアルカ」

と、例の口癖でうなずいたきりである。

しかし夜明け前、信長はにわかに出発を命じ、路上に出、

「美濃の刺客どもが泊まり居る旅宿にゆく」

と寺僧を道案内に立たせた。

二条西洞院《にしのとういん》の臨済寺まで寺僧が案内してきたとき夜が明けた。

「寺をかこめ」

言うなり信長はただひとり、鞭《むち》をもって寺の門を入り、小僧をよんで彼等の宿所の庫裡《くり》に案内させた。

美濃衆は、庫裡のなかの三室ばかりを借りきって、いま床を離れたばかりであった。

まだ床のなかにいる者もある。

手洗《ちょうず》に立った者もあった。

信長は土足のままズカズカと室内に入り、仁王立ちに立って、

「身は、上総介である」

と、大喝《だいかつ》した。

室内にいる十二、三人の美濃侍どもは、この瞬間ほどおどろいたことはないであろう。みな跳ねあがって居ずまいを正し、その場その場で不覚にも平伏してしまった。

「巷間《まち》の噂では、そのほうどもは義竜の密命をうけて身を害せんとしているときく。王城の地にあって、不埒《ふらち》のふるまい」

金を斫《き》るように鋭い声である。

「左様なことがあっては差しゆるさぬぞ」

彼等が頭をあげたときは、信長の姿はもう無かった。あわてて剣をとりに走る者、信長のあとを追って廊下を駈け出す者など騒然となったが彼等が二度目に信長を見たときは、信長が、背をむけて山門を出ようとしているところであった。

ふりむきもしない。

やがて門前で馬蹄《ばてい》のとどろく音が聞こえ、それが北へ消え去った。

信長は、尾張清洲へ帰った。

「信長が、ひそかに将軍に拝謁した」

という報《し》らせを、越前一乗谷の明智光秀が京の細川藤孝の手紙で知ったのは、北国の雪が解けようとしているころであった。

(尾張の信長が？)

従妹の濃姫の婿《むこ》だけに、光秀がつねにその名を意識の一隅《いちぐう》に入れている相手である。

(あの男にも、京に旗を樹《た》てる野望があるのか)

嘲笑《あざわら》って笑い捨てたい気持と、有能な競争相手に対する軽い嫉妬《しっと》、

（あるいは道三殿が申したように、意外な器量の持ちぬしかもしれぬ）

というあらためて見直してみたい気持と、複雑にいりまじった感慨を味わった。

浮　沈

六角浪右衛門との兵法試合に勝ちはしたが光秀の人気はいっこうに騰《あが》らなかった。

「食い詰め牢人《ろうにん》がふたり、楓《かえで》の馬場のすみで試合をし、一人が斃《たお》れ、一人が生きのこったそうな」

そんな程度の反響である。なんということであろう。

（これは意外な）

と、光秀も思わざるをえない。六角も光秀も命を賭《か》けて試合をしたのはおのが人気を得るがためだ。これでは死んだ六角でさえ浮かばれないではないか。

（六角もいい面《つら》の皮だ）

光秀は、あばら家のなかで思案にのめりこんでしまった。あれこれと理由を考えてみたのである。

まず。朝倉家は、越前の老大国である。なるほど五代前の朝倉敏景《としかげ》は近隣を切りとって覇《は》府《ふ》を一乗谷に置き、家憲をさだめ、軍法、人材の登用法、武器の選択法、それに衣服、調度、放鷹《ほうよう》、猿楽《さるがく》などの日常の暮らしや娯楽にいたるまでの項目にわたって朝倉家の運営の基本方針をのこした。このころの朝倉家は、北国の太陽ともいうべき、かがやかしい存在だった。

それから五代経《た》っている。当主義景《よしかげ》は凡庸であり、重臣は偸安《とうあん》の暮らしに馴《な》れ、家臣団は安泰そのものの秩序のなかでねむっている。

(驚かぬのだ)

と、光秀はおもった。物に驚くという、若々しさと弾みにみちた精神をこの一乗谷の人々はうしなってしまっているのである。

(さればこそ、ふたりの牢人が兵法試合をして一方が勝ったということも、乞食《こじき》の喧嘩《けんか》程度にしかみていないのであろう)

朝倉一乗谷という老朽した社会そのものの感受性が、老人のようににぶくなっている。こういう城下でいかにあがいてみたところで、

――一躍名をあげる。

という牢人の夢は遂げにくいであろう。

もっとも、光秀のかすかなる名声をききつたえて入門して来る者もある。数人にすぎなかった。

それも、足軽かせいぜい足軽組頭、それに陪臣《ばいしん》といった雑人《ぞうにん》なみの連中ばかりで、このような門人を土台にして朝倉家に驥足《きそく》を伸ばすというようなことは一場の滑稽《こっけい》ばなしにすぎない。

かつ、かれらに刀術、槍術といった闘技を教えはしたが、光秀が真に教授したいと思っている戦略戦術の学問をかれらに教えるわけにはいかない。足軽に大将の軍略を教えたところで仕方がないではないか。

生活も、窮迫した。

なぜといえば、光秀はかれらから教授料《そくしゅう》をとらなかった。とればただの牢人師匠になりさがってしまう。ただでさえこの谷の尊大な人々は、光秀を、

——食い詰め者よ。

とみている。光秀は、かれの気位を維持するためにはたとえ餓死しようとも教授料はとれぬと覚悟していた。

それでも、なにがしかの米塩は、たれが持ってくるともなしに家に入る。それに、お槙《まき》が土岐一門の姫君あがりにしては工面が上手であったし、従弟の弥平次も、山に猟に行ったり川で魚介を獲《と》ったりして働くため、なんとか食いつないでゆくことはできた。

そこへ光秀が病気になった。

風邪がこじれたらしい。熱がとれず、食も細くなり、みるみる瘦《や》せ衰えてしまった。肋膜《ろくまく》炎《えん》のようなものであったろう。

「それがしが代わって教授をつとめまするゆえ、ご安心して御療治くだされ」

と弥平次が甲斐《かい》々《がい》しく言い、光秀に学んだ兵法や槍術を門人に教えたが、門人のほうでは、

——代稽古では。

という不満があって足が遠のき、ついに一人も来なくなった。

例の越前長崎、称念寺のそばに考庵《こうあん》という在郷《ざいごう》で知られた医者がいる。光秀とは多少の面識があり、わざわざ一乗谷に見舞にきてくれたが、その考庵が脈をとって、

「これはいかん。早々にそれがしの家の近所に引越されよ。薬代などは要りませぬゆえ、わが一心をもってなおしてみせまする」

と申し出てくれた。

光秀は一乗谷を去り、その郊外の長崎に移って称念寺の門前で小さな家を借りた。

(なんと運の悪《あ》しきことよ)

と思わざるをえない。

美濃を去ってから諸方を廻国修行し、足利家の若い幕僚である細川藤孝とも莫逆《ばくぎゃく》の契《ちぎ》りをむすび、たがいに幕府再興をはかろうとちかいあって彼は越前朝倉家にきた。義景を説得して京に兵を出させ、その軍事力と富力をもって義輝将軍を押したてて貰《もら》わんがためであった。その野望たるや、平原の天にかかる虹《にじ》のように壮大華麗といっていい。が、現実は、朝倉家の家老にさえ近づき得ず、さらには一乗谷をさえ離れ、その草深い郊外で病熱と貧窮とに打ちひしがれている。

従弟の弥平次にしてもそうだ。光秀はつねづね弥平次に、

「わしが他日、大軍の采《さい》をとる身になったあかつきは、そちは家老筆頭になり、一城を守り、

大領の鎮撫《ちんぶ》もし、いざ合戦のときにはわしにかわって一軍の指揮もせねばならぬ。そのときになって器量不足をなげかぬよう、素養を積むことを怠ってはならぬぞ」

と言いきかせているのだが、現実の弥平次は、素養を積むどころか、近郷の百姓にやとわれて行っては、畑打ちや草取り、縄《なわ》ないなどをして、わずかな玄米《くろごめ》をもらって帰ってくる。

お槙もそうである。

医師の考庵があるときお槙に耳打ちして、

「十兵衛殿の病いに効く薬は一つしかござりませぬ。申しかねるが、朝鮮人蔘《にんじん》でござる」

一匁《もんめ》が黄金一両という、とほうもない高貴薬である。

が、お槙は金を工面し、人蔘を買い、光秀にすすめた。光秀が病床から仰ぐと、お槙は寒《かん》念仏《ねんぶつ》の尼がかぶるような白麻の炮烙頭巾《ほうろくずきん》をかぶっている。

（髪を売ったのか）

と、光秀は気づき、この暮らしの悲惨さに慟哭《どうこく》したい思いがした。

（壮夫の貧はむしろ凛冽《りんれつ》としている。しかしその壮夫も妻をもち子をなし、その家族が貧に落ちるとき、もはや凛冽たる気は保てぬ。本当の貧が、志、気節をむしばみ、ついにただの貧夫になりさがってしまう）

とおもった。そういうとき、

（かならず他日、天下を取ってやる）

という思い以外に、この惨状のなかで自分の精神の毅然《きぜん》とした姿勢をまもる手はなかった。

光秀は、気持がみじめになればなるほど、そのことを想《おも》った。念仏僧が念仏をとなえ西方浄土の阿弥陀如来《あみだにょらい》を欣求《ごんぐ》する気持に似ている。弥陀の御名を唱えつづけるようにそのことに憧憬《あくが》れ、そのことを念じ、そのことを成就《じょうじゅ》できる道を考えつづけた。

一年で、病いは去った。

が、まだ病後の衰えが回復せず、本復とまではいかない。

そのとき、越前に戦雲がおこった。

越前の隣国は、加賀である。

加賀はもともと富樫《とがし》氏が守護大名で、二十三世五百年あまりもつづいてきていた。

富樫氏というのは、勧進帳《かんじんちょう》に出てくるあの富樫氏である。「平家物語」には富樫入道とあり、「義経記《ぎけいき》」には、義経《よしつね》主従の道行をえがきつつ、

加賀の国の富樫と言ふ所も近くなり。富樫ノ介《すけ》と申すは、当国の大名なり。

とある。

その伝統のふるい加賀大名の家も、この物語の前編の主人公斎藤道三のうまれる数年前にほろび去っている。

ほろぼしたのは、宗教である。浄土真宗をとなえる本願寺の門徒が一揆《いっき》をおこし、加賀の地侍と連合して富樫氏をほろぼした。

以後七十数年、加賀一国には統一大名がなく、地侍と本願寺僧侶《そうりょ》、門徒の三者合議によってなる一種の共和国家のようなかたちになっている。本願寺国家といってもいい。

この加賀本願寺国家も、つねに内部分裂や能登《のと》、越後、越前などとの交戦をくりかえして七十余年は決して安泰ではなかったが、とにかく後に信長の本願寺征伐まではこの「共和体制」はつづく。

「共和」といっても複雑なものだ。地侍がたがいに権力をのばそうとして国中がまとまりにくく、その間、さまざまな野心家が出ては消えている。

当節、加賀に、

坪坂伯耆《つぼさかほうき》

という者がいる。

加賀の石川郡鶴来《つるぎ》の地侍で、天才的な戦術家であり権謀家でもあり、にわかにこの「共和国」のなかで勢威をふるいはじめている。

売り出し中といっていい。

坪坂は、国内で権力をにぎるには野戦司令官として外征し、国外で勝つことによって国内での名声を確立しようとしているらしい。

「その坪坂伯耆が越前へ来襲する」

ときこえたのは、永禄《えいろく》五年の初秋で、しきりと間者を一乗谷付近に出没させていたが、いよいよ兵をひきいて国境付近を掠《かす》めはじめたのはこの年の九月であった。

「坪坂伯耆といえば智勇北陸道に冠絶した男だときいている。朝倉家はどうするか」

と、光秀は、称念寺門前の陋居《ろうきょ》にあって人のうわさをしきりと聞きあつめていた。

いよいよ出兵という。

言うほどに、朝倉義景は、家老朝倉土佐守に四千の兵をあたえ、みずからも一千の後詰《ごづ》めをひきい、加賀・越前の国境にちかい加賀大聖寺城《だいしょうじじょう》まで出陣して、そこに本陣をかまえた、という話をきいた。

「お槙、弥平次、秋《とき》はきたぞ」

光秀は弥平次にいそぎ旅支度をさせ、槍一筋、白扇一本をもって称念寺門前の陋居をぶらりと出た。

北へ。

大聖寺へゆく。

九頭竜川《くずりゅうがわ》をわたると国境への道は、朝倉勢の荷駄方《にだかた》の往来で混雑していた。

光秀は大聖寺に入ると、朝倉の本営付近に宿をとり、敵味方の様子を観望した。

敵の坪坂伯耆の人数は意外にすくなく、わずか千五百人だという。

朝倉勢は、五千である。

が、朝倉の陣中では敵の坪坂伯耆の作戦能力におびえ、士気があがらない。それに坪坂伯耆のひきいる加賀門徒兵は念仏信仰でこりかたまった決死の猛兵で、カブトの内側に南無阿弥陀仏の名号《みょうごう》を貼《は》り、

進めば極楽
退《ひ》けば地獄
という、宗祖親鸞《しんらん》も言った覚えのない奇妙な信仰をもっている。戦場で進む者のみが極楽で往生し、退却する者は地獄に堕《お》ちる、というこの時代の本願寺の出先僧侶が考案した非親鸞的な俗信であった。この信仰のもとに戦場を馳駆《ちく》するため、五千の朝倉兵は、少数の加賀兵に戦慄《せんりつ》し、前哨《ぜんしょう》戦ではことごとく破れていた。

（あすはどうやら決戦があるらしい）

という夜、光秀は弥平次をつれて最前線へ忍び入り、闇《やみ》にまぎれて敵陣に接近し、地に耳をつけて人馬のざわめきを聴いたり、前方の闇を見すかして異変を見わけようとしたりしていたが、やがて、

「坪坂はあすは朝駈《あさが》けする、な」

と、つぶやいた。

やがて田畑や山林を横ぎって大聖寺にもどり、威儀をただして朝倉の本営を訪ねた。

軍営の門で朝倉の人数にとらえられたが、

「決して怪しい者ではござらぬ。美濃明智の出の者にて明智十兵衛光秀と申す者。朝倉土佐守殿に謁《えつ》を乞《こ》いたい。火急に申しあぐべきことがござる。御陣存亡の急に関することでござるぞ」

と、凜乎《りんこ》といった。兵は気押《けお》されて順をふんで朝倉土佐守まで取り次いだ。光秀は、陣中

によばれた。

　陣中を歩きながら、

（これはこのままでは朝倉の負けじゃ）

　という確信を深めた。陣中が弛《ゆる》みにゆるんで、諸陣との連絡もわるく、どの陣幕の中、陣小屋のうちも、士卒が眠りほうけている。未明に坪坂伯耆に奇襲されれば、たちまちに混乱し、ひとたまりもないであろう。

　朝倉の家老土佐守は、光秀を引見した。

　縁の下にすわっている光秀を見て、

（わが屋敷の門前の小屋にて武芸、学問を教授しておった美濃牢人とはこの男か）

　と、そのことをやっと思いだした。なんぞ申し立てたきことがあるのか——と土佐守は尊大にきいた。

　光秀は沈毅《ちんき》な表情をつくって、

「御陣の危急がせまっておりまする」

　明朝、陽《ひ》の昇るまでに坪坂伯耆は全軍をもって奇襲してくるであろう、と光秀は言い、相手の反応を見るためにしばらく沈黙した。

「加賀勢が朝駈けを？」

「左様」

「なぜそのようなことがわかる」

(馬鹿《ばか》な。兵学の初歩ではないか。それをも気づかずにのったりと眠りをむさぼろうというのは、どこまでこの家は阿呆《あほう》にできていることか)

敵は寡兵《かへい》である。すでに両軍は五里の間にまで接近している。敵が寡をもって衆を破ろうとすれば夜討か朝駈けしかないではないか。そのうち夜討のうごきは光秀が偵察《ていさつ》したところではまず無い。とすれば朝駈けである。坪坂伯耆が智将ならば当然やるであろう。

が、兵学というものは、右のような理をもって説けば有難味《ありがたみ》がうすくなるものだ。とくに朝倉土佐守のような庸人《ようじん》に対しては、である。光秀はこういった。

「お疑いとあらば、高楼におのぼりくださりますように」

といった。

土佐守は、手まわりの人数をつれて櫓《やぐら》の上にのぼり、敵陣の方角を遠望した。

闇である。

星がわずかに見えるほか、何もみえない。

「これなる方角が」

と、光秀は漠々《ばくばく》たる闇の一角を指さした。

「加賀の陣でござる。その御幸塚《みゆきづか》の東の天に月の暈《かさ》のごとき茫《ぼう》っとしたる赤気《せっき》が立っているのがみえませぬか。見えましょう」

「見えぬ」

「凡眼では見えませぬ」

とは、光秀はいわない。兵書によれば敵陣に赤気が立つときは朝駈けの兆《きざし》、という旨《むね》をつつましく言い、

「なおなおお見つめくだされ。御覧になれるはずでござりまする」

土佐守は、なおも見つめているうちに光秀がかけた暗示のせいか、なにやら赤い気がたちのぼっているようにもみえる。

「見えた」

「されば御用意をなされませ」

備えをして悪かろうはずがない。土佐守はすぐ陣に触れを出したあと、光秀に、

「もし的中したとき、恩賞には何を望む」

といった。

光秀はなにも望まぬ、といった。

「ただ、御陣のはしをお借り申して合戦をつかまつりたい」

とのべた。牢人が、合戦のあるときに、一方の将に頼み入って「陣借り」をし、功名のしだいでは取り立てを受ける、というのはこの道の常道である。

土佐守は、ゆるした。

果然、丑《うし》ノ下刻《げこく》をすぎたころ、朝倉陣のまわりの草木がにわかに人と化して坪坂伯耆が奇襲してきた。

奇襲部隊は指物《さしもの》もつけず、たいまつももたず、具足の上に白い紙の肩衣《かたぎぬ》をつけて味方の目印とし、しきりと合言葉を呼びかわしながらやってきたが、すでに朝倉軍は数段の構えをしてこれを待ちうけていたため難なく撃退し、陽がのぼるとともに、はげしく追撃して敵に殲《せん》滅《めつ》的な打撃をあたえた。

光秀の功といっていい。

こうなれば朝倉土佐守といった田舎大名の家老などの場合、無邪気なほどの傾倒を示しはじめるものだ。

「ぜひ、推挙したい」

と言い、光秀を一乗谷につれて行って、わが屋敷に泊まらせ、数日して義景に拝謁《はいえつ》させた。

義景は光秀の都びた物腰や相貌《そうぼう》をひと目みて気に入り、当家に仕えぬかといった。禄《ろく》、わずか二百石である。

美濃攻略

さて尾張の信長のことである。

弘治二年四月二十日、舅《しゅうと》の道三が死んでからすでに五年経《た》っている。

その間、信長は何度か、

——舅の弔《とむらい》合戦《がっせん》をする。

と呼号していながら、木曾川むこうの強国「美濃」を攻めとることができなかった。道三を謀殺した美濃の斎藤義竜が、意外なほど有能な統治者であることが、信長の野望をくじけさせつつあったといっていい。信長はこの五年のあいだ、ときに美濃領へ手を出したことがあるが、そのつど、義竜の巧妙な指揮と武強をもって知られる美濃衆のために撃退された。自然、信長のかかげている「舅の弔合戦」という旗はいたずらに歳月に古びはじめている。

ある日、信長は濃姫の部屋でごろ寝をしながら、

「おれは道三にだまされたのかもしれぬな」

といった。

「そうだろう、お濃。道三殿はかねがねわが義子《こ》の義竜のことを大男の薄のろとののしっておった」

そのとおりだった。義竜は背が六尺五寸、体重が三十貫ある。常人ではない。

——ばけものめ。

と、道三は平素、義竜の名をよばずそんなぐあいに蔭口《かげぐち》を言い、事ごとにあほうあつかいにしていた。

その義竜が、内実はともかく世間的には父であるはずの道三をほろぼして美濃の統治権を

にぎってからというものは、どうみてもあほうではない。

国はよくおさまっている。美濃衆も、土岐家の血を受けている義竜に心服し、敬愛しきっている様子だった。

その上、兵は強く国は富んでいる。隣国の信長としてはつけ入るすきがなかった。

「どうやら蝮《まむし》のとんだ鑑定《めきき》ちがいであったようだ」

「そうでしょうか」

と、濃姫は是とも非ともいわない。美濃斎藤家は彼女の実家であり、当主の義竜は父をほろぼしたとはいえ、彼女はあの六尺五寸殿を真実の兄とおもって成長したのである。どちらかといえば彼女は、大男で人が好くて笑顔に愛嬌《あいきょう》のあるあの「兄」が好きであった。

信長は、濃姫に、義竜のことをこまごまときいた。そのいずれもが、「お庭でわらびをとってくれた」とか、「京塗りの小箱をくれた」とかいったたぐいの他愛ない話柄《わへい》ばかりであったが、そのいずれもが、義竜のもっている人間味を知る上での好材料といえなくはない。そういう男なればこそ、美濃衆もかれに心服しているのであろう。

またあるとき。――

信長は、濃姫にこうきいた。

「義竜の娘で馬場殿と申される女《ひと》、国中でも評判の容姿であるそうな。そなたもきいているか」

「はい、左様に」

「そうか、聞いているか。されればそのむすめにわしの子をうませたいとふと思案したが、この思案、お濃はどう思う」

と、とほうもないことを信長はいった。まじめな顔つきである。

濃姫には、子がうまれない。子を得ねばならぬ必要上、ちかごろ信長は数人の女に手をつけ、何人かの子を生ませている。

濃姫は、答えなかった。

が、信長は濃姫の返答如何《いかん》にかかわらず、この「妙案」に熱中した。すぐ使者を美濃の稲葉山城にやり、義竜にこの旨《むね》を言わせた。

義竜にとって、物心ついてからこれほど不快な目にあわされたことはないであろう。

「尾張の小せがれが何をいう」

と、髯《ひげ》をふるわせて怒った。

「気でもくるったか。おれの家は美濃の守護職土岐家の嫡流《ちやくりゆう》だ。信長の家は、もとをただせば尾張守護職斯波《しば》家の家来のさらに家来の家柄《いえがら》である。正妻として欲しいという望みでも高望みでありすぎるのに、妾《めかけ》とは何事だ」

と言い、使者を追いかえしてしまった。

使者が帰ってきてこの旨を信長に復命すると、信長も表面上は義竜の無礼な言いざまに腹を立てたふりをしたが、内心、

(六尺五寸も、やはりあほうでないらしい)

と、感心した。信長の真意は、ひとつは面白《おもしろ》半分、ひとつは斎藤義竜という男の器量をはかってみたかったのであろう。

そのあと、

「お濃、妾の一件は不調であったぞよ。六尺五寸めはえらく腹を立てておったらしい」

と言うと、濃姫はさすがに眉《まゆ》をひらき、うれしそうに、

「まあ左様でございましたか。殿様にはお気の毒さまなことでございましたこと」

と言いおわったあと、ことさらに気の毒な顔をつくった。

（このひとは、何を考えているのか）

正直なところ、濃姫にも信長の腹の底がつかめぬことが多い。

こんな話もある。ある時期、信長は夜なかになると奥をぬけ出て本丸の最上の階にのぼり、窓から美濃の方角を見ている。それが夜ごとの習慣のようになった。

濃姫は不審におもい、ある日、

「殿様は夜になると美濃の方角をご覧あそばしていらっしゃるようでございますが、なにかあるのでございますか」

「火を見ているのだ」

信長は、無造作にいった。

「火を？」

「じつは美濃の宿老の者が、ひそかに義竜の前途を見かぎり、わしのほうに慇懃《いんぎん》を通じてき

ている。わしはその者に、もしその志がまことならば稲葉山城に火を放て、と申してやった。その火が、きょうあがるか、あすあがるか、と思って見ているのよ」

信長は、必要以上に癇高《かんだか》い声でいった。

濃姫付の侍女には、美濃から来ている者が多い。当然なことながら、尾張の情勢をなんらかの手段で美濃へ報《し》らせ送っている。

この者たちの耳にわざときこえるように信長はそんなうそをついたのである。

それが美濃に流れ、義竜の耳に入った。義竜は自然、重臣のたれかれを猜疑《さいぎ》の目で見ざるをえなくなった。

が、美濃はそうたやすく崩れない。


意外なことで、崩れ初《そ》めた。

信長が、堺・京の視察からひそかにもどってきて、四カ月目のことである。

義竜が死んだ、という。

「まことか」

謀略家の信長自身、はじめはなかなか信ぜられなかった。

(おれを美濃におびきよせる策略ではあるまいか)

と疑った。なにしろついさきごろ、旅さきの京で信長は義竜の刺客に出くわしている。それほどまでして信長を討ち殺そうとしていた義竜が、自身はやばやと地上から消滅するとはどういうことであろう。
「真偽をさぐってこい」
と、信長は諜者《ちょうじゃ》を発したり、その他幾通りもの方面からの情報を得ようとした。その結果、事実だということがわかった。永禄《えいろく》四年五月十一日、義竜は稲葉山城内で急逝《きゅうせい》した。年三十五。
「かの持病で死んだか」
信長は、報告者にきいた。義竜には難治の持病があった。
「いいえ、卒中とのことでございまする」
と、報告者は辞世まで写しとってきて信長にみせた。
三十余年
人天を守護す
刹那《せつな》の一句
仏祖不伝
という禅臭い偈《げ》である。義竜は生前禅にこって別伝和尚《おしょう》という禅僧に帰依《きえ》していたからそういう辞世をつくったのであろう。禅にはなんの興味ももたぬ信長には、この文句の意味などわからない。
わかろうともしなかった。信長に鮮明にわかったことは、

（おれの前途が展《ひら》けた）

ということであった。

「喜太郎は馬鹿だ」

と、信長は、義竜の後継者のことをそのように評価していた。喜太郎、名は竜興《たつおき》、十四歳である。

義竜が死んだのは十一日、信長が確報を得たのはその翌日の十二日。

義竜の死の翌々日の十三日には、信長はにわかに甲冑《かっちゅう》に身をかため、出陣の陣貝《かい》を吹き鳴らさせ、清洲城の城門をとびだした。

（この機に美濃を討つ）

という性根であった。隣国の不幸ほど、当国にとっての幸福はない。美濃一国は悲しんでいようし土岐家の老臣たちも度をうしなっていよう。葬儀の支度でいそがしくもあるにちがいない。それが信長のつけめだった。信長は悪魔のような機敏さで行動した。

信長は国境の墨股《すのまた》付近に六千の兵を集結し、どっと西美濃へ押しだした。

付近の美濃衆の頭目である日比野下野守《ひびのしもつけのかみ》、長井甲斐守《かいのかみ》らは、信長の不意の来襲を稲葉山城に急報する一方、西美濃の村々へ陣貝を吹きならして屯集《とんしゅう》をもとめたが、怒濤《どとう》のような織田軍の侵略に抗しきれず、いずれも首を織田方にあたえてしまった。

稲葉山城では宿老があつまっていそぎ軍団を編成し、一万をもって押し出してきたため信長はあっさり陣をひきはらって尾張へかえった。

美濃侍はつよい。その上、戦さ上手で知られている。同数以下の尾張勢の力ではとても歯が立たないことを信長は知りぬいていた。父の信秀の代から美濃・尾張の対戦で尾張勢が勝ったためしはほとんどなかった。

尾張にひきあげてから信長は、美濃衆への切りくずし工作を十分にしたあと、

「こんどこそ。――」

と、七月二十一日、一万の大軍を動員し、国境の木曾川に押し出し、川を人馬で埋めつつ美濃平野に侵入した。美濃に入るや、非常な勢いで稲葉山城下にせまった。

このときも、信長は惨敗《ざんぱい》している。

信長は木曾川を河田渡《こうだのわた》しから渡りおわるとすぐ柴田勝家を先鋒《せんぽう》大将として第一陣をひきいさせ、第二陣は池田信輝《のぶてる》、第三陣は丹羽長秀、みずからは第四陣をひきい、烈日の下を進撃させた。この渡河点から稲葉山城まではわずか十二、三キロしかなく、猛攻すれば一挙に稲葉山城下に攻め入れるであろう。

防戦に出た美濃軍は意外にも弱く、いたるところで破れた。それを追尾しつつ織田軍は揉《も》みにもんで進んでゆく。

（あらそえぬものだ。義竜の死後、美濃兵はこうも弱くなったか）

信長も内心おどろいた。美濃軍のにわかな弱さには十分の理由と解釈がつく。義竜の死、というその理由と解釈に信長はみずからまどわされた、判断力が曇った、といっていい。

信長はのちに戦略戦術の天才といわれたが、この当時まだ満二十七歳でしかない。いまま

での経験といえば多くは国内の小競合《こぜりあ》いばかりで、わずかに奇襲戦をもって今川義元を屠《ほふ》った桶狭間（田楽狭間）の一戦だけが、かれの唯一《ゆいいつ》といっていい大軍団との衝突の経験であった。

（その桶狭間でおれは勝った）

という自信が信長にある。その自信が信長をしゃにむに前進させた。

余談だが、戦術家としての信長の特色は、その驚嘆すべき速力にあった。必要な時期と場所に最大の人数を迅速《じんそく》に集結させ、快速をもって攻め、戦勢不利とみればあっというまにひきあげてしまう。その戦法はナポレオンに似ている。

手のこんだ、巧緻《こうち》で変幻きわまりない型の戦術家ではない。その種の工芸的なまでの戦術家の型は、多くは甲州、信州、美濃北部といった地形の複雑な地方に多く輩出している。武田信玄、真田昌幸《まさゆき》、同幸村、竹中重治《しげはる》といった例がそうであろう。

信長は、一望鏡のように平坦《へいたん》な尾張平野で成長し、その平野での戦闘経験によって自分をつくりあげている。尾張は道路網が発展しているため兵力の機動にはうってつけだが、一面、地形が単純なため、ここで育った信長は山河や地形地物を利用する小味な戦術思想に欠けている。

美濃の地勢はその点、小味で陰性な戦術家を多くそだてている。

陽気な尾張の平野人たちは勢いに乗って猛進した。

ついに稲葉山城が目の前にせまっている長森まできたとき、天地が逆転したかとおもわれるほどの異変がおきた。

まわりの森、藪《やぶ》、土手、部落からおびただしい数の美濃兵が湧《わ》き出てきて、信長軍の両側を突き、かつ退路を遮断《しゃだん》し、さらにいままで退却をつづけていた美濃軍が、いっせいに旋回して織田軍の先鋒を突きくずしはじめたのである。

美濃風の戦鼓、陣鉦《じんがね》、陣貝が天地に満ち、織田軍は完全に包囲された。

（いかん）

とおもったときは信長は馬を尾張にむけさせ、戦場からの脱出をはかったが、美濃軍のなかでも猛将で知られる日根野備中守《ひねのびっちゅうのかみ》兄弟が信長の旗本をめがけて火の出るように攻め立ててくるため動きがとれない。

織田方の崩れを見て、稲葉山城から美濃軍の主力がどっと攻めかかり、織田軍を分断しつつ包囲殲滅《せんめつ》にとりかかった。

信長は身一つで血路をひらき、やっと尾張に逃げ落ちたが、対岸の美濃では羅刹《らせつ》に追われる地獄の亡者《もうじゃ》のように織田兵が逃げまどって惨澹《さんたん》たる戦況になっている。

やがて陽《ひ》が落ち、暮色が濃くなるにつれて織田兵は救われた。闇《やみ》にまぎれてかれらは南へと退《ひ》きはじめた。

夜が、退却軍を救っただけではない。織田軍の一将校が、かねて野伏《のぶせり》の群れを稲葉山の峰つづきである瑞竜寺山《ずいりゅうじやま》の山麓《さんろく》に伏せさせておいた。かれらがかねての手はずどおり、山麓でおびただしく松明《たいまつ》を焚《た》き動かしたため、城を空けて野を駈《か》けまわっている美濃軍が、

「さては本城に織田方の別働隊がとりついたか」

と錯覚し、いそぎ包囲陣を解いて稲葉山にひきあげたため、織田軍はあやうく虎口《ここう》を脱することができた。

この松明の虚陣を張らせて全軍を潰滅《かいめつ》から救った織田方の一将校というのは、この日一隊を率いて殿軍《しんがり》にいた木下藤吉郎秀吉であった。

さらに、信長を危地におとし入れた美濃軍の巧妙きわまるこの戦術は、

「十面埋伏《じゅうめんまいふく》の陣」

と、いわれるもので、その立案者——だと尾張方面に伝聞された人物は満十七歳の若者でしかない。

若者は美濃不破郡《ふわのこおり》にある菩提山城《ぼだいさんじょう》の城主で、竹中半兵衛重治といった。のちに半兵衛は織田家にまねかれ、秀吉の参謀となり、諸方の作戦に参画し、天正七年、播州《ばんしゅう》三木城攻めの陣中で病死する。いずれにせよ信長はこの合戦で、敵の半兵衛、味方の藤吉郎によって、智謀智略というものの価値の高さを知ったのであろう。

一方、明智十兵衛光秀はこれらのうわさを越前の一乗谷で聞き、

「さても信長とは働き者であることよ」

と、従弟の弥平次をつかまえて感心した。光秀にすれば、敗れても敗れても「美濃」という富強の土地に武者ぶりついてゆく信長のぶきみなほどのしぶとさにあきれるおもいもし、同時に、

（あの執念ならついには美濃を併呑《へいどん》するのではあるまいか）

とおもいもした。信長はすでにこの年五月に三河の徳川家康と同盟して東方の脅威を去っている。北方の美濃攻略に専念できるはずであった。

（もし美濃をとれば、天下を望むこともできるのではないか）

朝倉家に身を寄せている光秀としては、信長の成長は決してうれしい話題ではない。

光秀奔走

光秀の野望は、一つである。

「幕府を中興せねばならぬ」

ということのみであった。京で虚位を擁するにすぎぬ足利将軍家に天下の権をとりもどさせ、むかしどおりの武家の頭領としての威信を回復し、諸国の兵馬を統一し、それによって戦乱をおのが手におさめてみたい。

そういうことである。

（たかが、一介の匹夫《ひっぷ》の身で）

と、この光秀の野望のとほうもない大きさにお槙《まき》や弥平次でさえ、光秀のあたまを疑わしく思うことがある。

が、光秀とは妙な男だ。この男が、越前一乗谷の家の一隅《いちぐう》で荘重にこのことを語りだすと、聴いているお槙も弥平次も、自然と気持が高揚してきて心気おどり、眼前に極彩色の泰平の絵巻があらわれ出るような錯覚にとらわれるのである。

光秀、朝倉家で二百石。

かれが、独力をもって地上で得た最初の収入であった。

ところがその二百石の身代も、天下を志すかれにとっては大したよろこびではないらしい。げんに朝倉家の家老朝倉土佐守にともなわれてはじめて義景に拝謁《はいえつ》したときも、

「思うところがござれば、御当家の客分にして頂きとうございまする」

と言い、二百石の知行を辞退した。光秀の希望は、二百石の身分だけはもらい、知行地は要らない。家族が衣食できるだけのものを御蔵米《おくらまい》から受けとらせていただく。そのかわり進退の自由な客分にして頂ければ。

というものであった。

越前の王朝倉義景は、よほど凡庸な男であるらしい。こういう光秀の申し出について、

「なぜ左様なことを申す」

と疑問を投げるべきであった。下問してやれば光秀はここぞとばかりに「幕府中興の素志がござれば」と、答えたであろう。が、義景はなにもたずねず、

「それでよいのか」

と、格は二百石、客分とし、家老土佐守の預りとするなど、拍子ぬけするほど簡単に光秀

の希望を容《い》れてしまった。

（ばかな屋形だ、なぜ理由をたずねぬかよ）

光秀は多少あせり、ある日、朝倉家の粟《ぞく》を食《は》んだ早々ながら、家老の土佐守のもとに衣服をあらため罷《まか》り越し、

「おねがいの儀がござる」

「どういうことか」

「京の将軍家がもとに参りたく思いますゆえ少々のお休暇《いとま》を頂戴《ちょうだい》したい」

田舎大名の家老の土佐守は驚いた。将軍家は衰えきっているとはいえ、天下第一の貴人である。その将軍のもとに、このあいだまでの牢人《ろうにん》がまるで実家《さと》帰りでもするようにらくらくと遊びにゆくとはどういうわけであろう。

「じつは」

と、光秀はいった。

「将軍家御奏者番《ごそうじゃばん》細川兵部大輔藤孝《ひょうぶだゆうふじたか》殿から、かようなごとき手紙が参っております。されば、いそぎ京へのぼらねばなりませぬ」

うそでない証拠にその手紙をひろげてみせた。その手紙をみて土佐守はまるで魔法にかかったように仰天し、

「人というのは、わかっているようでわからぬものだ。いったい十兵衛殿は何人《なにびと》であるのか」

と、言葉づかいまであらためた。

「左様」

光秀は口をひらいた。内実は将軍側近の友人であるにすぎぬ。しかし越前のような田舎で自分の楽屋を正直にいったところで仕方がない。

「手前はどういうわけか将軍に信頼されております。先年の秋、連歌の御催しにも伴席させて頂いたこともあり、いろいろと枢密《すうみつ》な相談にもあずかっておりまする」

「ほう、枢密なこと」

土佐守は小さな顔をふりたてて感服しきったような顔をした。

「シテ、このたびの御召しも、なんぞそのような大事なことか」

「察するに」

と、光秀は、細川藤孝からの毎度の手紙で読み知っている京の情勢をおもしろく話してやった。

京の将軍義輝は、三好《みよし》・松永といった阿波《あわ》と山城《やましろ》を地盤とする大名のために食いもの同然になっている。ところが二条の館《やかた》にすむ義輝将軍というのは年が若いうえに兵法の免許皆伝をうけたほどに気概のある人物だから、いつまでも三好長慶《ながよし》や松永久秀《ひさひで》のあやつり人形にはなっていない。

先年、越後の長尾輝虎《てるとら》の上洛《じょうらく》をもとめ、その力添えをたのんだことなども、三好・松永の徒と縁をきりたいという一念のあらわれであった。

輝虎は北越の猛兵をひきいて上洛し、おびただしい金品を献上した上、将軍に忠誠をちかい、しかも京を去るにあたって言上した。

「それがし京にあって三好・松永の徒を見ておりまするに、おそれながら彼等は将軍様《くぼうさま》を尊崇せぬばかりか逆意をさえ抱いていることはまぎれもございませぬ。もしいま御命令さえ頂ければ、たちどころにかれら奸徒《かんと》を誅殺《ちゅうさつ》し、京を去る置きみやげにつかまつりましょう。いかがでございまする」

輝虎は滞京中に将軍から、名家上杉《うえすぎ》の姓をつぐことをゆるされ、関東管領《かんれい》の名誉職まで頂戴し、形式だけながらも幕府の「重職」についている。その御恩がえしの意味と、輝虎の性格的な正義感からそういったのであろう。輝虎、のちの上杉謙信である。かれの軍事的能力をもってすれば三好・松永の徒など蠅《はえ》をたたくほどの苦労も要るまい。現に松永弾正少弼《しょうひつ》久秀などは、輝虎の滞京中は奴婢《ぬひ》のごとき態度で輝虎の旅館を毎日のように訪ね、その機嫌《きげん》をとることに夢中になっていたのだ。

「いかがでございまする」

輝虎は、かさねていった。このとき、将軍義輝がただひとこと、

「されば殺せ」

といっておれば、のちの大害はなかったであろう。そこは利口で勇気があるようでも貴族育ちであった。ためらった。ついに、

「そこまでせずとも」

と、輝虎のすすめをしりぞけた。

輝虎と北越の軍団は京を去った。そのあと三好・松永の横暴はもとに復し、義輝の心楽しまぬ毎日がつづいた。

といって義輝はこの間《かん》、手をつかねたままで悶《もだ》えていたわけではない。義輝には謀才もあり、しかも細川藤孝のような謀臣がいる。

（いつかは三好・松永の徒を）

と思いつつ、京に近い、たとえば近江《おうみ》あたりの豪族のうちで将軍好きの者をそれとなくひきよせておく秘密工作をつづけていた。なにぶん越後の上杉は地理的に遠く、いざ軍事行動というときには間にあわないのである。

「将軍様も、ご苦労なことであるな」

と、土佐守は、光秀の噺《はなし》につい身を入れ、涙さえうかべていった。

「おそらく、細川藤孝殿がそれがしに相談したきことありと申されるのは、その一事でござりましょう。天下に頼むべき大名はたれとたれか、ということかと存じまする」

「わが朝倉家はどうだ」

と、土佐守はつい言った。

光秀はなぜか苦笑して答えない。土佐守は光秀の煮えきらぬ微笑が気になり、かさねて、

「どうだ」

といった。光秀はわざと視線をそらせ、

「いまは戦乱の世とはいえ、ここ十数年のあいだには統一の機運が出て参りましょう。はた

してたれが統一するか」

「たれだ」

「それがし案ずるに、いちはやく将軍に志を通じ将軍を協《たす》け、将軍の命のもとに諸大名を糾合し、将軍の命によって服せぬ諸大名を討ち平げる大名のみ、天下を統一する者かと存じまする」

（将軍にそれほどの権威があるものかな？）

土佐守は、光秀の天下統一方式にやや疑問をもったのはそのことだった。将軍の命をきくぐらいならとっくにこの乱世はおさまっているはずではないか。そう疑問を発すると、

「左様、おおせのとおりです」

と、光秀は微笑した。

「いまは将軍の権威はありませぬ。しかし天下に統一へのきざしがあらわれたとき、ふたたび将軍の存在は光芒《こうぼう》を放ちます。統一にはシンが要るものでございます。そのシンは将軍でなければならず、具眼の諸侯は当然そこに目をつけましょう。尾張の織田信長などはその最たる者かと存じまする」

「信長？」

朝倉土佐守はあざ笑った。織田家はその遠祖さえさだかでない家で、流説《るせつ》では先祖はこの越前の丹生郡《にぶのこおり》織田荘の神官で、それがいつのほどか尾張へ流れて行った者の末裔《まつえい》がいまの信長であると土佐守はきいている。信長がちかごろどれほど東海地方で頭を出しはじめている

にせよ、名家の朝倉家からすれば、わが領内から流れて行った者の末裔《すえ》にすぎない。

「信長が、それほどの者か」

「いや、存じませぬ。ただ、若年のくせにちかごろ京へみずから情勢探索に出かけたとのことを耳にし、怖《おそ》るべき時勢眼《がん》の者かな、と感じ入りましてござりまする」

「京へ。将軍様に拝謁したか」

「なんの。信長は上総介《かずさのすけ》を自称しているものの正式の官位もない卑賤《ひせん》の出来星《できぼし》大名。将軍に晴れ晴れと拝謁できる資格などはございませぬ」

「そうであろう。そこへゆくとわが朝倉家などはちがう。歴《れき》とした越前の守護職であり、お屋形様が帯びておられる従《じゅ》四位左兵衛督《さひょうえのかみ》の官位官職もいまどき流行《はやり》の自称ではなく、ちゃんと京から拝領したものだ。わがお屋形様ならば、京にのぼれば天子にも将軍にも拝謁できる」

「されば、のぼられますか」

と、光秀は、いよいよ問題の核心をつくつもりで、じっと土佐守を見つめた。

「御上洛あそばすとすれば、拙者およばずながら京へ飛び、将軍、公卿《くげ》衆に工作し、お迎えの準備を万端ととのえまするが」

「いや、それは」

家老は、あわれなほどあわてた。義景が兵をひきいて京にのぼるとすれば、東方の加賀の本願寺門徒とも和睦《わぼく》をしておかねばならぬし、沿道に立ちふさがる近江の浅井、六角といった強力な大名と一戦するか、和睦をしてからでないと到底国を留守にすることはできない。

またその度胸も、朝倉家にはなかった。

「いかがでござる」

「いまのところは、その気持はあっても近隣に足をとられて一歩も越前から出るわけにはいかぬ。気持は万々あるが」

「ござるな、お気持が」

「いかにも」

「されば左様な志のあることのみ将軍家にお伝え申しあげましょう。されど言葉のみでは意が通じませぬ。お屋形様の御書状を一通と、朝倉家の誠意をこめた献上の金品などをそれがしにお持たせなされませ」

光秀の将軍家や細川藤孝への面目《かお》も、それで晴ればれしくなるというものである。

「よいことを教えてくれた」

土佐守はむしろよろこび、それらを光秀の出発までに整えることを約束した。


ごく自然に、光秀は自分の独特の地位をつくりあげた。このときは、かれは最初の公式上洛でもあり、ごく短期間で越前へ帰ってきたが、このとき以後、越前朝倉家の連絡将校としてしきりと一乗谷・京のあいだを往来し、将軍家と朝倉家をむすぶ紐帯《ちゅうたい》となった。

当然なことだが、将軍義輝にも名と顔を記憶してもらえるようになった。それどころか三

度目の上洛のとき、将軍義輝から、

「予はそちを直参《じきさん》のように思うぞ。そう思うてかまわぬか」

という破格な言葉さえたまわった。

光秀は無位無官の身だから、萩《はぎ》の花の咲く庭さきに土下座し、将軍は通りかかり、という体《てい》で濡《ぬ》れ縁《い》に立っていた。この言葉が頭上から降ってきたとき、策謀家のわりには多感な光秀はがばと地に体をなげうち、噴《ふ》きあげるような涙で顔をよごしながら、

「御奏者番細川兵部大輔殿まで申しあげまする。光秀、生あるかぎり、いや、たとえこの身滅しまするとも、七度《たび》うまれかわって上様の御為《おんため》に身を粉にし骨を砕いてお尽し申しあげる覚悟でござりまする」

真実、とめどもなく涙がこぼれ、ついに光秀は草の上に泣き伏してしまった。光秀にはそんなところがある。この男のもっている意外な可憐《かれん》さに将軍義輝は当然感じ入った。だけではなく、そばに侍している細川藤孝さえ、袖《そで》をあてて目頭をぬぐった。

しかし藤孝は才覚のまわる男で、こういうさなかにも、明智光秀というこよない友人を将軍に売りこんでおいてやる親切と努力をわすれない。

「光秀殿は、朝倉家に禄仕《ろくし》しているのではなく客分であるそうな。そのこと、この際、大きに都合がよい。城池《じょうち》をうしなったとは申せ、もとをただせば美濃明智郷の住人にて土岐源氏の名流であり、根をたどればおそれ多くも将軍家の御血統と同根になる。当然、将軍家御直参と申してもさしつかえない。いまからはその御心組でおられまするように」

と、義輝の言葉に念をかさね、むしろその念を義輝にきかせるようにいったから、義輝もふと気づき、光秀に狩衣一襲《かりぎぬひとかさね》と白桐《しろぎり》の御紋入りの飾太刀一口《ひとふり》をあたえた。

光秀は押しいただき、

「おそれながらこの御品々は、光秀を御郎従のおんはしにお加えくだされましたるおん証拠と存じ、拝領つかまつりまする」

といった。

このことは、朝倉家における光秀の位置を一変させた。むろん給与される蔵米の高はかわらなかったが、家中の光秀を見る目が、「京の将軍家からの派遣者」というふうに変わり、義景に対しても家老同然の発言権をもつようになった。この変化も当然であったろう。他日、朝倉家が将軍を擁して立つことがあれば、光秀は将軍家派遣の軍監の役目につくことになるからである。

永禄《えいろく》七年になった。

この間《かん》、尾張の信長は美濃奪取の夢がわすれられず、いや忘れられぬどころか、美濃に食いついては美濃衆の逆襲によって叩《たた》きつけられ、追いかえされして執念ぶかい攻略をくりかえしていた。永禄四年以来、連年、連戦連敗をつづけて勝ったためしもないのに侵攻をくりかえしている。

(倦《あ》きもせずよくやることだ)

と越前の地で光秀は思い、信長の体質に身の毛もよだつほどの異常な執念ぶかさを発見し、考えこまざるをえなかった。

(あの執念ぶかさをみれば、あるいは信長こそ英雄といえる者かもしれぬ)

信長の性格を、その逸話から単に短気者とみていた光秀は、意外な思いがしはじめたのである。美濃攻略に関するかぎり信長の性格は、まずその貪婪《どんらん》さ、その執拗《しつよう》さ、この二つが世間に濃厚に印象づけられはじめている。いずれも英雄の重要な資質といっていい。さらに二敗三敗してもくじけぬ神経というのも、常人ではないであろう。さらに大きなことは、三敗四敗をかさねるにつれて信長の戦法が巧妙になってくることであった。

(あの男は、失敗するごとに成長している)

いや、光秀の越前からの観察では、信長は、成長するためにわざと失敗している、としか思えぬほどのすさまじさがある。

最近の情報では、信長は美濃侵略のために長年の居城の清洲を置きすて、美濃境によりちかい小牧山《こまきやま》に城をきずき、急造の城下町をつくり、そこへ家臣の屋敷も移してしまったという。家臣団は生活の不便からこの移転をよろこばなかったが、信長は強行した。

(稲葉山城の咽喉《のど》の下から食いつこうとする算段だ)

などと、光秀はあきれたり怖《おそ》れたりしながら、尾張からの情報に異常な関心をもちつづけていた。

翌永禄八年、信長は相変らず美濃侵攻作戦を断念せず、いままで西濃を進攻路にしていたのを一転して東濃に刃《やいば》を転じ、この夏ついに東濃の一部に斬《き》り入り、その後一進一退しつつあるという噂《うわさ》を光秀はきいた。

ところが、この年五月、光秀の身にも重大な異変がおきた。

将軍義輝が、松永久秀の手で殺されたのである。

剣と将軍

この、京を戦慄《せんりつ》せしめた永禄八年の事件を、どこから物語ってよいか。

「弾正殿《だんじょうどの》」

と通称されている者がいる。官は弾正少弼《しょうひつ》で、名は松永久秀。

史上、斎藤道三《どうさん》とならんで悪人の代表のようにいわれている男だ。この物語のあるくだりで道三が弾正と会ったことがある。その当時、弾正は、京をおさえている大名の三好長慶の一介の執事にすぎなかった。

それが次第に成長し、いまでは三好家の家老ながら事実上三好家のぬしのようになり、阿《あ》波《わ》、河内《かわち》、山城《やましろ》、京、といった、日本の中枢部をおさえている。

「弾正殿は悪人」

ということはたれ知らぬ者はないが、たれもこの弾正に手も足も出ない。強大な軍隊をもつ上に、智謀すぐれ、海千山千といった外交能力をもち、それに、近畿《きんき》地方のどの大小名よりもいくさがうまい。

三好家の吏員あがりだけに、文書にもあかるい。風雅の道も心得ている。京の公卿《くげ》、堺《さかい》の富商などと格別なつきあいを持っているのは、かれが当代有数の風流人であることにも大きにあずかって力がある。

かれの才能を証拠だてる一つは、かれの居城である信貴山城《しぎさんじょう》である。

信貴山は、河内と大和の両国を屛風《びょうぶ》のようにへだてている生駒《いこま》・信貴山脈の一峰で、標高四八〇メートルある。

城は、大和側の山腹にあり、弾正はこれを永禄三年に築いた。永禄三年といえば信長が桶《おけ》狭間《はざま》で今川義元を急襲して討った年で、弾正はこのころ、河内・大和の斬り取りにいそがしかった。

城に天守閣がある。

高く天空に屹立《きつりつ》し、大和平野を一望で見おろすことができた。城に天守閣をきずいた最初の例で、

「弾正殿は、一大楼閣を築かれたそうな」

という評判は、京の公卿、堺の町人のあいだで大評判となり、わざわざ見物にゆく者が多かった。そのうわさが尾張まできこえてきて、信長の耳に入った。

「面白《おもしろ》いことをする男だ」

すべて新規なものを好み、独創的な才能を愛する信長はよほどこの風聞に興味をもったらしい。が、かれがその「天守閣」をもつにいたるのは、このときから十六年後の安土《あずち》城を築きあげるときまで待たねばならない。

「天守閣」

といっても、さほど実戦的な役に立つものではなく、むしろその壮麗な楼閣を天空に築きあげることによって、城主の威福を天下に示す、という、いわば宣伝の効果のほうが大きい。

当然、世人の心にも、

「さすがは弾正殿じゃ」

と、実力以上にこの男の像が大きく映り、その印象が諸国にまきちらされてゆく。

信貴山城をつくってから二年後に、弾正は主人三好長慶の世子《せいし》義興《よしおき》が意外に英明で自分をうとんじはじめていることに気づき、

(この若殿がいては、主家を自由にできぬ)

と、ひそかに毒殺してしまった。

父親の長慶はこのところひどくもうろくしはじめている。世間では、

——義興様を弾正殿が殺した。

ということを噂《うわさ》しているのに彼のみは病死したと思いこみ、悲歎《ひたん》に暮れ、急に世をはかなみ、河内飯盛山《いいもりやま》城にひきこもって政務も弾正にまかせきりにし、からだもめっきり衰えた。

このため弾正の独壇場になった。

弾正にはまだ一人邪魔者がいる。長慶の実弟の三好冬康《ふゆやす》であった。冬康は摂津茨木《いばらき》城の城主で連歌の名人として知られ、「集外三十六歌仙」の一人としてかぞえられている。

弾正は、耄碌《もうろく》した長慶に、

冬康殿にご謀反《むほん》のお企てあり。

と讒言《ざんげん》し、長慶の同意を得、にわかに兵をおこして冬康を殺してしまった。長慶はあとで冬康の潔白を知ったがどうにもならず、憂悶《ゆうもん》のうちに衰死した。義興、冬康、長慶、という三人が相ついで死んだため、三好家はぬけがら同然になった。弾正は三好義継《よしつぐ》という長慶の養子に主家を相続させ、それを擁していよいよ威をふるった。

長慶の死後、弾正にとってまだひとり、邪魔な男がいた。

将軍義輝である。

義輝は、なまじい気概をもってうまれついているために、弾正の意のままにはならない。

(なんとか工夫はないか)

と、弾正は思案した。

幸い、現将軍の叔父にあたる義維の子で、三好家に養育されている足利家の血すじの者がいる。十四代将軍義栄《よしひで》である。これを擁立すれば弾正の自由になり、ついには天下を掌握できるであろうとおもった。

(されば義輝将軍を殺さねばならぬ)

と、弾正は日夜思案をかさねた。

その不穏の気配は、当然、義輝にもわかった。義輝は乱世に生まれおちた将軍だけにわが身を護《まも》る神経だけは病的にするどい。ときどき弾正が、二条の将軍館にやってきて義輝の御機嫌《きげん》をうかがう。その弾正の顔つきをみただけで義輝は、

（弾正め）

と、異様さを嗅《か》ぎとった。

松永弾正は、美男である。

年少のころは少女にも見まがう美童で、長慶に閨《ねや》で可愛《かわい》がられたこともあったらしい。いまもその面形《おもがた》が豊かすぎるほどの頰《ほお》にのこっている。

齢《とし》にしては色が白く、眼が大きく、張りがあり、それに五十を過ぎた男のわりには唇《くちびる》の姿が可憐《かれん》であった。この一見、陽気で美しい顔立ちの男が、つぎつぎと主筋の者を謀殺して行ったとはとても思われない。

その弾正が、このところしばしば義輝に拝謁《はいえつ》を乞《こ》うては無用の風流ばなしをし、義輝の側近たちにも気味わるいほどの愛嬌《あいきょう》をふりまきはじめたのである。

それが義輝を警戒させた。

「あの男の笑顔が気味わるい」

弾正の笑顔が義輝の夢にまであらわれてそれがために義輝はしばしばうなされた。

「いっそ弾正を討伐なされましては」

と、細川藤孝はいった。討伐、といっても義輝には軍隊がない。近国の諸大名を頼むしかないのである。その計画も極秘でなければならない。もしその密謀が洩《も》れれば逆に将軍が弾正に殺されてしまうのだ。

「うまくゆくか」

「それがしが近国を駈《か》けまわってみましょう」

細川藤孝は密使となり、将軍の御教書を持って、さまざまの姿に変装して近国を駈けあるき、将軍に同情的な大小名を歴訪しはじめた。むろん越前朝倉家にいる明智光秀にも手紙をやり、

――いざというときには朝倉義景を説いて軍勢を京にさしのぼらせてもらいたい。

と頼んだ。光秀にまだ朝倉義景を動かすだけの勢力がないことは藤孝にもわかっているが、藁《わら》をもつかむ、というあの気持である。

むろん。――

万一の攻防にそなえて、将軍の二条の館の堀を深くし、塀《へい》を高くあげ、隅々《すみずみ》には櫓《やぐら》を組みあげる普請《ふしん》にとりかかった。

この情報が、信貴山城にいた松永弾正の耳に入った。

(将軍《くぼう》にあっては、はや当方の意中をさとられしか)

猶予《ゆうよ》はできぬ、城普請のすまぬうちにこちらから仕掛けようと弾正は思い、腹心の林久大夫という者をよび、

「将軍の御日常をさぐって参れ」

と、探索にのぼらせた。

久大夫はさっそく京にのぼり、七条の朱雀《すざく》のあたりの裏町に住むなじみの妓《おんな》の家に逗留《とうりゅう》し、毎日外出しては、二条館のあたりをうろうろした。

時は、陰暦五月である。おりから梅雨どきで毎日霖雨《りんう》が降りつづき、二条館の普請もいったん中止になり、堀端には人影はない。京の市中の者にきくと、

「将軍様は、長雨のご退屈しのぎに、毎日、ご遊興なされている」

という。

久大夫は信貴山城に走りもどってその旨《むね》を弾正に報告した。

弾正は、襲撃計画の実施にとりかかった。むろん、河内飯盛山城にいる三好家の当主義継を総大将とし、いわゆる「三好三人衆」をも語らい、兵を発した。

といって、軍勢の形をとらず、人数を三十人、五十人ずつに分け、ばらばらにして京へ発向させ、それも道中、「西国のさる大名の家来が清水寺参詣《きよみずでらさんけい》のため京へのぼる」という体裁をとって世間の目をごまかした。

五月十九日の日没後、これらの人数は京の市中の要所々々に屯集《とんしゅう》した。総大将三好義継は

兵四百五十をひきいて鴨川《かもがわ》べりの三本木に陣を布《し》き、松永弾正は烏丸春日《からすまかすが》正面、室町《むろまち》には十河一存《そごうかずまさ》、西大路には三好笑岸《しょうがん》、勘解由小路《かげゆこうじ》のあたりには岩城主税助《ちからのすけ》がそれぞれ陣を布き、二条館のまわりに犬一ぴきも通さぬ包囲網を完了した。

この夜、雨が降っている。

二条館ではすでに側近の武士が退出し、それぞれの屋敷にもどっていた。邸内には、小姓と頭のまるい同朋衆《どうぼうしゅう》のほか戦闘力のある者はほとんどいない。

義輝の謀臣細川藤孝は、ここ数日来、京の郊外の乙訓郡《おとくにのこおり》勝竜寺《しょうりゅうじ》という土地にいた。ここに藤孝のわずかばかりの知行所と屋敷があったのである。むろん藤孝はこの夜の異変を夢にも知らない。

二条館の正門は、室町通に面しており、この門の改築だけは終了していて、城らしく櫓門《やぐらもん》になっていた。

雨がやや小降りになったのは、夜七時すぎである。夜八時、包囲軍はいっせいに松明《たいまつ》をともし、それぞれの街路をひしめきながら進み、堀端に来るや、弾正の手もとで打ち鳴らす太鼓を合図に喚《おめ》きながら堀にとびこみ、塀にとりつきはじめた。

「なんの物音ぞ」

と、奥の寝所ではね起きたのは、将軍義輝である。

(さては三好松永の党の謀反《むほん》か)

と、さとり、念のため側近の沼田上総介《かずさのすけ》(細川藤孝の舅《しゅうと》)を走らせて偵察《ていさつ》させた。

上総介が館内を走って大手門にあたる室町口の櫓の上にのぼり、あたりを見まわすと、大路小路に松明の火がみちみちている。

「何者ぞ、謀反のやつらは。寄せ手の大将はこれへ名乗りをあげよ」

と、わめきおろすと、室町口の攻撃をうけもっていた十河一存が兵を静め、馬を堀端まで進ませ、

「三好修理大夫《しゅりのだいぶ》（義継）の手の者でござる。年来の遺恨を散ぜんがために今宵《こよい》まかり参って候《そうろう》ぞ」

とどなりあげた。

沼田上総介は櫓門をかけおりて義輝のもとにその旨急報し、言いすてるなり宿直《とのい》の部屋に入って甲冑《かっちゅう》をつけ、二人張《ににんばり》の弓をとって櫓門にもどろうとすると、すでに門が打ちやぶられ、敵勢がわめきながら乱入するところだった。

義輝の小姓たちは真暗な邸内で手さぐりで具足をつけ、義輝のもとにあつまってきた。いずれも幕臣のうちの名家の子らで、畠山、一色《いっしき》、杉原、脇屋《わきや》、大脇、加持《かじ》、岡部といった、武家としては由縁《ゆかり》のある姓をもつめんめんである。

義輝は、この日がわが最期《さいご》と覚悟したらしく、

「もっと燭台《しょくだい》を持て。座敷をあかあかと照らせ。酒はあるか。いそぎこれへ持て。肴《さかな》はするめでよし。女官《にょうぼう》どもも集《つど》え。これにて最後の酒宴を張ろう」

と言い、その用意をさせた。

城館のあちこちから敵方の武者声、打ちこわしの物音がきこえてくるなかで、あわただしい酒宴がひらかれた。

小姓どもはみな若いせいか、すずしげな覚悟がどの面上にもある。そのうち細川藤孝の縁つづきの細川隆是《たかよし》という若者がするすると進み出て、

「ご酒興を添え奉る」

と言うや、女官からあでやかな小袖《こそで》を借り、それを頭からかぶって舞を一さし舞った。

義輝は手を打ってそれを賞《ほ》め、

「その小袖をかせ」

といって、筆硯《ひっけん》をとりよせ、その小袖の上に墨くろぐろと辞世の歌を書きつけた。

五月雨《さみだれ》は
　露か涙かほととぎす
　わが名をあげよ雲の上まで
歌はさほどのものではないが、数え年三十のこの剣術好きの将軍の気概が、なまなましいまでに出ている。

「されば斬って出る。者ども名を惜しめ」

義輝は、剣をとって、立ちあがった。小姓たちは応《おう》、と武者声をあげるや廊下へとびだし四方に敵をもとめて走った。

義輝はその間に足利家重代の着背長《きせなが》の鎧《よろい》をつけ、五枚錣《しころ》のカブトをかぶり、座敷の床の間

に大刀十数本を積みかさね、単身、廊下を走って玄関の式台まで出、飛びかかってきた敵の首を剣光一閃《いっせん》、みごとにはねあげた。

剣は上泉《かみいずみ》伊勢守から手ほどきをうけ、塚原卜伝《ぼくでん》から一ノ太刀の奥義まで受けた達人である。義輝ほどの名人は、当代、そう幾人とはいないであろう。

玄関口はせまい。

一人々々が打ちかかってくる。その槍《やり》をはずし薙刀《なぎなた》をたたき落し、飛びこんでは敵の具足のすきまをねらって斬り、突き伏せ、あるいは首を刎《は》ね、すさまじい働きを示しはじめた。

(将軍は鬼か)

と、寄せ手はさすがにひるみ、遠巻きにして容易に踏みこまない。そのうち義輝は座敷に駈け込んでは数本の刀をかかえこみ、ふたたび玄関口にもどって、飛びかかる敵を斬った。

刀はいずれも足利家秘蔵の名刀である。ときには袈裟《けさ》にふりおろすと具足もろとも骨まで斬れる業物《わざもの》もあり、そのつど義輝は、

「斬れる」

と、血しぶきをあげつつ高笑し、具足斬りをした刀はその場で投げ捨てた。金具を斬った刀は刃こぼれがして次の敵を両断することができないからだ。

義輝はもはやいっぴきの殺人鬼に化したといっていい。腕はある。死は覚悟している。征《せい》夷《い》大将軍の身でみずから剣闘をした男は鎌倉《かまくら》以来、明治維新にいたるまでこの義輝のほかは

なかったであろう。さらには一剣客としても兵法《ひょうほう》(剣術)勃興《ぼっこう》いらい、これほどの働きをした男もなかった。

やがて城館の四方から火が出、火は次第に燃えあがって、玄関に移ったため義輝はしりぞいて座敷をトリデに奮戦するうち、敵方に池田某という者がいて背後から槍をもって義輝の足をはらった。

義輝はころんだ。

「すわ、おころびあそばされたぞ」

とその上から杉戸《すぎど》をかぶせ、義輝の自由をうばい、隙間《すきま》から槍を突き入れ、くどいばかりに突き入れ突き入れしてついに殺した。

この変報を光秀がきいたのは、偶然なことながらかれが京にむかってのぼりつつある道中においてであった。

江州《ごうしゅう》草津の宿《しゅく》の旅館で、たまたま同宿した出雲《いずも》の御符《ごふ》売りからきいた。

(止《や》んぬるかな)

と、一時は自分の運のわるさに暗澹《あんたん》とする思いだった。光秀が朝倉家で占めている特異な位置はといえば、義輝将軍の知遇を得ている、ということだけのことではないか。その義輝が死んだとなれば、戦国策士をもって任ずる彼としては、魔法のたねを失ったようなものであった。

が、すぐ、この友情あつい男は、友人の細川藤孝の安危が気になってきた。

（共に、殉じたか）

藤孝は勇者である。十に九つまでは、将軍とともに斬り死したにちがいない。

光秀は、草津から六里二十四町の道を飛ぶようにいそぎ、京に入るやすぐ室町通を北上し、二条の館をたずねた。

すでに焼けあとでしかない。

光秀はつぎつぎに町の者をつかまえては当夜、将軍に殉じた人の名をきいてまわった。次第に様子がわかってきて、事件の当夜は、お側衆《そばしゅう》はほとんど下城していて、居合わさなかったことも知った。さらに藤孝が都を離れて知行地の勝竜寺にいることも知った。

（天命なるかな。細川藤孝ひとり生きてあるかぎり幕府はほろびぬ）

光秀は狂喜し、まず藤孝をさがさねばと思い、藤孝の所領である乙訓郡勝竜寺を訪ねるべく京をはなれた。

（きっと、藤孝はあの在所にもどっている）

そう確信したのは、松永弾正の一党は、つぎの将軍の位置にかれらの持駒《もちごま》である義栄《よしひで》を据《す》えねばならぬ必要上、幕臣の生命、身分、領地は保障するという布告を出しているからである。当然、藤孝は逃げもかくれもしていまい。

（藤孝に会って、幕府再建の方途をきめねばならぬ。松永弾正らは義栄様をおし立てるかもしれぬが、そうはさせぬ。おれは藤孝とふたりで別の将軍を擁立するのだ）

みちみち、そう思案した。思案しつつ気持が晴れてきた。考えようによっては、義輝の死によって、自分の前途が洋々とひらけてきた、ともいえるのではないか。

(おれの一生も、おもしろくなる)

光秀は懸命に足を動かし、若葉につつまれた南山城《やましろ》の野を南にくだった。

奈良一乗院

(暮れぬうちに)

とおもいながら、光秀は歩きつづけた。

暑い季節で、汗が下着から帷子《かたびら》まで、ぐっしょりと濡《ぬ》らし、それがしぼるばかりになったが、光秀はかまわずに歩いた。

(生涯《しょうがい》、おれはこの日、この野面《のづら》を歩きつづけている自分を忘れぬだろう)

南山城の野には、竹藪《たけやぶ》が多い。すでに竹は葉を新しくし、めざめるばかりの青さで、野面のところどころに叢《むら》がっていた。

やっと勝竜寺という部落に入り、

「細川兵部大輔(藤孝)殿のお屋敷はどこにあるか」

ときくと、守護の館《やかた》のことだから、村人は丁寧な物腰でおしえてくれた。

「あのむこうに、椋《むく》の木がございまするな」

なるほど、椋の大樹が、枝を天に栄えさせていた。

「あの椋をめあてにお行きなされまし」

行ってみると、藤孝の屋敷はさすがに守護の館らしく浅堀を掘りめぐらし、土塀《どべい》を取りまわして四方一町ほどはある。

(荒れている)

門も屋敷もわらぶきで、そのわら屋根に青草がぼうぼうと茂っていた。

光秀は椋の木の下に立ち、門を丁々《ちようちよう》とたたいた。

人は、出て来ない。

すでに、あたりは黄昏《たそがれ》はじめ、東の空に宵《よい》の月がかかっている。光秀は低徊《ていかい》趣味のある男だ。

(こうして黄昏のなかで門を叩《たた》いている自分を、いつかは思いだすだろう)

と、そんなふうに自分を一幅の大和絵のなかの人物に擬しながら、なおも丁々とたたきつづけた。

やっと門がひらき、郎党風の男が用心ぶかく野太刀を握って顔を出した。京の変事があっていらい、不意の来訪者にはここまで用心しているのであろう。

「兵部大輔殿に申し伝えられよ。越前一乗谷の明智十兵衛光秀がご安否を気づかい、京から駈《か》けに駈けてただいま参着した、と」

て、

「あ、明智様で」

郎党は、光秀の噂《うわさ》などを主人から聞き知っているらしい。ほっとして、

「主人もよろこぶでございましょう。これにてしばらく」

と、いってひっこんだが、待つほどもなくこんどは主人の細川藤孝みずから飛び出してき
「十兵衛殿」

と、声をつまらせ、手をとった。よほど感動したものであろう。宵闇《よいやみ》で表情《かお》こそさだかに見えなかったが、泣いているようであった。

「さ、ここではなんともならぬ。破れ屋敷ながらどうぞ内へ。さ、お入りくだされ」

と藤孝は導き入れ、客間に通し、小女《こおんな》をひとりつけて汗ばんだ衣服を着かえさせた。

その間、藤孝は姿を消している。

（どうしたか）

光秀は、風の通る縁に出、ぼんやりと端居《はしい》して藤孝を待った。

部屋は、見まわすのも気の毒なほどに荒れはてている。

（世が世ならば従《じゅ》四位下、兵部大輔の官位をもつ幕臣といえば大そうなものであるのに、この惨澹《さんたん》たる住いはどうであろう）

やがて藤孝が、衣服をあらため、髪をときあげて出てきた。この点、行儀のいい男で、さすがは室町風の殿中作法のなかで育った男らしくて光秀には好ましかった。

「ただいま、茶の用意をしております」

と、藤孝はいった。

(これはこれは)

と、光秀は思わざるをえない。細川藤孝は茶道の本場の京の、さらにその本場の室町御所(将軍館《やかた》)で風雅をきたえ、そのなかでも錚々《そうそう》たる若茶人としてきこえている。

(暮らしも苦しいであろうに、客を遇するに茶道をもってするとは、なかなかできぬことだ。しかも一介の田舎侍のおれに)

とおもえば、光秀の胸に感動と畏敬《いけい》がわきあがってくる。

「支度ができるまでのあいだ、兄弟同然のお手前に、わが妻を引きあわせたい。さしつかえはござるまいか」

「なんの差しつかえがございましょう。藤孝殿のご内儀と申せば、先日、二条館の松永弾正討ち入りのときにみごと討死あそばされた沼田上総介《かずさのすけ》殿のお娘御であられましたな。公方《くぼう》(将軍)様のことはさることながら、ご愁傷しごくに存じ奉ります」

「いやいや、そのこと、いまは申されるな。別屋にてゆるりと愚痴もきいて頂き、ご意見もうかがわねばなりませぬ」

ほどもなく、藤孝の妻があらわれ、光秀にあいさつをした。

まだ未婚の姫御前のように稚《わか》い。光秀も、鄭重《ていちょう》にあいさつをかえした。

やがて乳母らしい女があらわれ、満一歳になったかならぬかの男の児を抱いていた。

「惣領《そうりょう》でござる」

と、藤孝は、その幼児を紹介した。光秀はにじり寄って、幼な顔をのぞきこんだ。

眠っている。

「あどけないなかにも眉騰《まゆあが》り、唇ひきしまりみごと武者所《むしゃどころ》の別当（長官）といったお骨柄《こつがら》のように見うけられます。ゆくすえあっぱれな大将におなりあそばすでございましょう」

この子が、のちの細川忠興《ただおき》である。光秀の娘お玉（ガラシャ夫人）をめとり、関ケ原の陣で活躍し、肥後熊本五十四万石に封ぜられる。が、この幼児とそういう因縁をむすぶに至ろうとは、のぞきこんでいる光秀にはむろんわからない。

茶室の支度ができた。

案内されて客の座にすわると、茶ではなく、一椀《わん》のとろろが出た。

（心憎い）

と、光秀は椀をとりあげながらおもった。茶とは客を接待する心術であるとすれば、遠道を駈けてきた空腹の光秀にいきなり茶をのませるよりもまずとろろで胃の腑《ふ》にやわらぎをあたえさせ、ゆるゆると精気を回復させる心づかいこそ、茶の道というべきであろう。

「いかが、いま一椀」

といって、藤孝はくすくす笑っている。茶室に案内し、客を炉の前にすわらせながら、茶ではなくとろろをすすめている自分がおかしかったのであろう。

「これは、とろろ茶でござるな」

光秀も、めずらしく下手な冗談をいって笑った。光秀の特徴は諧謔《かいぎゃく》を解さないところであったが、この場のおかしさだけはどうにかわかったに相違ない。

やがて山菜、鯉《こい》のなますが運ばれてきて酒になった。

その間、京の変事についての情報はたがいに交換しあっている。

「弾正ほど悪虐《あくぎゃく》な男はいない」

と、藤孝はいった。

将軍義輝を殺しただけではないのである。

義輝の弟で鹿苑寺《ろくおんじ》（通称金閣寺）の院主になっている僧名周暠《しゅうこう》という者がいる。あの夜、平田和泉守という者に別働隊をひきいさせ、鹿苑寺にやって周暠に拝謁《はいえつ》し、

「おそれながら、御兄君の将軍様が、二条のおん館にて連歌を興行あそばされておりまする。その席へ早々におよびし奉れ、というお下知《げち》にて、手前、お迎えに参上つかまつりましてござりまする」

といわせ、周暠をひきだささせた。

周暠は、数えて十七歳である。疑うこともなく平田和泉守に導かれて鹿苑寺門前から輿《こし》に乗り、人数にかこまれつつ坂をおりた。

人数は、ゆるゆると進む。

紙屋川のあたりで日が暮れたが、奇妙なことに人数は先導二人が松明《たいまつ》をもつのみで、いっさい燈火を用いない。すでに雨がふりはじめている。

紙屋川の土手ぎわにさしかかったときにさすがに周暠はふしぎに思い、

「泉州《せんしゅう》、泉州」

と、平田和泉守をよんだ。といって周暠はこの阿波《あわ》うまれの三好家の重臣をよく知っているわけではない。

「泉州、なぜ灯をつけぬ」

「おそれながら」

と、平田和泉守は輿《こし》に近づき、阿波なまりでこのようにいった。

「念仏をおとなえくださりませ」

「なに？」

「念仏こそ無明長夜《むみょうちょうや》の炬燈《あかり》と申しまするゆえに」

と、悲痛な声調子《こわぢょうし》でいう。無明長夜とは死んだあとたどるべき黄泉《よみじ》の暗さ、長さを表現することばである。その無明長夜をゆく死者の松明こそ念仏である、という思想が、当節はやりの一向宗によってひろめられ、一種の流行語のようになっているのである。

「されば御免」

と平田和泉守は叫ぶや、周暠をひきよせ、その胸元を短刀で一突きに突き、すばやく首を掻《か》き切った。

輿は死骸《しがい》と首をのせたまま進んだ。

そばに平田和泉守がつき従ってゆく。が、さすがに後生のわるいことをしたと思ったのか、

しきりと念仏をとなえ輿の上の首にむかって、

「お恨みくださりますな。あなたさまが武門の頭領の家におうまれあそばされたことがわるいのでござりまする。種《しゆ》（血筋）貴ければ殃《わざわい》多し、なにとぞ来世は、庶人凡下《しよにんぼんげ》の家におうまれあそばしますように」

と口説きつづけた。

人の運など、わからない。ほんの数分後、この念仏好きの平田和泉守みずからが、不覚にも周暠のあとを追って黄泉へ急いでしまった。

亀助《かめすけ》という者がいる。上京《かみぎよう》の小川に商い屋敷をもつ美濃屋常哲《じようてつ》という者のせがれで、世話する者があって周暠の雑色《ぞうしき》となり、外出のときには荷をかついだり、傘《かさ》などさしかけてこまめに仕えていた。

それが輿わきに従っていて、暗夜ながらもこの異変に気づいた。豪胆な男で、叫びも逃げもせず息をひそめて歩きつつ、加害者平田和泉守の様子をうかがっていたが、和泉守は周暠を討ってから影まで細るほどに気落ちしている。

（いまぞ）

とおもい、腰に帯びた二尺の打物を音もなくひきぬき、和泉守のそばに忍び寄るなり、背から腹にかけて突き通し、声もあげさせずに斃《たお》してしまった。

「奸人《かんじん》、覚えたか」

と叫んだのがわるかった。人数がさわいで和泉守のそばに近づき、

「松明、松明」

と火をよびよせてみると、たったいま念仏を唱えていた男が、地上で長くなっている。

「下手人はたれぞ」

と、松明をたかだかとかかげてあたりをみると、亀助がいた。

亀助は小者の身でこれほどの武士を討ちとったあととて、なにやらぼう然としている。

「おのれか」

と問い詰められてからわれにかえり、ぱっと逃げた。うしろが、農家の軒だった。

その農家の戸を後ろ楯《だて》にとって亀助は剣をかまえ、斬《き》りふせいだ。亀助はすでに死を決している。奮迅《ふんじん》の勢いでたたかった。

「近所の衆に申しあげる。三好殿の家来平田和泉守、たばかって、鹿苑寺院主周暠様を弑《しい》し奉ったぞ。されど周暠様家来美濃屋の亀助、その場にて仇《あだ》を報じたり」

と、市中にひびけとばかりにどなった。

その声をめあてに一人が真二つとばかりに斬りおろしたが、その太刀が軒先をざくり割ったがために胴が空き、その胴を亀助が力まかせに斬り割った。

が、やがて亀助は乱刃《らんじん》のなかで死んだ。この噂は翌朝市中にひろがり、三条のほとり夷川《えびすがわ》の辻《つじ》に落首がかかげられた。

　瀧《たき》りたる泉（和泉守）といへど
美濃亀が、ただ一口に飲み干しぞする

その落首は、事件直後、京に馳《は》せのぼった細川藤孝が、ひそかに三条夷川の辻に行って写しとってきた。

それを、この席で光秀にみせた。

「美濃屋？」

光秀は自分の生国だけに、まず亀助の実家の家号が気になった。

「亀助の父は、何者でござるか」

「市中の噂では美濃屋常哲というあきんどのせがれであるそうで」

「あ、美濃屋常哲といえば通称を小四郎と申し、京の上、小川町に住む者ではありませぬか」

「左様、そのように聞きました。お知る辺《べ》の者でござるか」

「いかにも」

光秀は縁のふしぎさに驚いた。美濃屋常哲はもともと武儀《むぎ》小三郎と言い、明智家の家来であった。明智城が陥《お》ちてから斎藤義竜《よしたつ》の追手をのがれて京に出、両刀をすてて商人になった。光秀は常哲が旧臣であるところから、京にのぼったときはときどき宿として使っていたのである。しかし亀助という若者には会ったことがない。

「左様か、お手前の旧臣のせがれでありましたか。これは奇妙不可思議な」

と藤孝も息をのむような表情である。

「それにしても美濃人のけなげなることよ。お手前は美濃源氏の名家の出とはいえ、すでに城も奪われ家もほろんで天下を牢浪《ろうろう》なされながらなおかつ幕府の再興に望みをおかけくだされている。それさえ奇特と存じていますのに、いまお手前の旧臣のせがれが、雑色の身で太刀をふるって周暠様の仇《かたき》をとった。われわれ幕臣としてはむしろ恥じ入らねばなりませぬ」

亀助の事件は、いよいよ藤孝の光秀に対する気持を深めたようであった。

「して、ほかに？」

と、光秀はきいた。ほかにこの京都事件の情報はないか、というのである。

「左様、御所もお慌《あわ》てなされたらしい」

「そうであろう、一夜にして征夷《せいい》大将軍がお亡《な》くなりあそばしたゆえ、公卿《くげ》衆は狼狽《ろうばい》したことでありましょう」

「関白以下が、大騒ぎをなされた」

二条の義輝将軍の館は、御所に近い。この突然の夜戦に公卿衆は大さわぎし、万一の場合に帝《みかど》を叡山《えいざん》に御動座申しあげる支度をしつつ、御所の諸門をかためたが、暁《あ》けがたになってみごとな甲冑《かっちゅう》に身をかためた若い武士が三十人ばかりの人数をひきつれて御所の門外まで近づき、大音をあげて昨夜の始末を語り、

「されば将軍家はもはやこの世におわしませぬ。向後《こうご》、朝廷の御用はそれがしがうけたまわることに相成りまする」

御所内から蔵人《くろうど》（宮中の庶務をあつかう職員）が出てきて小門をあけ、

「そなたは、どなたでおじゃるか」

とおそるおそる聞くと、その武士は、

「さん候《そうろう》。それがしは三好修理大夫義継という者でござる」

と言い、馬首をめぐらして去った。三好義継というのは、松永弾正が自分の言いなりになる主人として三好家を継がせた男である。

「三好・松永の徒は、本国の阿波で養育してきた義栄殿を奉じて将軍とし、天下の権をほしいままにする狼心《ろうしん》のようでござるな」

「その狼心、粉砕せねばなりませぬ」

と、光秀は言下にいった。

「当然」

藤孝はうなずき、さらに、

「それには、御先代義晴公の御次男《おんじなん》の君にて幼いころに僧におなりあそばされ、いまは奈良一乗院の御門跡《ごもんぜき》としておすごしあそばしている御方を、将軍として奉ぜねばなりませぬ」

「あ」

光秀は、そういう嫡流《ちゃくりゅう》が僧になっているということを知らなかった。亡き義輝の弟で、路上で殺された周暠の兄である。

「その一乗院門跡は、三好・松永の毒手におかかり遊ばされなんだのでございますか」

「左様、幸いにも」

と細川藤孝はうなずいたが、憂《うれ》いの色が濃い。毒手にこそかかっていないが、三好・松永の徒は義輝を殺すと同時に奈良に別働隊をさしむけ、一乗院を包囲し、その門跡が脱出せぬように厳重な監視をしているという。

門跡は、僧名は、覚慶《かくけい》。

のちの十五代将軍義昭《よしあき》である。

「いかに」

と、光秀がいった。声が思わず慄《ふる》えた。

「敵方の警固が厳重であろうとも、それがし、一乗院に乗りこみ、命を賭《と》して御門跡を奪還し奉りましょう」

言ってから光秀の両眼が、ぎらぎらと異様に光った。いかにそれが難事であろうとも、わが身が世に躍り出る機会はこの奪還の一挙にしかない、と光秀はおもった。

「やってくださるか」

藤孝はにじり寄って光秀の手をとり、

「天下ひろしといえども、この将軍後継者の奪還に命をすてようとしているのはわれら二人しかない」

藤孝の顔に、噴《ふ》き出るほどの血がさしのぼった。

奈良坂

奪還。――

という冒険は、光秀の血をはげしく燃えたたせたようである。

（この挙こそ、生死を賭《か》けるに値いする）

光秀は、そうおもい、才智のかぎりをつくして、毎日毎夜、細川藤孝とその作戦を練った。

まず、奈良の情勢をさぐらねばならぬ。ふたりは奈良にくだった。

奈良の油坂に、鎌倉屋《かまくらや》という、茶道具などを商う店がある。主人は柏斎《はくさい》といい、京にも往来して藤孝とも懇意であった。この時代、武士は反覆常なく、その節義など頼りにならないが、むしろ商人《あきんど》のなかにこそ俠気《きようき》のつよい者が多い。鎌倉屋柏斎などは、その典型的なひとりであった。

ふたりはこの油坂の鎌倉屋に足をとどめ、秘謀をうちあけて頼み入ると、

「それがしを男と見てくだされたか」

と、柏斎はよろこび、身をくだいても協力つかまつろう、と言いきってくれた。

鎌倉屋柏斎は、かねて一乗院門跡《もんぜき》に出入りをゆるされており、覚慶門跡にも可愛がられている。

その縁で、

「御門跡様への、密書の使いをたのまれていただきたい」

というのが、光秀と藤孝の頼みであった。

「お安いこと」

鎌倉屋柏斎は二人に心配をかけぬようにわざと気軽にいったが、じつのところ、なまやさしい仕事ではない。三好・松永の兵が、一乗院の門という門にびっしり屯《たむ》ろし、あやしいものは猫《ねこ》いっぴきといえども出入りさせない。

が、柏斎はそこは奈良では知られきっている顔である。賄賂《まいない》などもつかい、門内に入り、やがて奥へ通されて覚慶門跡に拝謁《はいえつ》することもできた。

「柏斎か、なんの用でまかり越した」

ひどい吃音癖《きつおんへき》があり、いらいらと長い眉《まゆ》を動かしながら、そういった。

覚慶、数えて二十九。

さすが足利将軍家の嫡流だけに気品のある顔だちをしているが、この日は眼が血走り、頬《ほお》に毛穴が黒ずんでみえる。三好・松永の徒に、いつ殺されるかわからぬ自分の運命に、すっかり参ってしまっているらしい。

「御所さま」

と、柏斎はいった。覚慶門跡は、奈良の市中の者にそう尊称されている。

「京からめずらしいお道具が到着いたしましたので、おそれながらかように」

と、道具類をひろげてみせた。

そのなかに、唐渡《からわた》りの茶入《ちゃいれ》がひとつある。肩衝《かたつき》といわれる肩を張った姿の黒釉《こくゆう》の小壺《こつぼ》で、出来はさほどのものではない。

が、覚慶は黒の釉《うわぐすり》のすきな癖があり、手にとってながめながら、

「この品、おいてゆけ」

と、どもりながらいった。柏斎は平伏し、

「お気に召しましたならば、おそれながらその品、献上させて頂きとうございまする」

「左様か」

といったとき、覚慶の顔色がかわった。無代であることにおどろいたわけではない。その小壺から、小さく折りたたんだ紙片が出てきたのである。密書であった。

兄義輝の侍臣だった細川藤孝の文字で、意外なことが書かれていた。

「脱出なさるがよい」

と、すすめている。大意は、「義輝様、周暠《しゅうこう》様亡《な》きあとは、足利将軍家の正当のお血すじは申すまでもなくあなたさまだけであります。もし脱出して将軍職をお嗣《つ》ぎあそばすお気持ならば、きょうより御仮病《けびょう》をおつかいあそばしますよう。御病《おんいたつき》ならば、当然、医師が参上せねばなりませぬ。医師として米田求政《よねだきゅうせい》を当方から遣《つか》わせましょう。その米田求政の供として一人の眼もと涼しき人物が参ります。これは明智十兵衛光秀と申し、土岐《とき》源氏《げんじ》の流れを汲《く》む者。すべてはこの十兵衛光秀におまかせくだされますように」というものであった。

覚慶の顔に、みるみる血の気がのぼり、眼がらんと光った。

「なりたい」

と、押し殺したような声で、つぶやいた。——将軍職に、である。この僧形の貴公子の心に、にわかに野心の灯がともった。

「鎌倉屋柏斎」

覚慶の言葉に、ふしぎと吃音が消え去った。よほどの衝撃を受けたせいか、もしくは自分の運命に巨大な光明を見出したせいか、それはよくわからない。

「この茶入には、鎌倉黒《かまくらぐろ》という名をあたえよう。鎌倉黒、縁起がよい」

足利家は、源氏の長者である。遠いむかし源氏の嫡流であった源頼朝《みなもとのよりとも》が、伊豆蛭《ひる》ケ島《しま》での流人《るにん》の境遇から脱出し、変転のすえ、諸国の源氏に令をくだしてついに平家をほろぼし、征夷《せいい》大将軍となり、鎌倉に幕府をおこした。覚慶は、その頼朝の「鎌倉」におもいをかけて、この茶入にそういう名称をつけたのであろう。

柏斎は一乗院の門を出るや、飛ぶように油坂の家にもどって、藤孝と光秀にその旨《むね》を報告した。

「柏斎どの、御礼のことばもござらぬ」

と藤孝は手をとって感謝し、そのあとも柏斎の家に潜伏しつつ、覚慶脱出のための工作を八方めぐらせた。

藤孝は、京都付近に散らばっている幕臣の有志にもひそかに連絡をとった。が、かれらのほとんどはこの危険な作業に加盟することをよろこばず、ただ一人、一色藤長《いっしきふじなが》という前将軍の小姓だった若者が、身を牢人姿にやつしてひそかに油坂の柏斎屋敷に訪ねてきたのみであった。

「勇なき者はかえって足手まといになる。われら三人で十分ではござらぬか」

光秀はそういった。

一色藤長は意外に機転のきく若者で、密使としてひどく役に立った。まず覚慶脱出後、どこへ潜伏するかを考えねばならぬ。

「近江《おうみ》甲賀郷の郷士《ごうし》で、和田惟政《これまさ》が足利家に寄せる志もあつく、武略すぐれた者である。それに甲賀は山中でもあり容易に世間には洩《も》れまい」

と細川藤孝が提案し、一色藤長がその密使になって甲賀へ発《た》った。ほどなく帰ってきて、

「和田殿は一族郎党をあげて覚慶様をおかくまい申す、と申しております」

と、藤孝と光秀に報告した。和田惟政はのちに信長によって摂津高槻《たかつき》城主になった人物である。

京の医師、米田求政にも連絡がつき、すべての膳立《ぜんだ》てがおわった。あとは三好・松永の兵の重囲をやぶって覚慶門跡を脱出せしめるという、荒仕事のみが残った。

陽《ひ》は、まだ沈まない。

この日、――くわしくいえば永禄《えいろく》八年七月二十八日、春日《かすが》の森にこの地方特有の夕靄《ゆうもや》が立ちはじめたころ、一乗院の門前に、

「法眼《ほうげん》、米田求政」

と、いかめしく官名を名乗る医師が立った。門わきの小屋に詰める武者が長柄《ながえ》の刃をきらめかせて尋問すると、医師の供侍がいきなり進み出て、

「無礼あるな」

と、一喝《いっかつ》した。光秀である。

「医師《くすし》とは申せ、尋常のお人ではおわさぬ。法眼におわすぞ」

光秀の声はやや癇高《かんだか》いが、ふしぎに威がある。その威に、三好・松永の兵どもはおもわず小腰をかがめ、

「御用は」

「御所様の御見舞に」

足利家の侍医が京からくだったのである。警固の武士どもはやむなく通した。

門は、四足門である。

まわりに築地《ついじ》がめぐらされ、内部は、寺とはいえ公卿《くげ》屋敷の様式をとり、寝殿造りの常御《つねご》殿《てん》、雑舎《ぞうしゃ》、湯屋、武者所《むしゃどころ》、厩舎《うまや》、など京風のたたずまいをとっている。

光秀は、無官の身である。

本来ならば供待《ともまち》部屋で待つのがふつうだったが、とくに、

「薬箱持」

という名目で、常御殿にあがり、覚慶の寝所にまで入り、次室でひかえた。米田求政はしかるべく御脈《おみやく》をとり、ほどなく退出した。それが第一日である。

翌日、翌々日、さらにその翌日、とおなじ刻限にあらわれ、常御殿で脈をとり、投薬をし、帰ってゆく。

五日目。

「きょうは法眼殿はおそいな」

と、警戒の武士たちがささやくころ、光秀に松明《たいまつ》をもたせて、米田求政はやってきた。

「罷《まか》る」

「通られよ」

武士どもは、すっかり馴《な》れている。

法眼はいつものように診察と投薬をおわると、あたりに人がないのを見すまし、

「御所様、今夜こそ。――」

と、耳うちした。

脱出の策は、すでにきめてある。覚慶門跡自身が、触れを出し、

――全快した。

と称し、その本復祝いに、門わきの詰め所の警備の侍どもに酒を下賜する。

そのとおり、事がはこばれた。酒樽《さかだる》が三つの門にそれぞれくばられ、

「存分におすごしなされませ。内祝いでござりまする」

と、稚児《ちご》どもが肴《さかな》までくばって歩いた。三好・松永の兵は、いまでこそ京をおさえているとはいえ、元来は阿波《あわ》の田舎侍である。

酒には意地がきたない。

それぞれの屯《たむ》ろ屯ろで呑《の》みはじめ、夜半をすぎるころには宿直《とのい》でさえ酔い痴《し》れた。

(いまこそ。——)

と、常御殿に詰めている光秀はそう判断し、足音もしめやかに次室から閾《しきい》を踏みこえて覚慶門跡の病床ににじり寄り、

「十兵衛光秀にござりまする」

と、覚慶にはじめて言上し、「おそれながら」と、この貴人の手をとった。

「御覚悟あそばしますよう。ただいまよりこの御所の内から落しまいらせまするゆえ、すべてはこの光秀にお頼りくださりませ」

「心得た」

と、覚慶はうなずいたが、さすが、おそろしいのか、歯の根があわぬ様子である。光秀は覚慶の手をとった。

掌がやわらかい。

外は、風である。

覚慶、求政、光秀の三人は、茶室の庭から垣根をこえ、這《は》うようにして乾門《いぬいもん》のわきの築地《ついじ》

塀《べい》の下まで接近し、そこであたりの人の気配をうかがった。光秀は、地に耳をつけた。

(酔いくらって、寝ている)

思うなり、光秀は身をおこした。身がかるい。

ひらり、
と、塀の上に飛びあがった。やがて手をのばして覚慶、求政という順で塀の上にひきあげ、つぎつぎと路上にとびおりた。

月は、ない。

夜目に馴れぬ覚慶には、半歩も足をうごかすこともできない。

「おそれながら、背負い奉る」

かるがると背負い、足音を消して忍び走りに走りはじめた。

「光秀、苦労」

と、のちに十五代将軍になるにいたる覚慶は、光秀の耳もとでささやいた。おそらく覚慶にすれば、このときの光秀こそ、仏天を守護する神将のように思えたであろう。

光秀は足が早い。

(この男は、夜も目がみえるのか)

と、覚慶があきれるほどの正確さで、光秀は闇《やみ》のなかを飛ぶように走った。

森を通りぬけると、やがて前方に、二月堂の燈明がみえてきた。

「いましばしのご辛抱でござりまする」

光秀が言い、二月堂の下についた。闇のなかから、細川藤孝と一色藤長が走り出てきて路上に平伏した。

「そのほうどものこのたびの忠節、過分におもうぞ」

と、覚慶は、声を湿らせた。

光秀は、背負い役を、藤孝と交代した。やがて、一同駈《か》けだした。

(これで、世がかわる)

ひた走りながら、光秀は、まるで自分たちこのひと群れが、神話をつくる神々のような気がした。

が、その感慨も、長くつづかなかった。奈良坂までさしかかったとき、

「十兵衛殿」

と、藤孝は、足をとめた。眼下の夜景をゆびさしている。一団の松明の群れが、すさまじい速さでこちらへ迫ってくるのだ。

追手は、騎馬であるらしい。歩卒もいるであろう。炎をかぞえてみると、およそ二十ばかりとみた。

「藤孝殿、ここはそれがしが斬《き》りふせぐ。この坂を越えれば山城《やましろ》だ。木津川に沿って川上へのぼり、笠置《かさぎ》へ出、山越えの間道をとおって近江甲賀にぬけられるがよい」

「しかし」

「問答しているゆとりはない。命あらば、甲賀の和田館《やかた》で会おう。いそがれよ」

光秀は、逆に坂をおりた。

松林に身をひそめ、近づく騎馬の群れを待った。胸中、感懐がある。

(これぞ、男子、功名の場。――)

細川藤孝ら幕臣の立場とちがって、光秀は朝倉家の客分、身は牢人《ろうにん》にすぎない。よほどの危険を買って出ねば、将来、将軍の幕下で身をのしあげてゆくことはできない。

ふと。

脈絡もなく、尾張の信長のことを思った。

(あの男も、桶狭間《おけはざま》に進襲するときは、もはや一か八かの正念場《しょうねんば》であったろう。人の一生には、そういうときが必要なのだ)

馬蹄《ばてい》が近づいてきた。

騎馬は将校であり、歩行者は、下士か兵卒である。打ち取るとすれば将校をこそ斃《たお》すべきであったが、光秀はどう思ったのか、最初の二騎、三騎をわざとやりすごした。

(鉄砲を奪う)

それが目的である。

光秀の鉄砲芸は、少年のころ、まだそれが兵器として新奇であったころ道三にさとされて学びはじめ、いまではその腕はほとんど天下に比類がない。

越前一乗谷で昨年、朝倉義景《よしかげ》に所望され、その御前で、鉄砲の射芸を御覧に供した。

もともと鉄砲はそれまでの戦術を一変せしめたほどの威力をもつものだが、実際にはなかなかあたりにくい。

光秀は、射撃場を一乗谷の安養寺境内にさだめ、四十間むこうに射垜《あずち》を盛りあげ、午前八時から射ちはじめて正午までに百発を発射し、そのうち黒点を六十八度射ちぬき、他の三十二も、みな的内《まとうち》に射ちあげた。義景は凡庸な大将ながらさすがに光秀の神技に舌をまいた。

その腕がある。

光秀は闇からおどり出るや、路上の左右に飛びちがえ、剣を一閃《いっせん》、二閃、三閃して、瞬時に三人の銃卒を斬り斃した。

(鉄砲)

それが目的である。

銃を三挺《ちょう》、それに火縄《ひなわ》、弾袋《たまぶくろ》などをうばい、奪うと同時に路上に突っ立ち、三挺、つぎつぎに取りかえて発射し、またたくうちに前をゆく三騎を射ちたおした。

戦いは、それからはじまった。

甲賀へ

光秀は三挺《ちょう》の鉄砲を小脇《こわき》にかかえ、闇の中をあちこちと駈けまわった。

「それ、松林に入ったぞ」

と、追手は口々に叫びながら、光秀のあとを追った。

光秀は、くるくると逃げまわる。これもこの男の作戦である。

まず、追手を手間どらせて、覚慶門跡《もんぜき》一行をできるだけ遠くへ逃がすことが目的である。

さらには、この奈良坂で斬り防いでいるのは光秀一人ではなく、

——五、六人はいる。

という錯覚を敵にあたえるためだ。とにかく松林の中をくるくるまわっては、時に突出して、

「見たか」

と、追手を斬った。

光秀の作戦は、それだけではない。敵の松明《たいまつ》の群れがかれを遠巻きにして包囲しはじめたと知ると、一息つき、

(そろそろ脱出するか)

と思い、一計を案じた。手に、三筋の火縄《ひなわ》がぶらさがっている。

光秀はそれを三挺の鉄砲の「火挟《ひばさみ》」にとりつけ、とりつけおわると足音もなく駈け、一挺ずつ、五間の間隔をおきつつ、別々の松の木に立て掛けて行った。

(用意はできた。風があるから火縄は消えることはなかろう)

光秀は三挺の鉄砲を持ち上げ、火蓋《ひぶた》をはずし、火皿《ひざら》に導火薬《くちぐすり》をサラサラと流しこみ、馴《な》れた手つきでパチリと火蓋を閉じた。

(どれを撃つかな)

光秀は、松明の群れをながめた。その白煙の流れるなかで、影絵のように往《ゆ》き来している騎馬武者がいる。

光秀は鉄砲をあげ、銃身を松の幹にもたせかけつつ騎馬武者に照準し、息をとめた。すでに引金に指がかかっている。が、がちりと引いてはあたらない。すでに光秀の時代の射術にも、

「暗夜に霜のおりるがごとく静かに自然に、引金をおとせ」

という言葉が、流布《るふ》している。この撃発心得の言葉は、その後数百年を経てなお、日本軍隊の射撃操練に使われつづけた。

光秀は照準し、いつのほどか、引金をひきおとした。火挟にはさまれた火縄が、火皿の上の火薬粉を撃ち、つづいて装薬に引火し、轟然《ごうぜん》と火を噴いた。

鉛弾がとび、闇中《あんちゅう》三十間を飛びわたって、騎馬武者を落馬させた。

そのときは光秀はすでに駈け、二本目の松の根方にうずくまり、こんどは膝《ひざ》射ちでもって、轟発した。

射撃がおわると鉄砲をすててころがり、三本目の松の木にゆき、さらに射撃した。

追手は騒然となり、包囲陣がくずれ、あらそって鉄砲の射程外にのがれ出ようとした。

(いまぞ)

と、光秀は地を蹴《け》った。

松林を駈けぬけて路上に出、背をまるめて奈良坂を駈けのぼりはじめた。五町ばかり駈けてゆくと、真暗な闇のなかから、巨《おお》きなものが飛び出した。ぎょっとしたが、よくみると馬である。騎手《のりて》をうしなった馬が、ここまで放馬《ほうば》してきたものであろう。

(これこそ手向山《たむけやま》明神のご加護)

と光秀は手綱をとって馬をひきよせつつはるか興福寺の方角、手向山の森にむかい、ちょっと祈るしぐさをした。神仏にさえ、律義《りちぎ》な男だ。

祈ってから馬にまたがり、北の天をめざして一散に駈け出した。

光秀は、そのまま十キロ駈けとおして山城《やましろ》(京都府)の木津の聚落《まち》に入り、馬を捨てた。すでに夜は明けている。とある寺の門に入って、

「一椀《わん》の粥《かゆ》など頂戴《ちようだい》したい。できれば、日暮まで寝かせていただけぬか」

と、銭《ぜに》を渡して寺僧に頼みこんだ。

寺僧はうろん臭げに光秀の血しぶきをあびた小袖《こそで》を見ていたが、やがて、

「どうぞ」

と、庫裡《くり》へ通した。光秀は台所の板敷で冷粥《ひやがゆ》を食い、そのあとその板敷の上でころがって眠りをむさぼった。夜にならぬと街道はあぶない、と思ったのである。

日が傾きはじめたころ、まわりに人の気配がするのに驚き、光秀は薄目をあけた。台所に、武士五人が突っ立って、光秀の寝姿を窺《うかが》っている。

(寺僧め、訴えたか)

武士どもはおそらく検分のためにやってきたのであろう。

(機敏を要する)

光秀は寝入っているふりをしながら呼吸をととのえ、やがて息を大きく吸いこむなり、跳ねあがって土間に飛びおり、飛びおりざま、一人を叩《たた》っ切って庫裡のそとに駈けだした。栗《り》鼠《す》のようにすばやい。

山門に出た。

馬が、つながれている。それに飛びのるなり馬腹を蹴って木津の聚落を走りぬけ、木津川沿いの街道を伊賀へむかって駈けた。

追手が光秀を追った。

(日よ、暮れよ)

と、光秀は必死で祈念しつつ逃げた。闇にまぎれる以外、逃げのびようがない。

やがて加茂まできたとき、陽《ひ》が暮れ、山河は闇一色になった。

光秀は馬から降り、足跡をくらますため、馬を渓流《けいりゅう》へ突き落し、あとは、徒歩で東へむかった。ほどなく笠置《かさぎ》に入った。

ここから間道に入るべく崖《がけ》をとびおりて渓谷に降り、急流を泳ぎ渡り、対岸の崖《がけ》にとりつき、崖道を這《は》いのぼって山上に出、そこから、杣道《そまみち》を歩きはじめた。

（もう、追手は来ぬ）

この樹海は、東は伊賀につづき、北は甲賀までつづいている。山林はほとんど原生林といってよく、巨木の枝が天を蔽《おお》い、ときに剣を抜いて木を薙《な》ぎながら進まねばならない。

光秀は山中で二日野宿し、三日目にようやく近江甲賀郡の信楽《しがらき》の里に入った。

信楽は山中の里で、土地では「信楽谷」といっているとおり、まわりを山にかこまれ、茶《ちゃ》碗《わん》の底のような小盆地である。奈良朝のころ、聖武《しょうむ》帝が一時、ここに離宮を営まれたことで知られている。

（もはや、歩けぬ）

と、さすが、美濃脱出以来、天下を放浪してきた光秀も、飢えと疲れで、倒れそうになった。

一軒の百姓家を訪ね、腰の袋をひろげて銭を見せ、

「なにか、食わせてくれぬか」

と、いんぎんに頼んだ。

なにしろ、すさまじい姿である。衣服はやぶれ、ところどころ返り血が飛び、草鞋《わらじ》は右足しかはいていなかった。

「どなた様で」

「美濃の者、明智十兵衛という者だ。山中で熊《くま》に襲われ、かような姿になった」

百姓は光秀を家のなかに入れ、カマチにすわらせて、食物を与えてくれた。

百姓は、中年の小男である。ことばはやわらかで、京言葉にちかい。

「ここは、甲賀郡か」

「はい、甲賀のうちでござりまする。殿様はどこまで行《い》らせられまする」

「和田だ」

甲賀郡のうちである。

「ここから、近いか」

「いやいや甲賀は山郷《やまざと》なれど、ずいぶんと広うございましてな。ここから山中八里（三十キロ）はございましょう。和田ではどなたをお訪ねなされまする」

「和田殿だ」

「ああ伊賀守様でござりまするか」

と、百姓はいっそうに言葉を鄭重《ていちょう》にした。

この甲賀の山郷は、五十三家の世にいう「甲賀郷士」によって分割支配され、その五十三家の郷士はそれぞれ仲がよく、同盟して結束し、郷外からの軍事・政治的圧力に対抗している。

「このあたりは、たれの支配かな」

「多羅尾《たらお》四郎《しろう》兵衛尉《ひょうえのじょう》さまでござります。お館はこのむこうの多羅尾にござりまする」

「どのような仁《じん》だ」

「お人柄《ひとがら》もよく、御武辺《ごぶへん》なかなか健《すこや》かなお人とうけたまわっております」

（会ってみよう）

と思ったのは、光秀の機敏さだ。次の将軍たるべき覚慶門跡が奈良を脱出してこの甲賀の和田惟政《これまさ》の館《やかた》に身を寄せるとなれば、一人でも合力《ごうりき》する武士がほしい。

（説いて、味方にしてしまえ）

と思い、百姓に道案内させ、多羅尾の多羅尾屋敷に行ってみた。

屋敷の前に、大きな杉《すぎ》の木がある。多羅尾家はこの当代四郎兵衛尉光俊《みつとし》まで十三代つづいてきた古い豪族で、屋敷も堀や土塁をめぐらして城塞《じょうさい》ふうには構えているものの、門や殿舎は、どこか京の公卿《くげ》屋敷に似せている。

「美濃の住人、明智十兵衛と申す者」

と、光秀はいんぎんに家来衆にまで頼み入り、面会を申し出た。

多羅尾四郎兵衛尉は土地では最高の権力者だが、光秀という、どこの馬の骨ともわからない旅の者に、こころよく会ってくれた。

意外に若い。

身長五尺七寸ばかり、筋骨堂々として偉丈夫だが容貌《ようぼう》はむしろ公卿風の目鼻だちで、思慮深そうな男である。

光秀は、いきなり用件を話すことはせず、さりげなく諸国の情勢などを語った。

多羅尾四郎兵衛尉は、いかにも智恵深そうな表情でいちいちうなずき、そのつど、

「なるほど」
とか、
「ああ、さもござろうか」
などと、相槌のことばをさしはさんだ。

この当時、地方の豪族というのは、旅僧、武者修行者を好んで屋敷に泊め、諸国の情勢を聴くことにつとめたものだ。山中にいる多羅尾四郎兵衛尉としては、光秀の豊富な見聞、明晰な解説が、うれしからぬはずがない。

（これは、尋常な人物ではない）
と次第に思いはじめたのか、時がたつにつれて言葉づかいがいよいよ丁寧になった。

話題は当然、さきに京でおこった驚天動地の将軍弒逆事件に触れた。

「弟君までお殺されあそばしたそうでありますな」
と、多羅尾はいった。

その模様を光秀がくわしく話すと、おどろいたことに多羅尾はそれ以上にくわしく知っていた。

（さすが、甲賀郷士）
と、光秀もおもわざるをえない。甲賀侍は、この山むこうの伊賀の郷士たちとならんで、いわゆる忍衆の名が高い。世の動きや情報に対する感覚のするどさは、尋常ではない。

「甲賀衆は」

と、光秀はいった。

「京も近く、しかも山中に兵を秘めて他から侵されにくうございます。そのため代々の将軍の信頼があつく、しばしばこの郷の士をお頼みなされることが多うござった」

「いやいや、逆の場合もありましたな」

九代将軍義尚《よしひさ》のとき、義尚がみずから幕軍をひきいてこの近江の大名六角高頼《ろっかくたかより》を攻めたとき、甲賀郷士団は六角方に加担し、将軍義尚が在陣する鈎《まがり》の城を単独夜襲し、将軍に戦傷を負わせ、ついに死にいたらしめたこともある。多羅尾はそのことをいっているらしい。

「有名な鈎ノ陣のことでござるな」

と、光秀は苦笑した。この夜襲は甲賀衆の名を高からしめ、

——甲賀者は魔法をつかうのか。

とさえ、世上で取り沙汰《ざた》された。べつに魔法をつかうわけでなく、甲賀は山国で小豪族が割拠しているため、自然、戦法の芸がこまかくなり、平野そだちの侍どもの思いもつかぬことをやる。

「前将軍には」

と、多羅尾四郎兵衛尉はいった。

「いまひとり、弟君がおられるはずでござるな。たしか、奈良の一乗院門跡の」

「左様」

光秀は、うなずいた。

「そのご門跡は、いかがなされています」

と、多羅尾はきいた。さすが甲賀郷士とはいえ、数日前におこった門跡失踪《しっそう》事件までは耳に入っていないらしい。

(言うべきか)

光秀は、迷った。

(いや、さらにこの人物の心底を見きわめたうえで)

と思い、巧みに話題をそらし、話をさりげなく詩歌《しいか》管弦《かんげん》にもって行った。

おどろいたことに、この多羅尾四郎兵衛尉はそのほうにもあかるい。甲賀郷士は家系が古いだけに、教養の累積《るいせき》というものがあるのかもしれない。

多羅尾も、光秀の教養の深さにおどろき、まるで手をとらんばかりの態度になり、

「ぜひ、今夜、当屋敷に泊まってくださらぬか。願い入ります」

と思う壺《つぼ》に入ってくれた。

夜、ともに酒を酌《く》みかわし、さまざまの物語をするうち、

(この人物、信ずべし)

という気に、光秀はなってきた。多羅尾四郎兵衛尉は、どうやら光秀と同質の男で、伝統的な権威に対する愛着や憧憬《どうけい》がつよいたちのようだ。

「将軍家があっての武家」

とか、

「いまの世は下の者が上を剋《こく》し、秩序もなにもあったものではない。これというのも室町《むろまち》様（将軍）のお力が衰えているからだ」

とかいったような、幕権再興論にもうけとれることをいったりした。

光秀はこの夜、屋敷の客殿で泊まり、寝床であれこれと考えぬいたすえ、翌朝、

「実は次の将軍たるべき覚慶御門跡は、ここから八里むこうのおなじ甲賀のうち、和田の館に身をひそめておられる」

と、声をひそめていった。

「ただし、天下の秘事でござるぞ」

「当然なこと」

多羅尾は、さわやかにうなずき、

「お手前が尋常人《ただびと》でないと思うていたが、はたして覚慶御門跡のお側衆でござったか。それがし、さほどの秘事を打ちあけられた以上、非力ながらも御門跡のために尽したい」

と、目もとも涼やかにいった。

光秀は、その日も、多羅尾にひきとめられるまま、泊まった。

縁とは奇妙というほかない。多羅尾四郎兵衛尉は、このとき光秀と親交をむすんだことによって世に出た、といっていい。

のちに光秀の手引きで織田信長に仕え、甲賀信楽に在館のまま山城・伊賀で飛地《とびち》領をもらい、総計六万石の大名となり、のち秀吉に仕え、豊臣秀次《とよとみひでつぐ》の事件に連座して領地の大部分を

とりあげられたが、のち家康につかえ、甲賀郡の代官となり、代々代官を世襲しつつ幕末におよんでいる。

三日目の朝、光秀は、多羅尾館を発《た》ち、八里の山道をあるいて、甲賀郡和田（現・甲賀町内）の和田惟政の館に入った。

光秀の姿をみて狂喜したのは、幕臣細川藤孝である。

「ごぶじだったか」

と、手をとって玄関からあげ、さっそく覚慶に言上した。

「わしを」

と、覚慶ははげしく吃《ども》りながらいった。

「背負って、十兵衛は駈けてくれた。追手を一人で斬りふせぐと申して奈良坂で別れたが無事であったか」

「十兵衛殿、よほど奮戦したものでござりましょう」

「忠なる者よ」

と、覚慶は、涙をこぼした。

「さっそく御前に罷《まか》らせましょうと存じましたが、なにぶん十兵衛光秀は無位無官。この御前にまかり出ることができませぬ」

「なんの、わしとて流寓《りゅうぐう》の身よ。格式などどうでもよいではないか」

「しかし」

藤孝はなおも遠慮したが、覚慶はいらだたしく手をふり、

「十兵衛はわが恩人ではないか。早うこれへ」

と、せきこんだ。覚慶はよほど光秀が気に入っているのであろう。

和田館《わだやかた》

和田館は西に正門があり、背後と両側は、ひくい松山にかこまれている。

光秀は、門外の供待《ともまち》部屋のようなところで待たされていた。いかに戦国の世とはいえ、無位無官の分際ではその程度の待遇しか受けられない。

庭一つ隔てた母屋《おもや》では、その棟《むね》の下に覚慶御門跡がおわすのか、まだ日暮前というのに煌々《こうこう》と灯《あか》りがつき、人の声が笑いさざめいているようだ。

（わしも、早く世に出たい）

光秀は、夕闇《ゆうやみ》につつまれながら、物哀《ものがな》しくなるような感情のなかで、その一事を想《おも》った。

それを想うにつけてもおもい出されるのは、尾張の織田信長のことであった。

（ついに信長は美濃の稲葉山城を陥《おと》したらしい）

このことはまだ真偽はさだかでないが、そのような風聞がこのあたりに伝わってきている。

事実とすれば、尾張の富と美濃の強兵を手に入れた信長は、まるで野望に翼をつけたような

ものだ。もはや天下を狙《ねら》う志をたてても、おかしくはないであろう。

(信長は、恵まれている。父親の死とともに尾張半国の領土と織田軍団をひきついだ。それさえあれば、あとは能力次第でどんな野望も遂げられぬということはない)

うらやましい男だ、と思う。人間、志をたてる場合に、光秀のように徒手空拳《としゅくうけん》の分際の者と、信長のように最初から地盤のある者とでは、たいそうな相違だ。

(おれはいまだに、小城一つ持ち得ずしてこのように放浪同然の境涯《きょうがい》にいる。おれほどの者が、なんと悲しいことではないか)

光秀は、自分の能力が信長よりもはるかにすぐれていることを、うぬぼれではなく信じきっている。

(おれと信長とを裸にして秤《はかり》にかければ、一も二もなくおれのほうがすぐれていることがわかるはずだ)

しかし徒手空拳の身では、いかんともしがたい。

(男子、志を立てるとき、徒手空拳ほどつらいものはない。死んだ道三殿は一介の油売りとして美濃に来られたがために、あれだけの才幹、あれだけの努力、あれだけの悪謀をふるってさえ、美濃一国をとるのに生涯かかった。もし道三殿をして最初から美濃半国程度の領主の家に生まれしめておれば、おそらく天下をとったであろう)

人のつながりというのは妙なものだ。道三の娘濃姫《のうひめ》こそ光秀の弱年のころの理想の女性であり、しかもイトコ同士というつながりから光秀の許《もと》へ、という佳《よ》き縁談《はなし》も一時はあったと光秀は聞き及んでいる。それが「尾張のたわけ殿」といわれていた信長のもとに輿入《こしい》れしてしまった。以来、信長は光秀にとってある種の感情を通してしか考えられぬ存在になった。ある種の感情とは、嫉妬《しっと》ともいえるし、必要以上の競争心ともいえるし、そのふたつを搗《つ》きまぜたもの、ともいえる。とにかく事にふれ物にふれて、尾張の織田信長を意識せずにはいられない。

（もう、虫が鳴いている）

まだ秋には早いが、山里だけに陽《ひ》が落ちると、にわかに風がつめたくなるようであった。

夕闇が、濃くなった。

庭前に、大きな樟《くすのき》がそびえ立っている。

その樟のむこうから、手燭《てしょく》の灯が一つ、ゆらゆらと揺れ近づいてきて、沓脱石《くつぬぎいし》のあたりでとまった。細川藤孝である。

「十兵衛殿、お待たせいたしましたな。蚊が大変でござったろう」

「ああ、蚊」

物想いにふけっていたせいか、それには気づかなかった。そういえば臑《すね》や腕のあちこちがかゆい。この和田館の者は、光秀のために蚊いぶしひとつの心くばりもしてくれなかったのである。

「十兵衛殿、およろこびくだされ。御門跡にあられては、命の恩人の十兵衛にぜひとも会って礼を申したい、座敷にあげよ、酒肴《しゅこう》を用意せよ、と大そうな御機嫌《ごきげん》でござる」

「それはありがたいこと」

光秀は、行儀よく頭をさげた。なにしろ覚慶のために命を的にしてここまでやってきたのだ。それぐらいによろこばれて当然なことであった。

「されば、案内《あない》つかまつる」

と、藤孝は手燭をかざした。光秀は庭に降り、藤孝とともに庭を横切った。

「虫が鳴いておりますな」

と、藤孝は言い、この館に入って詠《よ》んだという近詠の歌一首を光秀に披露《ひろう》した。相変らず、古人にもまれなほどの巧みさである。

光秀は、覚慶門跡にあてがわれているこの城館のなかの書院に入った。ついでながらこの城館のあとは、覚慶が流寓《りゅうぐう》していたということで、いまも滋賀県甲賀郡和田の小《こ》字《あざ》である門田という在所に「公方《くぼう》（将軍）屋敷」として槙《まき》の垣をめぐらせて保存されている。

光秀は、板敷の次室にすわった。

平伏すると、座敷の覚慶は、やや軽率なほどの躁《はしゃ》ぎかたで手をあげ、

「十兵衛参ったか、待ちかねたぞ」

と言い、「あがれ、あがれ」とさわがしくいった。座敷にあがって覚慶と座を共にするのはそれだけの官位がなければならない。が覚慶はそんな格式は無視した。

「十兵衛、遠慮はいらぬ。わしが将軍職を嗣《つ》げば、そちを四位《しい》にも三位《さんみ》にもしてつかわすぞ。それだけの功のあるそちではないか」

（すこし騒々しいお方じゃな）

と、光秀は意外な感じがしながら、つぎつぎに頭上に飛んでくる覚慶、のちの義昭の声をきいている。

「十兵衛殿」

と、藤孝は落ちついて言った。

「お上《かみ》にあっては、あのようにおおせられておる。いまは無位無官ながら、三位になったようなお心持で、お座敷に入られよ」

「されば、お慈悲に甘え」

と、光秀は野袴《のばかま》を鳴らして膝《ひざ》をすすめ、座敷のはしで再び平伏した。

「頭をあげよ。直答《じきとう》もゆるす」

と、覚慶はいった。

「顔がみたい。奈良坂では三十人ほどの兵《つわもの》を斬《き》ったそうな」

「いや、せいぜい七、八人でございました」

光秀は、眼を伏せていった。

「予を見よ」

と、顔を見ることもゆるされた。

声が癇高《かんだか》いわりには据《す》わりのずっしりした顔で、輪郭だけはなかなか頼もしげである。が、輪郭のりっぱさとは逆に目鼻がちまちまと小さく、なにやら人物が小さげにみえた。

(まだ数えて二十九の御齢《おんよわい》だ。これからさきどのように器量をあげられるか、それはわからない)

人物がどうであろうと、覚慶の偉大なのは足利将軍の正系の血をうけているということである。この地上に次の足利将軍たるべきひとは、この人を措《お》いていない。

(おれの運命を託するに足る)

と、光秀は激しい感動とともにそれをおもった。

(信長に追いつくには、将軍に取り入ってその幕僚になる以外に道はない)

なるほど将軍には実力はないが、燦然《さんぜん》たる権威がある。天下の諸大名や豪族に官位をあたえる(天子に奏請して)栄誉授与権ももっている。光秀にすればこの将軍のその側近になり、将軍を動かすことによって天下の風雲に臨むという、いまだかつてたれもやったことのない経路で天下の権を夢見ていた。

(信長、何するものぞ)

光秀の脳裏に、ふたたびそれが去来した。


光秀は、和田館に滞留した。覚慶はよほど光秀が気に入ったらしく、

「十兵衛、十兵衛」

と呼んで、側《そば》から離さない。なにしろ光秀は諸国の地理風俗、政治情勢にあかるく、その

解説と分析は掌《たなごころ》を指すがごとく明晰《めいせき》で、覚慶にすれば地上でこれほどの頭脳があろうかと驚嘆する思いでみているのだ。

その上、光秀は武技に長じている。

覚慶は幼くして僧門に入れられたために亡兄の義輝将軍とちがって武技は習いおぼえていない。当節、流浪《るろう》の身である。なによりもほしいのは、護衛者であった。身辺心もとない覚慶が光秀を頼りにするのは当然な心情であったろう。

さて。――

光秀が和田館に入った翌日、これからどうすべきか、という評定《ひょうじょう》がおこなわれた。

「ひろく天下の諸大名に救援を乞《こ》いたい」

と、覚慶はいった。

問題はそこである。天下は乱れに乱れている。その群雄のうちで、将軍家に心を寄せてくれる者はたれとたれか。

「まず越後の上杉輝虎《うえすぎてるとら》(謙信)でござりましょう」

と、お側衆の一色藤長がいった。なるほどこれは第一であろう。いま天下の諸雄のなかで上杉輝虎ほど将軍を崇敬している者はいないし、その誠実さ、その義俠心《ぎきょうしん》、その実力、どの点をとりあげても、後援者としては彼におよぶ者はない。

ただ、遠い。

「それに、輝虎殿には、隣国に武田信玄という年来の敵手をひかえておりまする。信玄がおるかぎり、輝虎殿は本国を留守できませぬ。されば早速《さそく》の御用には立ちかねましょう」

と光秀は言い、

「しかし輝虎をこそ第一の者と思う、との御教書《みぎょうしょ》と使者をお出しになることは必要かと存じまする」

といった。覚慶以下、大いにうなずいた。

「遠国《おんごく》と申せば、薩摩《さつま》の島津家も頼朝公以来の名家たることを誇りにしており、しかも当代の島津貴久《たかひさ》、義久父子は、類《たぐ》いまれなる将軍家思いにて、御使者を下せば大いに感激いたしましょう。手前、諸国回遊のみぎり鹿児島《かごしま》城下に入り、親しく謁《えつ》を受けたことがございまする」

光秀の見聞は、遠く鹿児島にまでおよんでいる。一同、ひたすらにうなずいて聴き入るしかない。

「しかしながら遥《はる》かなる遠国。これまた兵を出さしめることはできませぬ。御教書だけは下しおき、将来に、お備えあるがよろしかろうかと存じ奉りまする」

そのほか、中国の毛利氏の話も出た。出雲《いずも》の尼子《あまこ》氏、土佐の長曾我部《ちょうそかべ》氏なども話題にのぼった。しかしそれらはいずれも遠国の上、いずれも近隣に強敵をひかえて攻伐に明け暮れており、本国を抜け出して上方《かみがた》にのぼって来ることはできない。

とにかく、覚慶は後ろ楯《だて》がほしい。

強大な後ろ楯とその兵力をもって京に押しのぼり、三好・松永の勢力を駆逐する以外に、覚慶は、将軍の位につくことはできないのである。第一、三好・松永の徒は、阿波で保護している足利義栄《よしひで》を立てて将軍にしようという策謀をすすめているというではないか。光秀ら覚慶擁立派にすれば、事をいそがねばならぬ。

「尾張の織田信長はどうじゃ。ちかごろ、旭日昇天《きょくじつ》の勢いじゃと申すではないか」

と、覚慶でさえ、その名を知っていた。が光秀は露骨に首をかしげた。

「信長はまだ、海のものとも山のものともわかりませぬ。それに家系が悪《あ》しゅうございまする」

譏《そし》るわけではなく、光秀は事実そうおもっている。信長の織田家では家系がわるい。将軍を擁立しようというほどの熱意をもつ大名は、一つの点で共通している。名家意識である。越後の上杉輝虎のばあいは出身こそ素姓《すじょう》のわるい長尾家だが、足利管領家の上杉氏を嗣《つ》いだために、宗家である将軍家の擁立にいよいよ熱心になったし、薩摩の島津家にしてもそうである。島津家は遠く鎌倉幕府とともに興った家柄《いえがら》で、頼朝によって守護職を命ぜられた。かれらはいま出来の実力大名でないという誇りをもっていればこそ、武門の頭領である足利家を大事にしてゆこうという意識がつよい。

そこへゆくと、織田家はどうか。数代前は越前から流れてきた神主にすぎぬというのではないか。

「なるほど当節は、力の世でござりまする。氏素姓などをとやかく申すのは愚のいたりのように見えまするが、将軍家擁立というこの場合にかぎってはそうではござりませぬ。いま流行《はやり》の〝素姓卑《いや》しけれども実力あり〟という出来星《できぼし》（成上り）大名などの心底はわかったものではござりませぬ。将軍家を護《まも》り奉ると称して虎狼《ころう》の悪心を抱き、おのれの野望の具に供し奉らんとするやも知れず。その例は遠からず。三好・松永の徒こそ、まずその好き例ではござりませぬか」

光秀の論は、そのとおりであろう。しかし言葉に無用の激越さが帯びはじめたのは、信長に対する感情があるからに相違ない。

「なるほど」

僧形《そうぎょう》の貴人は素直にうなずいた。

「されば策としては」

と、光秀はいう。

「遠国の良き大名には御教書を遣《つか》わすにとどめ、兵を近国であつめるがよろしきかと存じまする」

しかし近畿《きんき》の大名小名は、いずれも小振りで兵も弱く、力頼みにはならない。そのなかで辛うじて近江南部で十数万石を領する六角承禎《ろっかくじょうてい》がまずまずの力になってくれるであろう。それに紀州の根来寺《ねごろじ》に巣をかまえる僧兵集団の「根来衆」もいい。かれらは鉄砲を多く貯《たくわ》え、その射撃の精巧さにかけては海内《かいだい》に定評がある。

それに越前の朝倉氏。

これは光秀が客分として禄《ろく》をもらっている家だ。当主義景《よしかげ》は凡庸といっても、光秀のいう素姓論からいえば正式の越前守護家で、覚慶に頼られれば感激はするであろう。

「朝倉家には、それがしが参って説き、たとえ当主義景がみずから大兵をひきいて参上できぬとしても、とりあえず百や二百の御警固の武士を当御所に差しのぼらせるよう、説得いたしまする」

「なにぶんとも頼む」

と、覚慶は涙ぐむばかりにしていった。覚慶にすれば寺をとびだせばすぐ将軍になれると思いこんでいたのに、天下の情勢はそうは甘くはないことを知るにおよんで、心細くなりはじめている。

そのうち、覚慶が近江の甲賀郡の土豪の館に潜んでいるということを京の幕臣らが聞き伝えて、おいおい馳《は》せ集まってきた。

「お歴々が」と、光秀は次のような意味のことをいった。

「この山中に無為徒食していても仕方がない。みな、御門跡の内書や御教書を携えて四方に飛びなされ」

その路用の金もなかった。

「兵を出さぬ遠国の大名には、金品を出させるのです。往《い》きの路銀だけをもってくだされば、帰路はその献上金でなんとか帰れる」

と光秀はいった。

当の光秀は、和田館に十日ほど足をとどめただけで、細川藤孝とともに朝倉家を説くべく越前一乗谷へ発《た》った。

一乗谷に着くと光秀はすぐ登城し、義景以下重臣の前で懸河《けんが》の弁をふるい、覚慶救援の対策を一挙にきめさせた。

護衛兵の派遣、金品の献納の二つである。

その帰路、近江小谷《おだに》の浅井氏、近江観音寺の六角氏を訪ね、それぞれ覚慶応援の約束をとって、和田館にもどった。

ほどなく覚慶は、和田の在所が交通上不便すぎるため、同じ近江の矢島《やしま》（守山付近）の少林寺という寺に移り、ここで髪を貯え、名を足利義秋（義昭）と名乗った。

矢島は、野洲《やす》・守山・草津といった街道の要衝に近いため、諸国の情報がきこえやすい。

この矢島に移ってから、

「尾張の織田信長の勢いはいよいよ熾《さか》んなそうな」

という風聞がしきりと入ってくるため、光秀も捨てておけなくなり、

「いちど、探索に参りとうござりまする」

と義秋まで申し出、そのゆるしを得て尾張にむかって発った。このところ、光秀の才覚と活躍だけが、この将軍家相続者の存在をささえているようなものであった。

光秀は、尾張に入った。

半兵衛

妙なものだ。

筆者はこのところ光秀に夢中になりすぎているようである。人情で、ついつい孤剣の光秀に憐憫《れんびん》がかかりすぎたのであろう。

しかしその光秀も、多少の成功をおさめた。つまり、かれの人生のためにはいいい魔法の杖ともいうべき覚慶門跡を掌中におさめることができた。あとは八方駈《か》けまわって、覚慶の後援者をかきあつめ、この足利家出身の僧侶《そうりよ》を将軍に仕立てあげてゆく仕事だけが残っている。

かれほどこの仕事に性《しよう》が適《あ》っている男もめずらしい。この男は、「奔走家」という型に属する。余談だが、後世ならこの種の人物は出てくる。とくに徳川末期がそうである。幕末、諸藩の脱藩浪士は、はちきれるような夢を尊王攘夷《そんのうじようい》と天皇政権の樹立に託しつつ天下を奔走した。しかし戦国中期にあっては、志士・奔走家といえる人物は明智十兵衛光秀しかない。

その光秀は、諸国を駈けまわりつつも、

(尾張の信長の動静はどうか)

との懸念《けねん》が脳裏から離れない。信長めはどこまで伸びるか、それともどこで潰《つぶ》れ去るか、その一事を注目しつづけた。

注目、といっても、光秀は、当の信長が伸びることを希望しているのか、それともあっさり潰れ去ることを祈っているのか、かれ自身でもよくわからない。

とにかく、光秀は信長の近況をさぐるために、尾張に入った。

さて、その信長。――

ここ数年、光秀のいう「信長め」は、美濃攻略に熱中してきた。軍事・謀略・国境放火などあらゆる方法を信長は用いてきたが、結果はなお思わしくない。

「美濃と稲葉山城がほしい」

と、何度、濃姫の前でつぶやいたことか。

濃姫はたまりかねて、

「どうぞ。お奪《と》り遊ばせるなら」

と、皮肉をいってしまったことがある。彼女にとっては信長の攻撃対象は実家方《さとかた》の国である。いかに亡父道三が信長に「譲状」を遺《のこ》して死んだとはいえ、そうむざむざと美濃が崩れてはたまらぬという感情もある。

ところが。――

「なんの、稲葉山城はとっくに陥落しておりまするぞ。国守の竜興《たつおき》殿は、城を落ちて身を草深い片田舎に隠しておられまする」

との信ずべからざる情報をもちかえった細作《さいさく》（間諜《かんちょう》）がある。

「たわけを申すな」

と、最初信長はいった。信じられることではなかった。尾張軍数万の間断なき攻撃にもびくともしていない稲葉山城が、

——じつは陥《お》ちている。

とはどういうことであろう。竜興は陥ちてどこへ行ったのか。そもそもたれがその城を陥《おと》し、誰《たれ》がその城にいるのか。

「いま一度、くわしく調べてみよ」

と細作を多数放ったところ、かれらがぞくぞくと戻《もど》ってきて、口をそろえていうのは、

「まぎれもなく陥ちておりまする」

という驚くべき事実だった。しかし、尾張領へは一発の銃声もきこえてこなかったではないか。

（まるで、怪談《ものけばなし》のようだ）

と信長は思い、陥した人物の名をきいた。

「竹中半兵衛重治《しげはる》という人物でござりまする」

その城を陥した話というのは、ちょっと浮世ばなれがしているほど、ふしぎな話なのである。

竹中家は、光秀の明智氏と同族で、美濃の小豪族の一つであり、不破郡《ふわのこおり》の菩提《ぼだい》という村に小さな城館を持っていた。菩提は、関ケ原から二キロばかり北方にある山間の村である。半兵衛重治、この後世、天才的な軍略家として名を残した男は、少年のころはさほどの人物であるとの評判はなかった。

「菩提の半兵衛は呆気者《うつけもの》である」

との評判さえあった。半兵衛は早く父を亡《な》くしたため少年の身で城主になっている。小賢《こざか》しく喋《しゃべ》りちらしては近隣の大人の城主どもから切り取られてしまう、と用心していたのかもしれない。戦国期にはめずらしく読書家で、軍書や兵書に精通していた。

おだやかで、無口な男だ。稲葉山城内での諸将の寄り合いのときも、

「おや、半兵衛はそこにいたか」

と、ひとびとが改めて気づかねばならぬほどに、人中でも物静かな男である。

乗用の馬まで静かであった。悍馬《かんば》を好まず肥馬、大馬も好まない。痩《や》せておだやかな馬を好み、しずしずと打たせてゆく。

ふだんは年若なくせに隠居のような服装を好み、色合いも地味なものしか用いない。

合戦にはむろん、具足を着る。その具足は現今《いま》でも岐阜県関ケ原町の町役場に保存されている。革具足で、革は馬の裏皮を用い、それに粒漆《つぶうるし》を塗り、青と黄の中間色(萌黄色《もえぎいろ》)の糸で縅《おど》した好みのしぶいものである。兜《かぶと》には一ノ谷の立物《たてもの》を打ち、腰に佩《は》く太刀は、「虎御前《とらごぜん》」

という家重代の名刀を常用していた。

十七、八歳のころから、野戦に参加し、とくに南方から侵入してくる織田軍との戦闘に従軍し、しばしば武功をたて、

「退却のとき、半兵衛が殿《しんがり》をつとめてくれると、これほど安心なことはない」

という評判が、ぼつぼつうまれてきた。退却戦などのときの指揮ぶりがいかにも静かで、しかも軍配の一つ一つが神のように的確で誤るところがなかった。

平素、軍略を芸術のように考えているところがあり、たまに喋っても軍略のことばかりで、軍事以外は俗事にすぎぬ、と思っているようであった。

二十で、妻を娶《めと》った。

妻の実家は、美濃でも大豪族である。本巣郡芝原《もとすのこおりしばはら》の城主の安藤氏で、当主は、半兵衛の舅《しゅうと》にあたる安藤伊賀守守就《もりなり》であった。

舅の伊賀守は、土豪としては厄介《やっかい》な性格をもっている。能弁で活動家で、片時もじっとしていられない。自然、やることに策が多い。

「半兵衛、お屋形にはこまる。あれでは美濃は信長に食われてしまう」

と、つねづね、若い国守の竜興の荒淫《こういん》ぶりや投げやりな性格をこぼし、こぼすだけでなく稲葉山城に登城しては竜興に拝謁《はいえつ》を乞い、

「お屋形様のこの御乱行ぶりでは、美濃も長くはござりませぬぞ」

とずけずけいったり、さらにはもっと言葉に毒を含ませて、

「さぞ、隣国の信長はよろこんでいることでござろう。お屋形様は、信長を喜ばせるために美濃の国守になられたようなものじゃ」

といった。その言い方がいかにも嫌味《いやみ》なために竜興はついには伊賀守を憎悪《ぞうお》するようになり、ある日、酒興の席で、

「伊賀、汝《うぬ》の口は！」

と飛びあがりざま、扇子で伊賀守の大頭をびしりと打ち、

「退《さが》れ、二度とその面《つら》を見せるな」

と、謹慎を命じた。

安藤伊賀守はこれを恨み、女婿《むすめむこ》の竹中半兵衛にぐずぐずとかき口説いた。

「なるほど、いかに人君たりとも、美濃三人衆の一《いっ》である舅上《ちちうえ》を打たれるとは、竜興様も悪《あく》性《しょう》な」

「悪性で済むか。いやさ、わしは頭を打たれようと出仕を止《と》められようともかまわぬ。この君を戴《いただ》いては美濃がほろびる。織田に奪《と》られてしまえば、かつての明智と同様、美濃衆はことごとく領土を離れ、諸国に流浪《るろう》せねばならぬ」

「ではお屋形様のお目を醒《さ》ませ奉って進ぜましょう」

「どうするのじゃ」

「稲葉山城を乗っ取るのでござる。なに、城を奪るだけで、国を盗《と》るとは申しませぬ。お屋形様を追っぱらい、それでお目が醒めたならばお迎えし奉る」

「半兵衛、似合わぬ大言を吐くわ」

伊賀守はかつ驚きかつあきれたが、やがて半兵衛が即座に立てた乗っ取りの秘策を聴くにおよんで、膝《ひざ》を乗り出してきた。

「ふむ、出来そうじゃな」

「さればそれがしにお任せくだされますか」

「応《おう》さ、まかせいでか」

と、伊賀守は、いっぱしの悪謀家になったように昂奮《こうふん》し、顔を火照《ほて》らせた。


それからほどもない。正確にいえば、永禄七年二月七日のことだ。

朝からめずらしいほどの晴天で、ひどく寒い。野に風の立つなかを、半兵衛は騎馬で出かけた。例によって軽装で、物静かな馬に乗り、身内と郎党わずか十六人しか従えていない。

そのままずっと稲葉山城の大手門を入った。

「斎藤飛驒守《ひだのかみ》殿に会いたい」

と、殿中に入り、一室にすわった。斎藤飛驒守というのは竜興のお気に入りの男で、年の頃《ころ》もあまりかわらない。ひたすらに竜興に迎合し、安藤伊賀守打擲《ちょうちゃく》事件のときも、

「ようこそなされた」

と、竜興をむしろけしかけ、ころげながら退出してゆく安藤伊賀守に、後ろから嘲罵《ちょうば》をは

なった男である。

「半兵衛殿、なにか御用か」

と、斎藤飛騨守が入ってくると、竹中半兵衛はうなずき、低い声でぼそぼそと話しかけた。その声が飛騨守には聞こえない。

「もそっと、大きな声を出されよ」

と言いながら膝をすすめて耳を傾けたとき、やにわに半兵衛がその襟《えり》をつかんだ。

「あっ、なにをする」

と飛騨守が叫ぼうとしたときはすでに遅く半兵衛の脇差《わきざし》が抜かれ、

「極楽《よいところ》へ参られよ」

と、心《しん》ノ臓《ぞう》を一突きに突き刺していた。

「気の毒だが、やむを得ぬ。軍は必ずしも幾千幾万の兵をもって野戦攻城をするものとはかぎらぬ。匕首《ひしゅ》を飛ばして瞬時に事を決する場合もありうる」

と、静かに廊下に出た。そのときには半兵衛の手まわりの者十六人が四方に飛んで竜興の側近の者五人を斬《き》り殺していた。

白昼の出来事である。

まさか白昼、殿中でかようなことを仕出かす者があるとは思えぬため、殿中の人々はいたずらに狼狽《ろうばい》するのみでどうすることもできない。

なにしろ荒淫に明けくれている竜興のそばには役に立つ士もおらず、さらにこの若い国守にとって不幸だったのは、稲葉山城警備を担当している家老日根野備中守が、自分の領地の厚見《あつみ》郡中島ノ庄《こおり》へ帰ってしまっている留守中の出来事だった。備中守以外に、この殿中の混乱を収拾する人物はいない。

半兵衛にとっては、そこがつけめだった。斎藤飛騨守を刺殺するや、すぐ人を走らせて城内の鐘楼にのぼらせ、最初は静かに、つぎは激しく、最後は捨鐘《すてがね》を一つ撞《つ》いて城外に合図した。

城外には、安藤の人数二千人ほどを伏せてある。それが一時に立ちあがり、鬨《とき》の声をあげて城門からなだれ込み、たちまち城内の要所々々を占拠してしまった。

乗っ取りは、うそのような手ぎわよさで、すらすらと運んだ。

さて、当の竜興である。

この騒ぎの最中、御座所で女どもを相手に酒を飲んでいたが、やがて事態を知り、茶坊主を走らせて様子をさぐらせると、西美濃衆一万が城内に入りこんでしまったという。

「一万」

むろん、半兵衛の流した流言である。竜興はその数に恐怖し、もはやかなわぬとみて城を脱け出した。竜興が城をぬけ出せるよう、半兵衛は勢子《せこ》が獣を追い立てるようにたくみに仕掛けを作ってある。竜興は美濃の野を駈《か》けに駈けて、本巣郡文殊村《もんじゅむら》の祐向山まで逃げこんだ。

「これでよし」

と、半兵衛は城門をとざし城下に高札《こうさつ》を立て、

「悪心から城を奪ったわけではなく、竜興殿を諫《いさ》めんがために非常手段に訴えたものである。されば士庶《ししょ》は鎮《しず》まるべし。ただし御城は当分のあいだ、竹中半兵衛がお預りする」

美濃の諸将にも、同様の使いをやった。美濃衆たちはかねて竜興の乱行に不安を抱いていた上、半兵衛の人柄《ひとがら》もよく知っている。

「よくぞやった」

とかえってほめる者もあり、ほめぬまでも兵を動かそうとする者はなく、ことごとく鎮まって成り行きを観望する態度をとった。

この急変が、勃発《ぼっぱつ》後何日目かで信長の耳に入ったのである。

「半兵衛とは、どのような男だ」

と美濃通の家来をよびあつめて聞くと、ひどく評判がいい。おだやかな君子肌《はだ》の若者、ということに、どの評も一致した。

「齢《とし》は」

「たしか、二十一でござりまする」

信長は、その若さに驚嘆した。しかし信長には半兵衛の人柄までは理解できない。半兵衛が一種の義憤と酔狂で竜興を追った、などというようなお伽話《とぎばなし》めいたことは、当節、信じられることではない。

(慾心があってのことだ)

と見た。第二の道三が美濃に出現したか、と信長は思った。その見方の上に立って、使者を、稲葉山城頭の竹中半兵衛のもとにやった。口上《こうじょう》は、

「この城はわしに譲れ」

ということである。

「わしの手もとには、故道三殿からの譲状もある。されば稲葉山城はわしのものである。しかしながら半兵衛、せっかくの骨折りゆえ、当方に譲り渡しの上は美濃半国を進ぜる」

と、使者に口上させた。

(その手には乗らぬ)

半兵衛は、深沈とした表情できいている。

この若者にはむろん信長の申し出を受ける気は金輪際《こんりんざい》なかったが、もし受けたばあい、そのあとどんな光景になるかという見通しさえありありと見えている。信長は稲葉山城を取りあげたあと、美濃半国を与えるどころか、

——主を追った不届者《ふとどきもの》
という名目で半兵衛を殺してしまうであろう。

「せっかくですが、お受け致しかねる。上総介《かずさのすけ》殿は、なにかかんちがいあそばされているのではないか。拙者がこういう仕打ちを主に加えたのは義のためであって私利によるものではありませぬ」

そう返答すると尾張の使者を追いかえし、その日のうちに文殊村から竜興を迎えてさっさ

と城を返し、わが自領の不破郡菩提の山城にひきあげてしまった。

（水ぎわだったことをする男だ）

と、信長はこの始末を尾張小牧山城できき、この乱世に、竹中半兵衛のような男がいることをむしろよろこんだ。信長には、こういう無慾な酔狂人というのが、たまらなく好きなところがあるらしい。

「あの男をわが家来にしたい」

といってそのころすでに織田家の部将になっている木下藤吉郎秀吉を美濃菩提村にゆかせ、さんざんに口説かせたのは、このあとである。

藤吉郎は六度、菩提の城館を訪ね、六度とも半兵衛にことわられた。

半兵衛の拒絶には、竜興への節義を立てるという理由もあったが、ひとつには、信長の苛《か》烈《れつ》な性格を怖《おそ》れた。

（あの殿は人を許せぬ性格《たち》だ。いずれ長いあいだには機《き》嫌《げん》を損ずることがあろう。そのときは自分の身のほろぶときだ）

とみて、あくまでも承諾しない。

が、半兵衛の内心、織田信長という若い武将を高く買うところがある。

（いずれ美濃はほろび、自分は止り木をうしなうことになるだろう。それとは逆に信長は大いに伸び、ついに天下に威をふるうときがくるかもしれない。されば自分の軍才をこのまま朽ち枯らせるよりも、信長によって大いに表現の場を得てみたい）

という気持もあった。木下藤吉郎はそこを刺戟《しげき》し、さんざんに口説いたすえ、七度目についに承諾させた。

信長の直臣《じきしん》になるということではない。藤吉郎の参謀になる、という契約である。これは半兵衛が持ちかけた条件だった。

半兵衛の信長観は、不幸なかたちで的中した。このとき半兵衛とともに帰属した舅の安藤伊賀守守就についてである。信長は伊賀守の策謀癖をきらい、重用しなかった。伊賀守もそれを察し、織田家に帰属した美濃の二、三の将と謀反《むほん》を企てて失敗し、領地を没収されて武儀郡の山中に蟄居《ちっきょ》した。

さて、この半兵衛事件の半年後のことである。

（半兵衛でさえ奪った稲葉山城を、おれがとれぬことがあるか）

と信長は発奮し、美濃国内に十分謀略の手を打ったあと、この年の七月三十日、にわかに軍をおこした。

藤吉郎

美濃攻めには、木下藤吉郎秀吉という尾張の浮浪児あがりの将校が演じた役割がもっとも大きい。

秀吉は、この年、満で二十八歳。信長よりもふたつ年下である。

「猿《さる》はなかなかやる」

と、信長はつねにそういう目でこの秀吉を見ている。

信長には、稀有《けう》な性格がある。人間を機能としてしか見ないことだ。織田軍団を強化し、他国を掠《かす》め、ついには天下を取る、という利《と》ぎすました剣の尖《さき》のようにするどいこの「目的」のためにかれは親類縁者、家来のすべてを凝集しようとしていた。

かれら――といっても、彼等の肉体を信長は凝集しようとしているのではない。かれらの門地でもない。かれらの血統でもない。かれらの父の名声でもない。信長にとってはそういう「属性」はなんの意味もなかった。

機能である。

その男は何が出来るか、どれほど出来るか、という能力だけで部下を使い、抜擢《ばってき》し、ときには除外し、ひどいばあいは追放したり殺したりした。すさまじい人事である。

このすさまじい人事に堪えぬいたのが、秀吉である。いや、むしろ織田家の方針・家風がそうであったればこそ、この男のような氏も素姓もない人間でも抜擢につぐ抜擢の幸運にあうことができた。門閥主義の他国には類のないことである。

能力だけではない。

信長の家来になるには働き者でなければならない。それも尋常一様な働きぶりでは信長はよろこばなかった。身を粉にするような働きぶりを、信長は要求した。

それだけではない。

可愛気《かわいげ》のある働き者を好んだ。能力があっても、謀反気《むほんぎ》のつよい理屈屋を信長は好まず、それらの者は織田家の尖鋭《せんえい》きわまりない「目的」に適《あ》わぬ者として、追放されたり、ときには殺されたりした。

そんな家風である。だから他国では、

「上総介《かずさのすけ》殿は残忍である。家来に対して容赦をせぬ」

とか、

「織田家では、ただの侍はつとまらぬ」

などと取《と》り沙汰《ざた》された。現に、織田家から勧誘された知名の牢人《ろうにん》でも、

「織田家だけは」

と尻《しり》ごみして断わる例が多い。最近では竹中半兵衛がそうである。

そういう信長の方針に、小者のときから堪えぬき、堪えぬくだけではなく信長の方針に適《かな》うみごとな模範として頭角をぬきん出てきたのが、木下藤吉郎秀吉である。

竹中半兵衛が、

「織田家の直参はいやだが、あなたの家来ならば」

と秀吉を見込んだのも、ひとつはそういう点である。

信長の苛烈《かれつ》きわまりない方針に堪えて中級将校になるまで立身した男というだけでも、異常である。なぜならば信長という男は口先でごまかされる男ではなく、家来の骨髄まで見ぬ

いてその人間を評価する男だ。

(それだけに秀吉はいよいよ立身するにちがいない)

と、半兵衛は見た。立身すれば大軍を動かす。その大軍の軍師を半兵衛はつとめる。軍師としてこれほどおもしろく、やりがいのあることはない。

だからこそ、半兵衛は秀吉に仕えた。

さて、秀吉である。

この男は、人の心を読むことに長《た》けている。名人といっていい。信長の関心が、一にも二にも美濃攻略以外にないと見、自分自身も一将校の身分ながら、かれの範囲内で美濃攻めのことに没頭しぬいた。

いや、範囲外にまで出た。

美濃攻めの橋頭堡《きょうとうほ》(足掛りの野戦要塞《ようさい》)を築くにあたって、

「ぜひやつがれに」

と、志願し、危険をおかして国境線の河中の洲《す》で築城作業をし、ついに築きあげた。世に「墨股《すのまた》の一夜城」といわれる手柄《てがら》である。

信長はよろこび、

「藤吉郎、汝《われ》が番をせい」

と命じたので、一躍、秀吉は野戦要塞の指揮官になった。この要塞にはかれの才覚でかきあつめた野武士を多数入れておいた。蜂須賀小六《はちすかころく》らである。

この墨股に駐屯《ちゅうとん》したことは秀吉の前途を大いにひらかせた。なぜといえば、美濃への最前線である。

「よく守っておれ」

と信長はそれだけの任務をあたえただけだが秀吉は任務を拡大した。美濃への秘密工作に乗り出したのである。

美濃侍の竹中半兵衛を口説いて自分の家来にしたのもその一例であった。

半兵衛には、利用価値がある。

かれを通じて、美濃衆の切り崩しを秀吉ははじめた。さらに情報もあつめた。

「猿は、美濃の政情にあかるい」

と、信長に認められるようになった。事実織田軍のなかで秀吉はずばぬけた美濃通になり、信長は何事も秀吉に相談せざるをえなくなった。

秀吉の秘密工作は、すさまじい。

一例をあげると、こうだ。

美濃の本城である稲葉山城のことである。

「稲葉山城はさすがに故道三殿の居城だっただけに兵糧蔵《ひょうろうぐら》の米がおびただしゅうござる。あれならば二年、三年の籠城《ろうじょう》にも堪えられましょう」

と竹中半兵衛がいったので、秀吉はなるほどと思い、半兵衛と一策を講じて、それをなんとか分散させようとした。

そこで半兵衛を通じて、すでに織田方に内通を確約している美濃三人衆を口説き、一策をさずけた。

美濃三人衆はさっそく稲葉山城に登城し、お屋形様である竜興に説き、

「将来、織田軍は、多方面から美濃に侵略してまいりましょう。兵や兵糧を、稲葉山城に集中しておいては国内各所での防戦ができかねます。よろしく分散あそばすのが、得策かと存じまする」

といった。

竜興は、愚物である。「ああそれも一理である」とその説を容《い》れ、ただちに城から兵糧米を運び出させ、守備兵も各地に分散した。

策は成功した。

秀吉はこの旨《むね》を信長に報告すると、

「猿、やったわ」

と膝《ひざ》をうち、いま一度念を押した。

「たしかに兵糧米は分散したか。人数も手薄になっておるか。間違いはないな」

「間違いございませぬ。手前、稲葉山城下に諜者《ちょうじゃ》を放って、シカと相確かめましてございまする。されば間違いはございませぬ」

信長は、不確実な仕事をきらう。秀吉はその気質をよく知っている。

秀吉は退出した。

その翌日の未明である。信長は、美濃への前線指揮所である小牧山城に、にわかに大軍をあつめた。

夜は、まだ明けない。

しかも前夜来からの雨が風をともない、道を掘りくだくような豪雨になった。

(桶狭間《おけはざま》のときも、このような風雨だった)

この雨に、信長は気をよくしていた。いや、この風雨なればこそ、信長はにわかに決意し、突如の軍令をくだし、不意の作戦をおこそうという気になったのである。

「敵は、三河《みかわ》である」

と、信長は全軍に布告し、まず味方をあざむいた。三河ならば、東である。

美濃稲葉山城は北であった。城門をとび出した信長は路上でくるくると輪乗りし、やがて手綱をぐっとひくや、馬首を北にむけ、

「美濃へ」

と、一声さけんで、鞭《むち》をあげた。

尾張小牧から美濃稲葉山城(岐阜市)へは二十キロある。

道路は、あぜ道をひろげた程度の粗末なものだ。兵はときには三列になり、ときには一列にならざるをえない。その狭い北進路を揉《も》みに揉んで進んだ。

風雨は衰えず、滝のなかをぐるような行軍になった。ときに人馬が泥濘《ずいねい》のなかでころび、あとにつづく馬蹄《ばてい》に踏みくだかれる者もある。

「めざすは稲葉山城ぞ」

ということは、すでに雑兵《ぞうひょう》のはしばしにいたるまで知りはじめていた。

稲葉山城は、先代信秀のころからあくことなく攻撃をくりかえし、累計《るいけい》幾千の尾張兵がそのために命をおとし、しかもなお巍然《ぎぜん》として陥落を知らぬ城である。

信長も、雨に打たれている。

雨は兜《かぶと》の目庇《まびさし》から流れ落ち、その雨の条《すじ》を通してかろうじて前方を進む前衛部隊のタイマツの炎がみえるほどである。

「藤吉、藤吉」

と、信長はよんだ。使番が走り、その旨が前衛軍にいる秀吉に伝わった。

秀吉はさがってきて、馬を降り、手綱を曳《ひ》きながら、馬上の信長を見あげた。

「藤吉郎、おん前に」

「工夫がついたか」

と、信長は、唐突にいった。信長はほとんど前置きをいわない。ときに言語の主格をさえはずして、藪《やぶ》から棒にいう。よほど機敏な頭脳とかんをもった男でなければ、この男の家来にはなれない。

秀吉は馴《な》れている。

（おれに、独自の稲葉山城攻めの工夫があるかというお言葉か。殿様はそれを省略なされている。いきなり、その工夫がついたか、とおおせられているのであろう）

むろん、秀吉はぬけ目がない。工夫はついている。ついているどころか、この男はすでに手も打っていた。

秀吉の細心は、それだけではない。あまり独断を用いると、信長の嫉妬《しっと》を買う。それを知っている。これを嫉妬というべきかどうか。

とにかく秀吉は信長の天才であることを知りぬいている。才能というものは才能をときに嫉《そね》むものだ。秀吉は嫉まれたくない。

それに、家来があまりに才走りすぎると、鋭敏な将ほど、

（はて？）

と、用心の心をおこすものだ。将来、自分の位置を狙《ねら》うのではないか、という警戒と怖れである。幼いころから人中《ひとなか》で苦労してきた秀吉は、そういう人情の機微をよく知っている。例がある。秀吉自身の例である。秀吉がのちに立身したとき、創業の功臣である竹中半兵衛にはほんのわずかな知行をあたえ、その功に値いするような大領をあたえなかった。

――なぜ半兵衛をあのような少禄《しょうろく》におとどめなされておるのでございます。

と側近がきいたとき、秀吉は笑って、

「半兵衛に五万石も与えれば天下を取るであろう」

といったことがある。秀吉の参謀筆頭ともいうべき黒田官兵衛（如水《じょすい》）に対しても、ほん

のわずかな領地をあたえたにすぎなかった。秀吉の用心といっていい。

秀吉は、信長という気むずかしい大将に仕えるのに、細心の心くばりをしていた。

この、

「工夫」

についても、かつて信長にこれこれの思案がございますがその実施にはどうすればよろしゅうございましょう、とむしろ信長から智恵を拝借するというかたちで言上したことがある。

すると信長は、よろこんで指示をした。

そのことを、いま雨中を行進している信長はわすれているらしい。

「殿、以前に御指図《おさしず》を頂戴《ちょうだい》しましたる一件」

「指図？」

馬を進ませている。

「したか」

信長の言葉はつねにみじかい。

「はい。なされました。稲葉山城下に野ぶしを多数埋めておけ、と。藤吉郎、御指図どおり、ここ十日ばかり前から、かれら墨股の野ぶしを、百姓、物売り、雲水、山伏《やまぶし》、乞食、高野聖《こうやひじり》、川人夫などに化けさせ、小人数ずつ、目だたぬように美濃へ入れてござりまする」

「ようやったぞ」

信長は、秀吉の才気よりもむしろ、その蔭日向《かげひなた》のない精励ぶりに感心した。秀吉がねらったのも、才気をほめられるよりその精励ぶりをほめられたかったのである。

「それで、その乱破《らっぱ》（野ぶし）どもには、この突如なる美濃攻めがわかっておるか。わかっておらねば、呼応できぬぞ」

「さん候《そうろう》」

秀吉は小気味よく答えた。

「蜂須賀小六、すでに駈《か》け走りましてござりまする」

小六は秀吉が家来分にした野ぶしのかしらである。すでに美濃へ駈けこんでかれらを掻《か》きあつめつつあるというのだ。

「どこへ集めるつもりだ」

「おそれながら独断ではござりまするが、瑞竜寺山《ずいりゅうじやま》の裏に」

瑞竜寺山とは、稲葉山の一峰である。その裏山に隠密裏《おんみつり》に集合させつつあるという。

「されば、お願いの筋がござりまする」

「なんだ」

「それがしの部署のことでござりまする。瑞竜寺山方面の寄せに加わらせていただきとうござりまする」

「よかろう」

信長はこころよくうなずいた。

夜あけとともに雨はあがったが、風は衰えない。午前十一時ごろ信長は稲葉山城下に入り、城下を大きく包囲した。

兵、一万二千人である。

稲葉山城のほうは例の調略に乗って守備兵をすくなくしてしまっているため、ほとんど城外での防戦ができず、ことごとく本城に逃げこんでしまった。

信長は、全軍に布告した。

「勝負は、二度はない」

それだけの言葉である。父の代以来、十数度この城にピストン攻撃をくわえてきたがことごとく失敗した。しかしこのたびこそ最後の勝負であるという意味である。

風は西風になっている。

その風に乗って、まず、火攻《かこう》を施した。敵の防戦の拠点を灰にするため、城下一帯に火を放ち、とくに神社仏閣や目ぼしい建築物をことごとく焼きはらわせた。その黒煙は宙天に渦《うず》をまき、稲葉山の山容をさえかくすほどであった。この火攻めのために、午後になると稲葉山城は裸城同然の姿になった。

が、天下の堅城である。それでもなお力攻めでは陥《お》ちない。

信長は、城をとりまいて城外に二重・三重の鹿垣《ししがき》をつくり、敵の援軍の来襲をふせぎつつ、持久戦にとりかかり、稲葉山城を兵糧攻めにして干しあげようとした。

滞陣十四日目のことだ。

秀吉はその間、配下の野ぶしをつかい、

「本丸への間道《かんどう》はないか」

と、稲葉山周辺の地理を探索させていたが、ある日、一人の猟師をとらえた。堀尾茂助という若者である。

人間の運命とは妙なものだ。この稲葉山住いの若い猟師が、このあと秀吉の家来になり、累進して豊臣家の中老職をつとめ、遠州浜松十二万石の大名になるにいたる。

この茂助が、

「この山麓《さんろく》の一角に、達目洞《だちぼくどう》という小さな山ひだがございます。そこから崖登《がけのぼ》りすればわけなく二ノ丸に登りつけます」

といった。この一言が、稲葉山城の運命を変えた。秀吉はこの茂助を道案内とし、新規にかかえた野ぶしあがりの蜂須賀小六ほか五人をつれて夜陰、崖のぼりし、二ノ丸に忍びこんで兵糧蔵に放火し、ついで自分の弟（秀長）に指揮させている本隊七百人をよび入れ、さらに間道を進んで天守閣の石垣にとりつき、陥落の糸口をつくった。

その翌日、竜興は降伏し、信長によって助命され、近江へ逃げた。

城は陥ちた。

信長は、ここを居城にしようとした。

が、美濃の戦後情勢がなお不穏であったことと、城の修築のため城番を置いて、みずからは尾張にしりぞき、あいかわらず小牧山城を指揮所として美濃の戦後経営にあたった。

とにかく信長はこの占領した稲葉山城には居住していない。このため諸国で、
——美濃稲葉山城はまだ陥ちていない。
という風聞がおこなわれ、その点がひどくあいまいな流説《るせつ》になっていた。
(はたしてどうか)
と、それを確かめるために明智光秀が尾張に入ってきたのは、そのころである。

(第四巻につづく)

文字づかいについて

新潮文庫の日本文学の文字表記については、原文を尊重するという見地に立ち、次のように方針を定めた。

一、口語文の作品は、旧仮名づかいで書かれているものは新仮名づかいに改める。
二、文語文の作品は旧仮名づかいのままとする。
三、常用漢字表、人名用漢字別表に掲げられている漢字は、原則として新字体を使用する。
四、年少の読者をも考慮し、難読と思われる漢字や固有名詞・専門語等にはなるべく振仮名をつける。

司馬遼太郎著

項羽と劉邦（全三冊）

秦の始皇帝没後の動乱中国で覇を争う項羽と劉邦。天下を制する〝人望〟とは何かを、史上最高の典型によってきわめつくした歴史大作。

司馬遼太郎著

胡蝶の夢（全四冊）

巨大な組織・江戸幕府が崩壊してゆく――この激動期に、時代が求める〝蘭学〟という鋭いメスで身分社会を切り裂いていった男たち。

司馬遼太郎著

歴史と視点

歴史小説に新時代を画した司馬文学の発想の源泉と積年のテーマ、〝権力とは〟〝日本人とは〟に迫る、独自な発想と自在な思索の軌跡。

司馬遼太郎著

覇王の家

徳川三百年の礎を、隷属忍従と徹底した模倣のうちに築きあげていった徳川家康。俗説の裏に隠された〝タヌキおやじ〟の実像を探る。

司馬遼太郎著

馬上少年過ぐ

戦国の争乱期に遅れた伊達政宗の生涯を描く表題作。坂本竜馬ひきいる海援隊員の、英国水兵殺害に材をとる「慶応長崎事件」など7編。

司馬遼太郎著

果心居士の幻術

戦国時代の武将たちに利用され、やがて殺されていった忍者たちを描く表題作など、歴史に埋もれた興味深い人物や事件を発掘する。

司馬遼太郎著
人斬り以蔵

幕末の混乱の中で、劣等感から命ぜられるままに人を斬る男の激情と苦悩を描く表題作ほか変革期に生きた人間像に焦点をあてた7編。

司馬遼太郎著
梟の城
直木賞受賞

信長、秀吉……権力者たちの陰で、凄絶な死闘を展開する二人の忍者の生きざまを通して、かげろうの如き彼らの実像を活写した長編。

司馬遼太郎著
風神の門
（上・下）

猿飛佐助の影となって徳川に立向った忍者霧隠才蔵と真田十勇士たち。屈曲した情熱を秘めた忍者たちの人間味あふれる波瀾の生涯。

司馬遼太郎著
アメリカ素描

初めてこの地を旅した著者が、「文明」と「文化」を見分ける独自の透徹した視点から、人類史上稀有な人工国家の全体像に肉迫する。

司馬遼太郎著
草原の記

一人のモンゴル女性がたどった苛烈な体験をとおし、20世紀の激動と、その中で変わらぬ営みを続ける遊牧の民の歴史を語り尽くす。

隆慶一郎著
鬼麿斬人剣

名刀工だった亡き師が心ならずも世に遺した数打ちの駄刀を捜し出し、折り捨てる旅に出た巨軀の野人・鬼麿の必殺の斬人剣八番勝負。

海音寺潮五郎著
平将門（上・中・下）
美貌の才子貞盛と、武骨一辺の将門。このイトコ同士の英傑を中心に、風塵まきおこり、血潮たぎる剣と恋の大波瀾を描く歴史小説。

海音寺潮五郎著
西郷と大久保
熱情至誠の人、西郷と冷徹智略の人、大久保。私心を滅して維新の大業を成しとげ、征韓論で対立して袂をわかつ二英傑の友情と確執。

海音寺潮五郎著
幕末動乱の男たち（上・下）
変革期に、思想や立場こそ異なれ、自己の道を歩んだ維新のさまざまな人間像を冴えた史眼に捉え、実証と洞察で活写した列伝体小説。

宮部みゆき著
本所深川ふしぎ草紙
吉川英治文学新人賞受賞
深川七不思議を題材に、下町の人情の機微とささやかな日々の哀歓をミステリー仕立てで描く七編。宮部みゆきワールド時代小説篇。

宮部みゆき著
初ものがたり
鰹、白魚、柿、桜……。江戸の四季を彩る「初もの」がらみの謎また謎。さあ事件だ、われらが茂七親分――。連作時代ミステリー。

宮部みゆき著
幻色江戸ごよみ
江戸の市井を生きる人びとの哀歓と、巷の怪異を四季の移り変わりと共にたどる。〝時代小説作家〟宮部みゆきが新境地を開いた12編。

国《くに》盗《と》り物《もの》語《がたり》(三)

—織田信長(前編)—

新潮文庫 し-9-6

昭和四十六年十二月二十日 発行
昭和六十三年十二月十五日 四十四刷改版
平成十二年四月二十日 七十四刷

著者 司《し》馬《ば》遼《りよう》太《た》郎《ろう》

発行者 佐藤隆信
発行所 株式会社 新潮社
郵便番号 一六二―八七一一
東京都新宿区矢来町七一
電話 編集部(〇三)三二六六―五四四〇
読者係(〇三)三二六六―五一一一
振替 〇〇一四〇―五―八〇八

価格はカバーに表示してあります。

乱丁・落丁本は、ご面倒ですが小社読者係宛ご送付ください。送料小社負担にてお取替えいたします。

印刷・大日本印刷株式会社 製本・株式会社大進堂

ISBN4-10-115206-3 C0193